茶與客

灣洲客家奇幻譚

李知昂 著

【推薦序】

文／沈春華（金鐘獎資深媒體人）

知昂是我在竹科廣播電台節目的製作人，但其實他的正式頭銜是電台的「創意總監」。大學唸的是清大化學系，卻以一個理工人才一頭栽進傳播事業，而且還做得有聲有色，帶領團隊得過多次廣播金鐘獎。這原本已讓我相當佩服，因此當他邀請我幫他最新的奇幻小說寫推薦序的時候，我簡直驚訝得下巴都要掉下來！

原來知昂在大學畢業後，就開始寫奇幻小說，而且還得獎，是名符其實的創作文青。多年來，雖然深耕廣播事業，卻從未忘情文學，如此跨領域的斜槓人生，實為精彩。

我想寫奇幻小說的人應該都有兩個腦袋吧！一個腦袋在現實生活中運行，另外一個腦袋則天馬行空、飛天鑽地，跨越時空自由來去……這個腦袋應該有奇異的腦波，不然那些引人入勝，一般人想都想不到的情節，是怎麼產生的呢？

知昂的最新力作《茶與客》，以客家文化為底蘊，時空則拉回數百年前，架空的世界，外來的殖民勢力紛擾著當地淳樸的民風。故事就從一個企圖離家探索新生活可能的少年展開，不思議的旅途和充滿人性考驗的際遇，開啟了讀者的奇幻感官，讓想像力也跟著作者插上翅膀，八方翱遊！

可以想見的，二〇二〇年之後，世界改變的速度更快了！科技不只來自人性，更挑戰自然法則；新冠肺炎疫情衝擊全人類，過去的生活經驗也已不足應付，現代人的生活或許離「少年Pi」沒有太遠。

究竟，未來的世界會是什麼樣貌？我們還要經歷多少驚奇？跳脫常軌又糾纏人性的奇幻小說，或許會帶給我們一些啟發和領悟！

目次

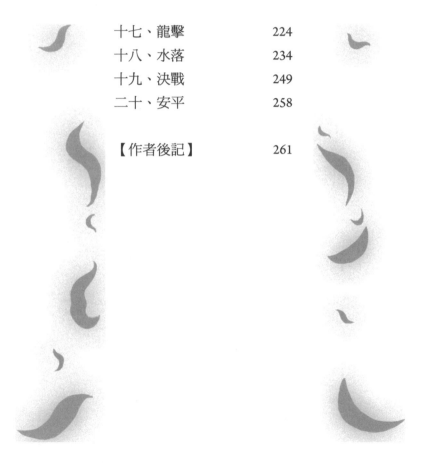

素者，非常之流；
紊者，如常之亂。
守素抱樸，有而不常，
故無相，是為至福。

——《茶經　大隱》

一、溫爐

寒夜客至水烹茶，
溫爐人遲心守素。

「阿婆、阿婆！」

「風兒……」

風雪吹得破舊木屋吱嘎作響，寒流如同大軍壓境，隨時都要闖入。喚作風兒的少年，不時輕輕拍一下躺著的阿婆，確認她還清醒，以免她在寒症中沉沉睡去。

風兒聽說，那就會死去。

「風兒，毋怕。」

「我不怕，阿婆您看，我已經生上了火。」風兒就像給阿婆增添信心似地，刻意在小火堆撥出了一點火星，「很暖和，不怕冷了。」

「好、好。」

客氏一族來自遙遠的秧國大地，秧國的傳統文化就像生了根，全族秉持著敬天愛人的心志，

慎終追遠，積善行孝。即使來到偏遠的「灣洲」，一族居住在靠山的貧瘠土地，生活困苦而艱辛，家風不改。

這一族分作五家，四家都住在大山背，種茶與紅薯、雜糧為生；只有大爺一家的住所地勢較低，有田地可以種稻。風兒的家，是大山背的其中一家，算是生活條件比較苦的，阿公在他那一代排行老四，人們稱為客氏四爺。阿公和阿婆生了三個兒子、一個女兒，女兒嫁到金羅，風兒的爹爹是長子，跟二叔一起留在大山背守住家業，三叔早年就出外討生活，很少有音訊。

山上的生活不容易，除了種地，還要自行織布、染布、縫製衣裳，或是跳到山溪裡捉魚，曬成魚乾，逢年過節加菜用。每年秋天，是要緊的時節，不僅要收秋茶「白露」，上山採集也要花個十幾天。在這座山上，許多優質的草藥剛好在秋天生長，採下來妥善處理後，隔年春夏就能賣個好價錢；秋日更有豐富的松菇野蕈，對客家來說是難得的美味，也是採藥之外的一大收穫。

但也因為如此，年邁的阿婆必需要上山。辨識草藥和菇類需要老經驗，稍有不慎就可能採錯，輕則沾到汁液，雙手潰爛；重則誤食毒菇毒草，連命都沒了。自從去年阿公過世後，傳承採藥、採菇這份經驗的重任，就落到阿婆的肩上，連風兒的爹爹身為長兄，都不敢說有把握。為了不讓阿婆遇到山上的風雪，爹爹今年還特別選在白露節氣沒過之前，就把收茶的重任交給二叔等人，趕著動身上山。

這樣的時節是不可能有雪的，有的日子太陽大，還會稍微熱些。這天，事情來得非常突然，風兒跟阿婆一路往上行，爹爹揹著較大的竹籃，也在鄰近不遠，如果有些草藥或野菇不敢確認，喊一聲都聽得見，阿婆便能過來瞧瞧。誰能料到就這麼近，也會被突然的風雪隔開。據爹爹後來說，他看見的是一副奇景，往右還可以看見陽光，左前方卻湧起一陣雲霧與寒氣，風雪交加，就像有一條無形的線，一邊還是秋日的森林，另一邊竟是封凍的雪山。

風兒和阿婆卻連這條線都沒有發現，一下子就被捲入雪花之中，視野完全被遮蔽，連一步開外的景物都看不清楚。他們非常害怕，連連喊叫，風聲卻掩蓋了喊叫聲，讓爹爹更難找尋。更糟的是風雪還迅速擴大，四周愈來愈寒冷，原本有陽光之處，也瞬間籠罩了一層雲霧雨雪。等爹爹終於找到阿婆跟風兒，冒著大雪，揹阿婆退到自家山上的簡陋木屋時，天色已經相當暗了，風兒冷得渾身哆嗦，阿婆更是周身發寒，幾乎暈了過去。

「不好，是寒症。」

爹爹正值盛年，還挺得住，阿婆的狀況卻令人擔憂。木屋外的風雪比山上的高處稍微小些，但也漸漸轉強。爹爹當機立斷，說阿婆不能再走了，一定要找大夫；於是他吩咐風兒趕緊生火，陪著阿婆，自己趁著風雪還沒封山，儘快下山請大夫上來。

「風兒，全靠你了。幫阿婆熬過去，等爹回來。」

風兒十分疑惑地看著爹爹，明明堅毅又有決心，如同山那樣偉岸的父親，聲音卻在發抖。他在驚怕什麼？難道爹爹以為會回不來，或者來不及回來？要是去年才為阿公哀哭，今年又失去了阿婆呢？風兒知道自己必須做些表示，於是用力地點頭，熟練地生起火來。爹爹瞧見木屋地板凹陷處焦黑的炕中，木柴已冒出了煙，終於有點安心的感覺，將阿婆託付給了風兒，披上蓑衣出發。

這就是風兒跟阿婆來到此處的經過。不知過了多少時辰，阿婆始終半暈半醒，手腳冰涼，即使讓她挨近火炕躺下也不濟事。風兒很怕阿婆睡了過去，從此一覺不醒。但他轉念又想，要是爹爹還得過一晚才能回來呢？看來肯定是這樣，大夫不會在夜裡冒著風雪來的，定是次日早晨才到得了。如此一來，難不成一整夜不讓阿婆睡嗎？他總拿不定主意。

破舊的木屋到處是縫，風雪的寒氣不斷竄入。風兒儘量搓了一些乾草，這裡塞那裏堵，收效畢竟有限；最後沒有草了，只能祖孫兩人一塊兒窩著，儘量靠近火堆。最煩惱的是木柴不夠，眼看撐不過這一整晚，但風兒也無計可施，燒得一刻算一刻吧。

「風兒，水……」

阿婆眼睛微微睜開，呻吟著要水喝，風兒心中一喜，有反應總是好現象。他早已在炕上用陶甑燒上水了。其實說是燒水，也煮不開，山上燒水本就特別難，火也不旺，只不過把雪水化了溫著，多多少少喝一點。不料，風兒剛招呼阿婆飲了半碗熱水，狂雪又掃了過來，整間木屋震動巨響，竟像是地牛翻身似地，只是腳下沒動，才讓風兒肯定是暴風雪所致，但心裡總是不安，懷疑這破屋是否還能頂住？

他站起身來，四周巡了一遍，總算屋子的樑柱牢靠，一時半刻沒有危險。這時他才注意到，地上有塊木板色澤稍有不同，仔細一看還微微翹起，他按了按發現可以鬆動，硬生生扳開，忽然一陣黃塵揚起。風兒揉揉眼睛，剛在想哪來的這麼多黃塵，就看見眼前是個小小地穴，裡頭擺了一個小罐，不知裝了什麼。風兒好奇心起，便拿起來仔細端詳。

「阿婆，是春回，我找到春回了！」風兒注意到罐上有字，寫著春回，那是一種珍貴的茶名。

「風兒，別逗阿婆。我記得那地穴全是空的。」

「也許是阿公從前放的，阿婆忘了。」

「那也不會……尋常茶葉，倒還罷了，怎麼把春回擺在這……？」

有人說春回價比黃金，並沒有那麼誇大，但至少超過等重的白銀三倍有餘，茶市緊缺的時候，若是上等貨，買主還願意再出幾倍的銀子來收購。這樣的好價錢，不只因為春回是好茶，也由於在許多地方，它被人當成藥材使用。許多精妙的藥理與草藥的複方，風兒當然不懂，但流傳最廣的一種卻人盡皆知，據說滾沸熱水沖成的春回茶湯，對寒症有奇效。

「阿婆您看，真的是春回！」風兒興奮不已。

「阿婆不信，」年邁的客氏婆婆，見多識廣，卻不敢置信有這種幸運，有氣無力地說，「拿來我聞聞。」

客氏婆婆隨著風兒的阿公客氏四爺，出外賣了多年的茶葉，精神再怎麼不濟，也認得出春回的真假。這回她可真驚訝了，那真是春回，而且還是一等一的上品。一般人喝也喝不出高下，但在行家手中，一聞一看便知。

風兒興沖沖地端起春回的茶罐，以為有希望了。既然春回是一種藥，大夫常用於治癒風寒，他能煮給阿婆喝的話，或許不用等大夫來，就把阿婆醫好了！但客氏婆婆心裡卻很清楚，要沖出春回的茶香或藥效，湯水非得煮沸不可，缺少炎氣就沒有效果。但火堆已經將近灰燼，寒冷的黑暗中，她的身子愈來愈虛弱，沒有柴火連保命都難，更別談煮茶了。

她恐怕熬不過今晚了，只求風兒能把火炕維持久一點，保住孫子的命才是最要緊的。但阿婆不忍心潑風兒冷水，只能讓他去試，把幾塊勉強能拆的木頭地板拆了起來，加進火堆。不過再多拆就不太行了，否則冷風會從屋子底下灌進來。

風兒興致很高，聽阿婆說滾沸的水沖茶才有效，打定主意要煮出來。可惜事與願違，木地板不夠乾，不是好柴火，陶甑蓋上蓋子煮了多時，水只是微微熱了一些，離滾沸還差得遠。更糟的是火堆還漸漸黯淡下去，風兒只能拚命將它挑旺些，為它搧風、吹氣，都不管用，最後只能絕望地讓它儘量不要熄滅。

阿婆看著風兒的努力，端起碗來，喝了一口原本溫熱，現在已經涼掉的水，恍惚間拿起了春回，說著：

「風兒，為什麼一直哭呢？」

「阿婆，我沒哭。」

「啊，對對對，不是你。」阿婆半昏迷半清醒，意識好像在兩個世界之間遊蕩，「不是你，風兒是個小嬰兒啊。來，風兒乖，不哭喔。」

風兒的心裡一陣驚怕。阿婆是不是不認得他了？病得這麼重嗎？什麼小嬰兒？

「阿婆，我是風兒。我在這兒！」風兒大喊，試圖讓阿婆清醒過來，卻沒有多少效果。阿婆沉浸在自己的夢境裡，喃喃自語，讓風兒感到恐懼、孤單，但沒有辦法，他仍然必須顧著火堆。

「風兒，不哭，乖乖喔。」阿婆昏昏沉沉，好像在說著過去的往事。就像風兒還小的時候，她總帶著他講故事那樣。

「阿婆……嗚……」少年風兒沒有辦法，忍不住哭了起來。

「風兒怎麼就哭個不停呢？」阿婆這句話，就像是回應眼前的風兒，但在她的夢中，或許還在講從前那個小嬰兒吧，「我知曉了，我帶著他走一走，看是什麼嚇著了他。慢慢找，總會找著的。」

現實中照顧火堆的風兒，停住哭泣，慢慢安靜下來。他似乎聽懂阿婆在說什麼了，爹爹媽媽常說，他小時候很愛哭，都是阿婆照顧才能安靜下來。她在說的就是那時候的事情嗎？

而在客氏婆婆的夢遊當中，看到的卻不是風雪中的小木屋，而是炎熱夏天的大夥房，剛出生幾個月的風兒莫名地哭了起來。

「風兒乖，唷唷唷……」阿婆輕輕搖著懷中的嬰兒，安撫他不要哭，孩子卻還是哭個不停。她便抱著他四處走走，看看會不會好一點，不料靠近雞舍，孩子竟忽然大哭起來，哭得好慘、好可憐喔。

「喔喔，雞屎的味道不好聞嗎？原來風兒的鼻子這麼靈啊！」阿婆迷迷糊糊地說著風兒小時候的事，「好好好，風兒好乖，阿婆幫你想一個法子。」

「阿婆……」火堆旁，少年風兒也想起來了，好像媽媽跟他說過類似的故事，從小他的鼻子就比別人靈光，一絲淡淡的味道都聞得出來。本來聽阿婆講這個故事是挺有趣的，阿婆最能講古，總是把傳奇軼事說得活靈活現，讓家中孩子們圍著她不肯離開，風兒更是愛聽得不得了。但看她現在寒症纏身，一邊發抖，一邊神智不清的樣子，風兒只覺得害怕。

「風兒乖，來，這是春回的香包。」阿婆屈著手臂，好像把襁褓時期的風兒抱在懷裡，「你們看，他真的喜歡香味，他乖乖睡了，還會笑咧！」

阿婆的神情好像在夏日裡幸福地抱金孫，旁邊圍著家人，以這段故事預見了風兒的未來。

「風兒的鼻子這般靈，將來一定很會做茶。好孩子，乖乖睡，阿婆也要睡了……」

阿婆微笑著，閉上了眼睛。風兒感到深深的恐懼，即使他用盡氣力搖晃阿婆，或大哭大叫都沒有用處。怎麼辦怎麼辦？

他發覺自己到了盡頭，反而安靜下來，抹抹眼淚，深深地呼吸，雙手按著火堆的邊緣，對著火燼吹息。風兒不曉得自己為什麼會這麼做，就是想要而已；這個深沉的雪夜已經到了盡頭，他不想再絕望下去，即使他描述不出自己做的是什麼，或有什麼效果，他還是必須做，而且做到盡善盡美。

沒有人教過他，如同一種本能，為了救阿婆把潛在的素質喚醒。宏大深邃的方法存在於天地之間，他只是重新將它發現，自然而然，行出了炎術秘笈上所記載的「沖而用之，虛而能之，用而不窮」，在灰燼將滅未滅的瞬間，風兒看見了「無狀之狀，無物之象」，隨著他吹的一口氣，開啟了虛無的開闢，火燄便像水往低處流，毫無罣礙地流向了光與熱的中央。

火光倏忽亮了，完全不受柴火多寡的限制，也不像那種難以控制的次等炎術，讓狂暴的火燄燒盡吞噬一切，而是穩定地燃燒，彷彿傳說中的神祕之瓶，瓶中的油無窮無盡，怎麼倒也不會枯竭，但當你把瓶子放妥，卻永遠不會從瓶中滿出一滴。

屋內頓時明亮溫暖起來，就像地上浮出一顆小小的太陽，有了它，煮出滾燙的茶湯再也不是難事。風兒立刻用陶甑燒開了水，甚且如行家所言：「湧沸如騰波鼓浪，水氣若直上衝霄」，因著炎氣的注入，使得湯水臻於純熟，再以阿公留下的茶壺沖成春回，一時茶香四溢。

「春回……是春回在香啊。」

不知是屋內暖起來的緣故，還是春回香氣的效果，昏睡的阿婆悠悠醒轉。風兒立即把燙熱的茶湯倒進碗裡，連忙吹了吹，讓阿婆趁熱喝了下去。然後阿婆便睡了，睡得讓人安心，寒症的顫抖已經止住，手心甚至漸漸溫熱起來。

風兒今晚所辦到的事，其成就有多麼偉大，他和阿婆作夢也不會明白。沒有人教過他，他竟能在五窮六絕的逆境，自行領悟炎術的奧秘。要是早了三千年，他定可躋身最偉大的人物之林，即使到了今日，這份資質也是卓異絕倫。若說璞玉尚待雕琢，風兒這塊寶玉，早已迫不及待地透出光輝。

雪停了，爹爹和大夫上到木屋的所在，已經過了第二天的中午。大夫為阿婆把過脈，寒症的跡象竟半點不存，直呼一切真是奇蹟。

出身客家，當世無雙，救天下蒼生於水火，至終歸於大隱的茶聖傳奇，自這間無名的山上小屋為始，剛剛發軔。

二、茶師

倘得初釀換醇醪，
笑拈陳茶煮新茗。

來年開春，風兒十五歲了，客氏一家的生活回歸如常，大山背卻有新的奇人軼事不脛而走。據說有個神祕的白衫文士，行走幾座山頭上的人家，接受眾人的款待。人們如此看重他，自然是有原因的，鄰近的百姓都傳說，他能煮出神奇的草藥，醫好各種疑難雜症。鄉下地方本來就沒什麼大夫，即使有，也非百病都能醫治，現下出了這號人物，自然引起大夥的興趣，就算沒什麼病，也想見見這個隱姓埋名的白衣人。

這人隱姓埋名確實澈底，從不提自己的名諱，因而被視為奇人。特別引起風兒的爹爹注意的，是他從不讓人稱他為大夫，更非郎中，而是「茶師」。

風兒的爹爹客聲南，屬聲字輩，為了生活有著多重身分，除了下田務農，還兼做茶商與藥商，上山採草藥就是藥商工作的一環。也因為他腦筋動得快，家裡的環境這些年著實改善了不少，從窮困的山上一家，成了殷實的農商。像客聲南這麼敏銳的人，自然不會漏失小道消息與當中的機會，據他的探聽，所謂「茶師」的稱號確有所本，因為白衣人總是帶著成套的茶具，更有一具茶釜燒水，而不僅僅是茶壺與杯碗。遇到不同的病人，他總是先診過脈，卻不開方子，而是拿出不同的茶葉放進壺裡，用釜中的沸水沖泡；有時則將茶與乾草藥磨成粉末，直接在釜中煮成茶湯，配合火候、水溫、與沖茶的時間，讓病人服下。無論採何種方法，病人飲下的茶，少則一碗，至多六碗，病症一定有明顯的好轉。

如此神奇，讓客聲南想起不久前風兒用了春回，奇蹟治好阿婆的那件事。只是茶葉入藥，畢竟只能用在少數的方子，客聲南從沒聽過用茶可以治百病的，這茶師可真奇了。或許他的茶也包含了草藥在內？如果請他指點一二，或許賣茶的營生、和草藥的行當，能合起來變成一門大生意！

只可惜，茶師出沒不定，客聲南總是無緣一見。既然盼也盼不來，不如放寬心，日日如常，這是祖先留下來的處世之方，也內化到客聲南的心裡。時序漸漸入了夏天，倒也不再想茶師的事了。

誰知這時，茶師卻到了。

「小兄弟，能給我一杯茶嗎？」

這天是風兒管「奉茶」，就是煮上水，泡好一大桶的粗茶，冷卻之後綁在木板車上，推過家附近崎嶇顛簸的山徑，到了大山背最多人走的山道旁，掛上木勺與木杯，還有一塊寫著「奉茶」的牌子，讓過路的人自行取用。少年風兒完成了辛苦的工作，擦擦滿臉的汗水，剛要離去，不料，身著白衫的茶師正好走近，叫住了他。

風兒盛滿一杯，讓茶師喝了。這事原本尋常不過，然而茶師喝了一口，卻露出稀奇的神色，隨即問道：「這是……什麼茶？」

「山村粗茶，怠慢先生了。」風兒恭謹謙和地回答。他看出這人的一身裝扮，不像是平常看到粗布蓑衣的行人，自然而然加上了先生二字。

「不不，不曾怠慢。應該說……」茶師沉吟說道，「作為道旁的奉茶，這茶太好了些。雖然用茶梗沖泡，卻是挑揀過的，不是隨隨便便弄了給人喝。小兄弟，這是你弄的嗎？」

「是。」

「茶中加了蒼荷草，先下搓揉工夫，再以紗布包裹，能去除苦澀，收清涼退火之效，讓過路人喝了暑熱全消。這也是你的主意嗎？」

風兒睜大了眼睛，十分詫異，這人不是才喝了一口？怎麼就像看見他煮茶似地？但他終究忍住沒問，反而回答得更恭謹了：「先生，不是我，是阿婆吩咐的。」

「喔，這就對了。」茶師滿意地喝下半杯，又攀談說，「小兄弟，我看，這茶有價，怎會在道旁奉茶，而且分文不取？」

「是阿公……」風兒想起去世的阿公，還是有那麼點兒難過，「這茶，是阿公說要報恩的。」

「報恩？」

「嗯。」風兒簡短地跟客人敘述了阿婆講過的故事，大意是說，風兒的阿公客氏四爺年輕時出外，在金羅以南的縣境遇上時疫，高燒不退，幾乎喪了性命。當時一位不願顯揚名聲的世家公子，以恩師黃君彥之名，將矜貴的藥材與茶葉，煮成一桶桶的藥茶，分給每位病患，又施捨能補氣強體的「九仁粥」，救活百姓無數，客氏四爺也免於客死異鄉。而故事說完，自然便有了結論。

「阿公說，那公子送藥濟世，不收分文；我既留得性命，也當如此施恩。從此我們日日於山道奉茶，雖做草藥生意，但若病家窮困有難，能力所及，也定會相助的。」風兒說完，轉身一看，無巧不巧，正是客聲南走近道旁，他立即喚了一聲，「爹爹。」

原來客聲南遠遠望見白衫客與兒子攀談，信步走了上來，心下雖有些好奇，也不多想，便上前自報姓名：「先生大名？在下客聲南。」

茶師也落落大方，登時報出：「茶師滕白朗。」

「茶師？莫非……」客聲南一下子愣住了，雙眼盯住了茶師，半晌才回神說道，「您……就是那隱姓埋名，救人無數的白衫茶師嗎？」

「救人乃分內事，無數更不敢當。」

「可您這……不是向來不報名諱？實不相瞞，在下曾想拜見您，四處打聽，卻問不出個所以然來……」

「隱去名號，一是不願張揚，二是留名則羈，羈而絆，諸多不便。若不留名，只消換套藍黑長衫，不就無人識得，隨時可離去了嗎？」茶師滕白朗笑道，「然今日見仁義積善之家，又在暑熱乾渴之際，飲了府上一杯好茶，若還怕羈絆而不留名諱，豈非失禮之至？」

「哈哈，好說、好說。」客聲南不由喜出望外，「若先生不棄，還請蒞臨舍下一敘。」

※ ※ ※

古之酒仙，取初釀之酒數十罈，一宿化作玉液瓊漿；

茶師者更奇，以炭火烤茶餅，碎陳茶入壺，能得新茗之香。

「古早古早之前，我說，這酒仙哪……」堂前，客聲南正與茶師滕白朗共飲春茶；院旁，一群孩子才剛好奇地偷瞄過客人，又回來纏著阿婆聽故事。阿婆拗不過他們，便應和茶師的到來，講述酒仙與茶師的傳奇：

「霞紅鎮的酒仙與茶師，他倆是一對兄弟。酒仙最能釀酒，生性卻十分懶惰，常常在酒樓賒帳，喝好酒吃好菜，好幾個月才不情不願地釀一次酒。搞到後來，眾家酒樓都不理他囉，只有一家醉月樓，大掌櫃說：『此奇人也。』讓酒仙賒帳，就算酒仙欠了不少錢，他也只是笑笑不介意，從不催討。

某一天，這掌櫃的卻遇上麻煩了。別的酒樓看他生意好，眼紅嫉妒，故意放出消息給嗜酒如命的九王爺，說醉月樓私藏了八十罈陳年女兒紅，就連上回九王爺大宴賓客，也未曾拿出來。

九王爺大發雷霆，怒氣衝天，命醉月樓即刻拿出好酒，十天後他會親自來品嘗。拿不出來，要掌櫃提頭來見。二掌櫃想盡辦法，也只能湊出十罈，還擔心年份不夠，酒香不醇，無法讓挑嘴的王爺滿意。大掌櫃也是大驚失色，卻勉強鎮定心神，寫了一封短短的信箋，叫小二即刻拿給酒仙，不得有誤。

酒仙拆開信箋一看，說道：『哈哈，若王爺三天便來，神仙難救。若是十天，就有望了，叫掌櫃的切莫煩惱，只是須為我備妥九九八十一罈上好的初釀新酒。』

你們可瞧瞧，這酒仙會有法子嗎？」

阿婆故意停下，賣個關子，孩子們當下群起鼓譟：

「阿婆，再講啦。」

「把那個法子說出來嘛。」

「他的弟弟茶師怎麼了？都還沒講到呢！」

「酒仙的法子啊……乖孩子才可以聽喔。」阿婆故意瞧了孩子們一眼。

「我們最乖！」

「我一定乖，一定聽話！」

「好好好，那你們聽著。」阿婆閉目回想，等了等，才繼續說道，「酒仙拿了這八十一罈新酒，跟女兒紅的做法一樣埋進土中，只是這回他親自動手，跟長工們一道忙上忙下，據說是埋的位置不能有一點差池。

奇怪的是，酒仙一埋完酒罈就不理它了，大掌櫃跟二掌櫃擔心得要命，卻不敢說什麼。想不到啊，五天之後，酒仙忽然來了，在埋酒的那塊地上擺張太師椅喝酒，大掌櫃和二掌櫃想，酒仙一定有什麼妙法，就在附近等候。從黃昏到深夜，大掌櫃受不了囉，說回去睡一會兒再來，二掌櫃的死撐著，終於讓他看到了變化……」

「怎麼了怎麼了？」

「阿婆妳快說呀。」隨著故事愈發精彩，孩子們的鼓譟聲愈來愈大，最後，竟連客聲南和茶師滕白朗都被吸引過來。於是阿婆繼續說：

「二掌櫃的才一打盹，醒來可不得了。不知道酒仙怎麼弄的，拿起洞簫吹了一曲，空中忽然雷電交加，打在埋酒的那塊地上，緊接著狂風大作，野火在平原上熊熊燃燒起來，真可謂風火雷電都到齊了，把二掌櫃嚇得目瞪口呆。一切平息之後，酒仙不知去了哪裡。大掌櫃睡了一覺再來，已經快要天亮，二掌櫃的跟他說了剛才的事，大掌櫃只是驚疑不定，難以置信。

天亮了，酒仙打著酒嗝回來，原來他又喝酒去了。喝了一晚，居然還跟兩位掌櫃的說：『來來來，把這地下的酒挖一罈出來，咱們再喝。』不過他是酒仙才能這樣，乖孩子可不能亂學喲。」

「才不會咧！」孩子們異口同聲地說。

「好好好，那阿婆往下講。先不說酒仙和掌櫃喝了怎麼樣，又過了五天，九王爺果真來了，那陣仗之大唷……光是帶刀侍衛就有百來人，其他僕從更是數也數不清。王爺一到，看見醉月樓已經備上八十罈好酒，登時氣消了一半，騎在馬上便喊著要喝，一邊下馬，一邊還抱怨著醉月樓真不識抬舉，要不是他衝冠一怒，恐怕還喝不到。想不到王爺才喝一口，竟說：『這不是女兒紅。』」

「啊？」

「怎麼會呢？」孩子們聽得都急了，阿婆卻不慌不忙，拿出講古的十八般武藝，一個人分飾幾個角色，唱作俱佳地說：

「這當然不是女兒紅，因為王爺說：『此酒更勝女兒紅，是人間上品，不僅甘洌醇紅，還有一種奇特的香氣，我記得只喝過一回……是了，只有千里之外的蔚州娘子露，窖藏二十五年，方有這等香醇。此酒與娘子露不相上下，不知釀製了多少時間？』

『只有一天。』不料，酒仙忽然站了出來，高聲說道，『王爺，您英明神武，怎會誤信小人讒言？醉月樓這些年生意興隆，縱有八十罈陳年好酒，豈能不沽出來賣，何能存到今日？』

『不得無禮！』左右侍衛搶上前來，要趕走酒仙這個怪人，還好王爺好奇心重，擺擺手讓侍衛退開，決定聽聽酒仙如何說法。

『你說醉月樓沒有好酒，』九王爺摸摸酒罈子說，『那這八十罈酒又是從何而來？』

『是草民一夜之間釀成的，原有八十一罈，不過一罈幾天之前喝掉了。』

『豈有此理，哈哈，豈有此理！』王爺大笑，『二十五年的醇酒，豈可一夜釀成？本王如何能信？』

『王爺要如何才信？』

『今夜再釀十罈，如何？』

『一夜釀成此酒，須待天時地利，草民辦不到。』

『那這不是口說無憑嗎？』

『草民有一法，雖不能釀酒，卻能證實草民所言不虛。』

『說來聽聽？』

『草民有個弟弟，學藝更精，可惜他不善於酒，而精於茶。若王爺能等兩個時辰……』

『等兩個時辰又如何？』王爺也愛品茶，不下於飲酒，急切地問。

『舍弟能在一炷香之內，將一塊陳年變味的老茶餅，煮出春天極品新茶的香味。』

『哈哈，絕無可能！』王爺斬釘截鐵地說。

『若是能呢？』酒仙大膽地問。

『那便打個賭，若是辦得到，你要什麼？』

『請王爺按蔚州娘子露的酒價，把這八十罈的酒錢付給醉月樓。再請派人查出散布謠言的是誰，還醉月樓一個清白。』

『這個不難。但……』王爺盯著酒仙，好似在看著一場好戲，『要是你賭輸了呢？』

『草民願終身為王爺酒奴，日日奉上好酒。』

『好！』九王爺雖然任意妄為，卻是一言九鼎之人，也沾了點江湖豪傑的習氣，轉向掌櫃的高聲說，『就等兩個時辰，給本王上一桌好酒好菜，本王跟這位酒國異人好好聊聊，看他日日為本王奉上什麼好酒。哈哈。』

大恩不言謝，兩位掌櫃不知如何感激酒仙才好，居然為了醉月樓賭上這麼大的賭注。酒仙卻只是搖搖手，胸有成竹。

王爺和一干人等喝酒吃菜，聽酒仙暢談三汾白乾、葡萄蓋、川紅袖等名酒的製法與喝法，心情好極了，津津有味。不覺兩個時辰過去，茶師弟弟已上了醉月樓，他卻躬身一禮，特意請王爺上馬，隨他到鎮外一座草寮處。王爺和眾人好奇他要變什麼把戲，便允了他。

正如酒仙所說，茶師弟弟入了草寮，拿出的茶餅發霉又發黑，風味甚差，他卻毫不在意，將茶餅就著小火盆烘烤。沒有多久，便拿著竹作的工具掰開茶餅，將黑色的碎茶放入壺中。

茶釜的水已經滾了，茶師將熱水輕輕舀進茶壺之中，動作不快卻俐落，猶如行雲流水一般，茶香隨即撲鼻而來。王爺聞香便知，這不是變味的茶，立即命茶師倒上一杯，聞香啜飲，果然是極品春茶，入口盡是當季新茶的風味。開壺一瞧，哪是什麼發黑的陳茶？壺中分明是新摘的茶葉，片片舒展，令人嘖嘖稱奇。

九王爺服氣了，答應找出陷害醉月樓的小人，給個公道。不過那又是另一回故事了。好了，阿婆就說到這兒，都散了罷。」

孩子們聽到結局是好人得勝，心滿意足地一哄而散，反倒是客聲南意猶未盡。

「滕先生，茶師可真有這等神奇？」

「古之前輩，或有技藝神鬼莫測之人，滕某不敢斷言。興許真有其事，也未可知。」滕白朗說得客氣，客聲南卻看出他的神色，顯然從未聽過這種事情，甚至覺得鄉野老婦的荒渺傳說，多半加油添醋，信口開河，一笑置之便了，入不得行家的法眼。

「那一般而言，茶師以何事見長？醫治天下百姓，應為要務？」

說到此節，原來這才是客聲南力邀茶師前來的本意，他是想從滕白朗的口中，得知以茶葉與草藥治病的方法，雖是為了自家生意，也能大大地造福百姓。但他恐要失望了，若他能想到這種點子，像滕白朗這樣的人，又豈會想不到呢？

「說我能治百病，實在誇大了。」滕白朗坦白道。

「可您的茶湯著實神奇，遠超乎一般的茶葉，甚至草藥。難道這也是謠傳？」客聲南覺得疑惑。

「不，不是謠傳。」滕白朗試著闡明，「只是我並沒有什麼秘方，可以用茶醫病。」

「我不明白。」

「這麼說吧，光是茶不管用，加上幾味草藥也不會見效。茶湯醫病不只靠藥理，舉凡炎氣、水流、風息，乃至於壺的質地，都有影響。這不是可重複的生意，而是茶術，是一門相當複雜的技藝。」

「您的意思……這不是醫術？」

「不全然是。」滕白朗道，「茶術包羅萬象，是自然之學，或許，還隱藏著天地間至極的奧秘。但用於救人性命的話，它仍然需要醫術的輔佐。茶師與醫者，本無高下之分。」

「但您能醫大夫不能醫的……」

「有一天他們能做得比我更多。」滕白朗嘆道，「二百年前，秧國時疫大作，那時大夫還應付不了此等災疫，我的太師祖跟少數菁英茶師耗費心神，盡展茶術，卻是杯水車薪，縱使救得成百上千，仍是筋疲力竭，眼睜睜看著千萬百姓痛苦而亡。如今，若是遇上時疫，大夫的方子跟我卻已不相上下，更可活人無數。醫者眾多，但精擅醫病的茶師寥寥無幾，這就是最根本的差別。終有一天他們會超越我的。」

滕白朗謙沖自牧，通盤道出。客聲南的籌算全然落空，卻不失望，反倒更加佩服了，當下邀請茶師多盤桓幾日。盛情難卻下，滕白朗答應了，而這個決定，竟改變了許多人的一生。

話說次日午后，風兒的三叔婆得了急症，家人連忙飛跑上山，找客聲南家中的神醫求救。滕白朗點點頭，由客聲南、風兒陪同下山，幫忙揹著裝了茶具與各色茶葉、藥材的大包袱，一路疾行。到了三叔婆家，滕白朗如常為她診過脈，煮茶，三叔婆喝下隨即睡了，滕白朗才搖了搖頭，請家人一起出到門外。

「這病，嚴重嗎？」三叔婆的兒子，風兒的堂叔已經猜到不妙，神色極是擔憂。

「並非世上任何病都有醫法，茶術絕非萬能。何況婆婆年事已高，八十有七，能用的法子更少了。天命如此，還請節哀，餘下日子孝親奉養，婆婆仍可安享天年。」茶師正色道，「唯有一事相詢。」

「先生請講。」

「我以紫海蘿與白露之茶，溫和調理，婆婆將臥床不起，約可延命六月。若用西域紅花與邙山雀尖，效力迅猛，她可如常行走飲食，但約莫三個月，就會在睡夢中離世。沒有第三條路可選，若是放著不管，性命恐有隨時之憂。我該如何用茶？」

「娘親生性樂天。」三叔婆的兒子流淚說，「她常說凡事天定，造化皆有定時，讓她自己說吧。」

「我明白了，婆婆見識過人，晚輩佩服。」

三叔婆醒來，聽了詳情，說她一生持家，山林之中健步如飛，臥床豈不悶煞？二話不說，便選了西域紅花與邙山茶，一家相擁痛哭。風兒雙目垂淚，再次體會人力有時而盡，即以茶師滕白朗之能，在造化天數面前，也不過渺如一葉松針。

然而，滕白朗對客家命運之深遠影響，決不止此。

三、討賊

胸中韜略藏萬卷，
如見飛將破賊時。

一夜過去，滕白朗茶術施展已畢，給三叔婆喝下，一行人便動身上山。不料走到一半，風兒的二叔客聲遠已滿身大汗，帶著傷勢與血汙，驚惶失措地跑下山來。

「聲遠！出了何事？」客聲南連忙飛奔上去，扶住了他，二叔卻渾身癱軟，流下淚來。

「大哥，聲遠無能，一隊賊夥突然來到，咱們抵敵不住。我被打暈之後醒來，才知靈兒、湘兒、婉兒、玉兒，還有別家幫忙採茶的素蓮、滿春、錦珠，年輕些的姑娘都被擄走……聲遠該死！大哥，聲遠該死啊！」

客聲南與風兒聽了，直如晴天霹靂，又急又怒。尤其靈兒，她是風兒的雙胞胎妹子，眼眸清澈，相貌靈秀，可說人見人愛，落到賊人手中，後果真不堪設想。原本山上這片茶園，以客家為主，聚集了四姓之家，也有好些壯丁習武，尋常是決計不怕賊人的。誰知這夥山盜不同，匪首武藝高強，帶了二十幾名手下，二叔等實在不是對手，不僅女眷被擄，家中細軟也被洗劫一空。所

幸四家壯丁雖有幾人傷重，總算保住性命。但姑娘家的清白……客聲南愈想心愈沉，靈兒和幾個妙齡女子，這一生……一生只怕完了！

所謂關心則亂，客聲遠和風兒乍聞噩耗，只想即刻奔去追賊，又不知上哪追去。只有滕白朗旁觀者清，聽了二叔雜亂無章的敘述，立即理出頭緒，問道：「賊人走了多久？」

「我下山求援之時，還聽得賊人鼓譟，靈兒哭叫之聲，應該不遠。但實在不知他們會走哪條山路……」

「你們認得這夥賊嗎？」

「不，從未聽聞，若山上有這夥寨子，咱們也不會毫無提防……」

「那好，來得及。」滕白朗的言語，帶來了一線希望，「想必他們來自遠地，必須趕回自己的巢穴，應該不至傷及女子性命或毀了清白。當下急務，是探得他們從何路遁走。」

滕白朗一邊說，一邊取出茶釜，倒入一皮袋水，異象陡生。只見茶師手邊無一根木柴，竟憑空在平地生起熊熊焰火，釜中的水隨即滾燙沸騰，煙氣氤氳。接著他先撒進一小把鹽，再放入磨碎成粉的茶葉，茶釜中更竄出一縷白煙，直上雲霄，引來數十隻烏鴉麻雀等各色鳥群，好似成群結隊，聽他號令。

滕白朗不慌不忙，替鳥群餵食小米。接著催動火焰，白煙再起，鳥群驚飛，竟在空中散成八群，向四面八方飛去。沒有多久，便有一群飛了回來，盤旋三匝，啁啾亂叫。滕白朗點了點頭，右手一指，鳥群便沿著來路飛了回去，直上雲霄的白煙也變了方向，隨著鳥群而去，指引清晰無比，想必就是山盜離開的去向了。

「看得出是何條路嗎？」茶師倒乾了水，收起茶釜，垂詢客聲南與聲遠兄弟，兩人肯定地點頭，作勢要追，卻被滕白朗連忙叫住。

「不能直直去追，方才家中壯丁打不過，咱們幾個更打不過。先想想，山盜帶著細軟與女子，行路必緩，咱可否抄近路，繞到他們前頭？」

「行，有一條翻山捷徑，我可帶路。」客聲遠只想將功折罪，迫不及待地說。

「小徑可否容一人推車而過？就是風兒日常奉茶的那種？」

「山徑夠寬。」

「好，咱們就推那桶奉茶而去，至於其他……」茶師思忖著，停頓了一下，想必是在心中構築茶術的諸般細節，而後才說，「嗯，可行。虧得你們不嫌煩，每日在奉茶中加入蒼荷草，省了不少工夫。其餘路上再說，快，走罷。」

於是眾人加緊去辦，客聲南召集還能動的兩名壯丁，輪流推車，一行人聽從滕白朗吩咐，由二叔客聲遠領路，帶了茶桶、繩索與兵器，翻山越嶺而去。一路上，茶師教風兒如何處理九夜花、崑崙雲仙草、琴山香茗等稀奇材料，混入已浸透蒼荷草的桶內茶湯；茶師自己則因為木車上不能點火，僅能以雙掌貼著茶桶，用茶術之訣注入炎氣，使茶湯上下迴流，化開各色材料的奇效。此法甚難，直累得他大汗淋漓。

一行人終於搶在山盜前頭，抵達離開大山背的必經之路。從天上鳥群的動向看來，賊夥的確還沒下山，客聲南一行人鬆了口氣，隨即將一桶奉茶留在路邊，在一旁的樹林找地方躲藏。不過在躲之前，還差一味。

「風兒，你渴不渴？」茶師問。

「渴啊，一路忙著弄茶，連水都沒喝……」風兒說著就要拿起皮袋來喝上一口。

「慢著，別喝！」茶師忙叫住他，「渴就對了，嘴巴又乾又黏的時候最好。來，吐一口唾沫進去！」

「蛤？」風兒見滕白朗掀開茶桶，要他往裡吐口水，覺得不解又作嘔。但想到多半是引誘賊人去喝，便不猶豫，依命行事。

「呸！呸！」

「行了，夠了！你噁不噁心？好了，先喝點水，去躲吧。」

群鳥驚飛，山盜終於來了。賊夥聞到茶香，都叫著好渴好渴，爭著往桶子裡舀茶喝。靈兒等姑娘家，或被塞進痲袋，或被扛在肩上，或用繩子綁了強拉著走，一路啜泣傷心，這會兒也反常地喊起渴來。

「給大爺香一個，就給妳倒茶。哈哈哈！」

「阿魯你膽子真大，這妞兒長得標緻，說不準會當上你頂頭的壓寨夫人。你敢胡來？」

「嘿嘿，胡說兩句罷了，喝茶喝茶。」

賊夥就這麼起鬨，愈說愈渴，人人均喝，也分給姑娘們喝。畢竟讓姑娘家有點事做，不再哭泣掙扎，於山盜也是好事。匪首為大戶人家護院武師出身，見多識廣，自己的喉嚨愈是渴得緊，愈是覺得古怪，正想出聲叫幾名親信別喝，但眾人口渴得慌，竟然壓制不住，最後只有他一口也沒喝下。

姑娘們的哭聲漸漸小了，賊夥們的鼓譟聲也漸漸隱沒。一側有山，一側有樹林，奉茶的茶桶擺在一處險要的隘口，眾人飲了茶，個個沉睡不醒，四周靜悄悄。匪首終於明白，這是陷阱，而他有麻煩了。

到底是怎麼回事？滕白朗現下當然不會明講。把茶性藥理都教給風兒，還是將來的事。但其實並不難解，首先行路甚是暑熱，蒼荷草的清涼之氣若能散發，最是吸引行人；其次，九夜花能讓飲者睡得快，雲仙草則讓他們睡得熟，崑崙產者尤佳；琴山香茗則是最珍貴的，若非為了救人，滕白朗不會輕易動用，凡人聞其香氣，總會覺得無比渴望，甚至錯覺自身乾渴，非來上一碗清茶不可；加上茶術的炎氣催動，及口乾舌燥者的唾沫為茶引，收效之速，自是非同小可。

總歸一句，滕白朗的計策大獲成功。林中一聲暴喝，爹爹客聲南、二叔客聲遠等四人喊叫殺出，以四敵一，向匪首圍攻上去。這匪首叫做燕老五，頗有幾分武藝，當年因酒後鬧事丟了武師的差使，一度潦倒，不想數年之後，他竟率領山盜中最為悍猛兇惡之流，自號赤燕大王，成了鄰近四縣官府最頭疼的盜匪頭子。

燕老五最得意的，是憑他一十七路燕環刀法，與一柄奇門環首刀，戰勝過不少強敵。刀柄有環，讓他可以藉旋轉的手法，從敵人意想不到的角度出刀，加上他的實戰經驗豐富，迭出險招怪招，面對四人前後夾擊，竟能殺得他們左支右絀，險象環生。

但客聲南一行不會輕易倒下，現已是生死關頭，客家男丁女眷的性命都繫於此戰，絕不能敗。無比強韌的精神支持下，四人吶喊助威，悍不畏死。在這一族從秧國中原輾轉移居，最後來到灣洲的千年旅途上，客家經歷過無數排斥、白眼、甚至惡意的打擊；從中偷學各地功夫的一招半式，自己鍛鍊出的流民棍、流民斧等武術，招招都是不要命的打法，也讓武藝明顯高出一截的燕老五，一時難以痛下辣手。燕老五想得也沒錯，即使殺了一人，要是遭對方捨身砍殺，或卡住刀子，反而危險，因此他也是不住游鬥，找尋施展狠招的最佳機會。

這時，茶師滕白朗和風兒，自林中走了出來，滕白朗看到眼前的激戰，知道時間一長，武功不及的客聲南等人必要吃虧，卻仍氣定神閒，取出茶釜，和一塊非金亦非石，外側黝黑而內側灰白的奇特圓盤，坐了下來。只見他找了片平整的地面，將圓盤放好，茶釜置於其上，從皮袋倒點水進入釜中，喊了聲「炙！」鐵製的茶釜就漸漸熱了起來，蒸氣作勢湧出。

燕老五的眼角餘光瞄到滕白朗，心知他是奇人，說不定同夥二十餘人全都中計睡倒，就是這人的傑作，現在又不知他要變什麼把戲。燕老五眼看不能再拖，把心一横，故意賣個破綻，引誘風兒的二叔客聲遠來攻，刷地一刀，劃傷了他的左肩，飛起一腳將他踢了出去。接著連施快刀，務要在客聲遠爬起來以前，將其餘三人儘速斃於刀下。

情況非常緊急了，若非風兒的爹爹客聲南武藝較精，恐怕三人已全數喪命。說時遲那時快，滕白朗忽然吩咐：「風兒，我從三數到一，你就把釜揭開。」

「是！」

「三、二、一！」

「開！」

「促！」

風兒將釜揭開，滕白朗「促」聲一出，雙掌前推，釜中立即射出一道滾燙的水箭，正好潑到燕老五臉上，讓他雙目劇痛，無法睜開。燕老五慘叫連連，只能把一柄奇形環首刀周身旋舞，一面揮舞著刀，一面後退，左手摸索著腰間的水袋，想在臉上潑一點冷水，等眼睛稍微看得見，再圖謀反擊或遁走。客聲南當然不會讓他得逞，趁著他看不見，流民棍一記精妙的招式，絆住了燕老五的小腿；憑燕老五的功夫，下盤穩固，不會輕易跌倒，但免不了失去平衡，慌亂之際，終於被客聲南一棍打中了手，挑掉了手中的環首刀。沒有凌厲的刀鋒護體，加上雙目辣燙，燕老五頓時狂喊一聲，「去死！」抽出褲帶裡的匕首，作勢要殺，其實是色厲內荏，拔腿便逃。

但二叔客聲遠沒有放過他，雖然方才再度負傷，經過這一陣工夫已經爬了起來，見燕老五想逃，殺紅了眼，流民斧的殺招一斧砍中燕老五的左後肩。燕老五的叫聲，更淒厲了。

「別撲上去！」客聲南高聲提醒，「小心困獸猶鬥，圍著他！」

「你那把小刀不管用，扔了它吧。」這時滕白朗也走到左近，對著燕老五威脅道，「再鬥下去，就算不被這幾位砍死，時間一長，只怕你的眼睛永遠也看不見了。丟下刀，乖乖束手就縛，我還有把握將你醫好。如何？」

「不行！此人窮凶極惡，豈能救他？」二叔當場抗議。

「聲遠！咱一家的命，靈兒、還有幾家姑娘的清白，都是這位茶師所救。他留得匪首性命，自然有他的盤算。」風兒的爹爹客聲南畢竟冷靜，轉向滕白朗道，「聲南聽憑先生吩咐。」

「好。」

燕老五猶豫了，他知道若是被綁送官，死罪難逃；但硬拚下去，恐怕當下就沒有生路。拚著殺掉對方一兩個人，同歸於盡既沒有意思，縱然逃走，要是眼睛瞎了，也必困死在山林中。好漢不吃眼前虧，只要保得一命，縱然送官，還是有機會逃逸，或是設法脫罪。他終於丟下了刀。眾人立即一擁而上，拿繩索將這匪首五花大綁。滕白朗也信守承諾，先讓風兒在燕老五臉上倒些冷水，再煮滾了一帖草藥茶，放涼後為他清洗、輕敷眼睛，燕老五果然能看得見了，不禁對此奇人記恨不已，卻又敬畏如神。

同時，客聲南等四人也沒有閒著，拿出方才運來的繩索，將二十幾名呼呼大睡的賊夥盡數綁了，搜出被劫的財物，再差遣一人奔下山去報官。緊要之事都辦完了，滕白朗才另外吩咐風兒煮上涼荷新茶，佐以百靈葉，拿給靈兒等幾位姑娘一聞，自然悠悠醒轉。餘下的賊夥倒不必弄醒了，這下多半會睡到日暮時分，等官府捕快一到，直接扔上囚車便了，省事。

一行人回返茶園，受到英雄式的歡迎，平常一年僅能吃上一次的葷席很快擺上，山豬醃肉、溪魚和全雞，鹹、香、肥的烹調特色，讓各色菜餚更顯油亮，也幫奔波奮戰的壯丁們補足了氣力。至於那些受了重傷的男丁，既有滕白朗的茶術相助，又有女眷們的悉心照料，便也漸次好轉。

不出幾日，鄰近幾座山頭、村鎮、甚至縣城裡都飛快把消息傳開，人人都說大山背的茶園惹不得，當地民風強悍，連兇狠勇猛的山盜也栽在他們手上。至於茶師的奇術如何放倒這夥賊人，其中詳情，則在滕白朗再三交代下，並未流傳出去。當然官府從山盜口中，自能取得口供，風聲遲早會傳遍四縣，但等到那時，滕白朗或許早已飄然遠去了。

無論如何，風兒對茶師滕白朗的崇拜，已然在心中生根。

「滕師傅，風兒也能學做茶師嗎？」

「哈哈，或許能學，但你若想拜滕某為師，則大可不必。」滕白朗放聲笑道，「吾之所學，比之霞紅鎮的九芎塾，恰似流螢之於皓月，渺浮海之一粟。」

學藝莫過九芎塾，這是滕白朗的結論。言下之意，多少也是看出風兒有天分，起了愛才之心，表明若是客家有心送風兒去學，他可引薦。但事情沒這麼簡單，風兒若去了九芎塾，絕非當時尋常人家想像的學徒拜師，專攻茶術，而是家中要備妥一大筆束脩，春秋兩季按時奉上，起碼離家七年，廣學詩書六藝、天道歸仁。至於茶術能學得多少，則全憑風兒本身的資質造化了。

若是如此，客聲南便猶豫了。雖然這些年，客家的家產日漸殷實，這筆束脩不是出不起，終歸是一份負擔。況且風兒身手靈活，少了這個得力助手，更是一大損失。尤有甚者，在九芎塾與山下少男少女共聚一堂，飽讀詩書六藝的求學方式，更為風兒的願望平添了阻力。

莫非讀書不好？倒也不是。只是客家向來避世，總覺在山中耕讀，日日如常即為至大福樂。

除非是女兒方可嫁到外地，若是男丁，若到山下人群中長居，甚至在私塾讀書七年，總難免捲入功名利祿之爭。這或許是偏見，就如風兒對爹爹所說，下山做藥草茶葉生意，不也是跟外人謀取財富，打功名利祿的主意嗎？然一家思維路數既定，終究難以撼動。

「守素安常是最大的福分。」客氏一族現今最老的長輩，二伯公總是這樣說，「世道紛亂，向來如此。客家先祖有云，古有險惡之朝，世上至亂而生靈俱滅，僥倖得存者十中無一。幸得造化者束亂而正，令山河恆常，客家一脈方能存到今日，謂之：『守素抱樸，有而不常，故無相，是為至福。』

由亂入常才是福。風兒出外乃是求變，變而生亂，亂而有患，不若守常為佳。在家千日好，出外萬事難，我看，未見得要去啊。」

二伯公講的「世道紛亂」，是客氏一族流傳已久的故事。意思是說，在客家飄流各地的時候，先祖曾遇過一個極大的亂世，一個大活人可能白天還在，無災無病，夜裡就莫名地死去；此外更是天象變異、地動山搖，整個秧國有一半都被捲入此一亂象。直到造化者遣一聖人前來，才總算止住了災禍，但百姓已死去將近九成，日眶中的淚水都已流乾，甚至流出血來。所以客家對於「變」，總有一份莫名的抗拒，守素就是不變。在二伯公想來，能有幾年不出變故的平淡日子可過，就是很幸福的事了，豈有求變之理？

但風兒想去九芎塾，他相信自己足以成為了不起的茶師。對於客家守常不變的傳統，他心中也有了答案。譬如茶師滕白朗之出現，豈非大山背的驚天一變嗎？然而，此一巨變卻拯救了他們全家，這是二伯公也慶幸不已，無可否認的呀。

「爹爹。」十來天過去，是否讓風兒前往九芎塾求學，家中的議論已經多了，風兒決心大膽一試，便趁著清晨父親出門以前，取出他跟滕白朗求來的茶湯釜，及阿公留給他的珍貴碧砂壺，備妥茶杯與一應物件，烹茶以待。

爹爹客聲南沒有說話，只是端坐風兒面前，見他以從小耳濡目染的技術，糅合近日來跟茶師滕白朗學來的一招半式，似模似樣，恭謹有禮。從生火、煮水、溫壺、暖杯、泡茶，到最後敬了一杯茶，絲毫不遜於客聲南在外走動時，曾見過的茶人。做爹的不禁湧起一陣傷感，卻又有點自豪。

客聲南端詳杯中茶湯，聞香、啜飲、置杯，點了點頭，便返回內屋，請風兒的母親、阿婆一同出來。於是風兒將所有細節重做一遍，向阿婆與父母親各敬了一杯茶。母親登時哭了。客聲南知道時候已到，孩子長大了，雛鳥終須離巢而飛，從此不能再喚他風兒，他乃客家男兒客臨風，該當頂天立地。

「臨風，你去罷。」

就在滕白朗翩然離去的次日，風兒——十五歲的少年客臨風終於拜別父母，前往九芎塾。

四、薄霧

薄霧猶掩江上月，
清風不驚此中人。

這年五月底，臨風身穿粗布衣裳、蓑衣斗笠，揹著裝行李的大竹簍上路。靠著啃乾粿、喝山泉，每晚借宿山村農家，連翻三座山頭，才在第七天午后抵達霞紅鎮。臨風聽從去過縣城的遠房堂哥忠告，別穿著粗衣斗笠到鎮子，讓人小看了，便在鎮外樹林的隱蔽處，悄悄換上作工最精細的一件藍布長衫，把鄉下人行路的一應物件都藏起來，一竹竿挑了小的包袱進鎮去。

鎮上種種，臨風看來都很新奇，賣餅賣布的店鋪、紅磚木樑的家屋、香煙繚繞的廟宇、衣著細軟的行旅，都不是大山背能比的。縱然是家鄉一年僅有兩次的山墟集市，規模比起霞紅鎮仍差得遠。但臨風已不是貪玩的男孩子了，即使心中再是好奇，也不敢四處觀看，反而羞怯起來，只想趕快找到九芎塾，送上茶師滕白朗親筆的薦信，和家中勉力湊出來的束脩銀兩，展開他朝思暮想的私塾生活。何況他也得趕緊安頓下來，畢竟蓑衣竹簍等物件只是藏，不是丟，還得找機會出去收拾收拾呢。

可愈是著急，愈是找不著路。臨風尋思，九芎塾名聲這麼響，即使在霞紅鎮也該是個醒目地標，然而紅磚巷愈走愈窄，繞來繞去像極了迷宮，往往僅容一人通過，怎也不能有間三、四百人的私塾大院藏在其中。他愈走愈不對，決意返回廟前大街，往外去找九芎塾的宅院，誰知沒走幾步，便已出了鎮子，鎮旁的山溪淙淙流著，水可不淺，無法渡過，他只好繞了回來。

「滕師傅說過，『九芎塾在霞紅鎮，大隱隱於市』，不可能建在溪流對岸，應該仍是這附近，為什麼找不著呢？」

臨風煩惱著，穿街過巷，來到了鎮上另一頭的一方空地，仍是不見九芎塾，只瞧見樹下有個蓋著斗笠午睡的樵夫，衣衫的質地粗劣，身旁隨意擺著一把斧頭，那人枕著樹根高臥，看來就像沒有在鎮外換過衣裳的自己。臨風不禁失笑，原來也有人敢穿著這樣進鎮來，於是他揮去羞怯，上前問道：

「老丈、老丈！九芎塾何往？」

「嗯哼！」樵夫掀開斗笠，睡眼惺忪地瞧瞧臨風，似乎還沒清醒，「小子何事？」

「九芎塾何往？」臨風又大聲地問了一遍。

「嗐！」樵夫舒了一口大氣，身軀一動，臨風都以為他要起身帶路了，他卻躺了回去，隨口便吟，「薄霧猶掩江上月……江上月……」說完又蓋上斗笠，竟是睡了。

臨風碰了一個軟釘子，四顧往來行人，總覺得眾人都往自己身上瞧，面頰既紅又熱，趕緊走開。不久，見到一位衣著較樸素的村婦，便鼓起勇氣再問：「大娘，九芎塾何往？」

「明者自明，達者自達。」又來一句！村婦不著邊際的說詞，與漠然不搭理人的態度，弄得臨風窘迫極了，他只得雙手一拱，溜之大吉。這時，忽然耳邊傳來嗩吶鑼鼓吹打的聲音，臨風曾在秋冬農家收成，山墟市集上演收冬戲的時候聽過幾回，知道是嗩吶領奏，盡是喜慶的調子。

他循著聲響回到大街，看這熱鬧的吹打陣仗。錦緞旗幟飄揚，上書一個大大的「君」字，想必是方圓百里無人不知、無人不曉的進士府第，開灣進士君永錫一家。隊伍中一位騎馬少年，不知是君家第幾代的少爺，左右跟著兩位書僮，揹著放置書冊和筆墨紙硯的箱籠，還點了昂貴的薰香來防蟲，一行人浩浩蕩蕩進鎮，該不會是陪公子讀書，上九芎塾吧？

臨風怎麼也想不通，他穿越大街小巷都找不著入塾的門路，君家敲鑼打鼓起碼二十來人，就能從街上大搖大擺走進去嗎？看來實在不能。但一位帶書僮的少爺，大陣仗進了霞紅鎮，不去九芎塾難道只是路過？又實在不可能。臨風只有暫且假設，這隊人真知道路，跟著走準沒錯。於是他悄悄隨著圍觀的人群，慢慢貼近隊伍，儘量讓自己跟他們保持相同的方向。不料沒走幾步，眼前一黑，竟好像撞上了一堵無形的牆；臨風頭暈目眩，良久才恢復神智，卻只能聽到人聲熙攘，東西南北都分不清；眼前一股迷霧，恰巧擋住遠近視線，嗩吶鑼鼓聲漸行漸遠，終於跟不上了。

臨風頹然呆立，挨了匆匆行人一撞，莫名又進了一條陰濕的紅磚小巷。他忍住眼淚，只覺得忿忿不平，卻無可奈何，人家是進士府第，客臨風又是誰？客家又有誰能識得？走著走著，磚道漸寬，拐了個彎，他才發現自己又回到原點。鎮子邊陲的空地上，樵夫不是仍在呼呼大睡嗎？

衣衫粗劣，毫不醒目，卻旁若無人……臨風看著樵夫，轉過好幾個念頭，忽然靈台一陣清明。他知道自己忽略什麼了，一個村野樵夫，聽見尋常問路，怎能出口成章？

臨風當下尋思，簡直把自己從小到大讀的竹簡都想過一遍，好像本來讓他羞慚的、穿著華服的行人都成了幻影，無法動搖他一絲一毫。他終於走上前去。

「先生、先生？」

「嗯？」樵夫連斗笠都沒有揭開，只問，「小子何事？」

「敢問九芎塾何往？」臨風恭謹地問，等著樵夫回答。

「薄霧猶掩江上月。」

「小子敬端釜中茶。」

臨風向著眼前的樵夫，大膽說出自己尋思許久的答案，對出了下聯。樵夫頓時摘下斗笠，霍地坐起身來。

「客從何來？」

「大山背。」

「會做什麼？」

「烹茶。」

「請煮。」

樵夫與臨風就這麼在樹下對坐，樵夫不知打哪取出盛水的瓦罐，還有一綑枯枝。臨風打開包袱，拿出最寶貝的湯釜、壺杯與茶葉，很快地點燃了柴火，煮將起來，神色恭謹，動作細膩，甚至戰戰兢兢，如同他在茶師滕白朗跟前一般。

「四季春，請用。」

「嗯。」

樵夫先聞茶香，再淺啜茶湯，停留舌尖後下咽，然後慢飲而盡。臨風這才正色問道：

「能否賜教，九芎塾何往？」

「你早已到了。」

臨風一愣，不知如何回答，樵夫已然起身，低吟淺唱：

「一線天開，散卻鏡花水月；

四院風臨，見得群玉瑤臺。」

樵夫吟唱聲中，剎時間，彷彿所吟的聯句蘊含無窮的力量，周遭風物變幻，紅磚屋牆與大樹盡皆抹去，空地四圍變成一座典雅的院落，黑瓦白牆，或稱為粉牆黛瓦。左近有流水假山，右側聽書聲琅琅，臨風站在一道洞門前，左右對聯正是樵夫所唱：「一線天開，散卻鏡花水月；四院風臨，見得群玉瑤臺」，橫批「與誰同坐」。

「對了，你正好喚作臨風，巧得不能再巧，進來坐吧。」

樵夫的模樣也變了，化為書生的裝束，帶著臨風走進如夢似幻的秀異空間，質地光滑的石桌石凳，彷彿一塊鑿成，精緻前所未見；一桌二凳與窗格上方，龍飛鳳舞地手書「臨風軒」三字，扇形門洞三面開敞，貌似可觀看各院之景，卻又望之不盡。先前扮作樵夫的九芎塾先生，等臨風稍微習慣一下眼前的變化，從詫異中略為清醒後，這才開口。

「倘若我果真是個樵夫，你還給不給我茶喝？」

臨風不禁嘆服。

「弟子受教。」臨風恭謹地應答：「正如弟子在家，每日總要備上一桶清茶，辛辛苦苦搬至小道奉茶。道旁無論王公貴冑、販夫走卒，不費一文，皆可聞聞茶香，暫解其渴。」

「你懂了。」先生微微頷首，侃侃而談，「不見貧富，不分仙俗，只問六藝七訣，江山社稷。你可稱我弓先生。」

「弓先生。」臨風深深一禮。

「你一定覺得自己學會了什麼，但未經過試煉動搖之前，仍是一無所有。學而時習之，絕非易事。」

「弟子謹記。」

※　※　※

雲珍，字天尋，是臨風來到九芎塾後，第一個認識的同齡男孩子。雖說同齡，不過雲天尋來到此地已經一年多，是個門生了，不像臨風初來乍到，只是一名「生徒」，或稱「小苗子」，意思是剛剛發芽，沒什麼本事，是個有點貶抑的外號。

臨風和天尋的相遇，可說是諸多巧合當中的一環。首先，是天尋因為自身的興趣與天分，來到九芎塾滿一年後，拜進了弓先生的門下，也就是九芎塾「六藝」當中的「弓與木」，追求箭術的精進卓絕。其次，這個月適逢弓先生輪值，考驗外來生徒，便以他擅長的「幻境」來試試臨風，若是孺子可教，就引導他入塾。既然如此，由一位粗具經驗的門生天尋，照應一個新來的生徒臨風，就成了弓先生自然而然的選擇。在他看來，無論是哪一方，多多少少都能有些學習。

「我叫雲天尋。你就是臨風吧？」天尋領了弓先生的吩咐，主動上前招呼。

「是，我是客臨風。」

「甚好，弓先生要我領你去轉轉。」天尋微微一笑，「先帶你瞧瞧今晚要睡哪。行囊都帶了嗎？」

臨風不好意思地承認，還有一些物事藏在鎮外，天尋說無妨，便即帶路，走過蜿蜒的九曲橋，再穿過一處迷宮般的花間幽徑，臨風這才看見九芎塾宏偉的正門，以及一隊正要離去的君家僕從。附帶一提，這處花間幽徑的布置，可是藏了一套相當厲害的陣法，外敵即使攻破了九芎塾的正門，也別想輕易通過。天尋當然無此能力破陣，只是學了先生所教的穿陣之法，依樣畫葫蘆才得以進出。不過這些細節，臨風現下自是不知，只覺得眼前一花，認不出東西南北，只能緊緊跟隨著天尋，生怕慢了一步，就要迷路。

「君家就是愛擺排場。」天尋出陣到了九芎塾門口，望著君家僕從拿著大大的「君」字緞面旗幟，魚貫而出，登時有感而發。

「他們……是開灣進士君永錫一家的人？」臨風試探著問。

「是啊。」天尋說，「君世倫是門生一輩當中出了名的大少爺，每回返家省親，總有一大隊僕人吹吹打打伺候他回來。你看現在他們要離開，咱們要出門就得等了，真是麻煩。」

天尋雖然抱怨，也沒等多久，君家的人剛剛離去，他和臨風隨即步出正門，很快到了鎮外的樹林。臨風找到記號，取回行李，其實就是一個大竹簍揹在身後。天尋早就料到，臨風帶的多半不是什麼體面光鮮的行囊，才會需要藏在外頭，只是想不到竟會成了這副莊稼漢打扮，天尋簡直不敢跟他走在一起。不過這種念頭只是一閃而逝，弓先生既吩咐他照應臨風，總不能半途而廢，於是勸道：「取塊布遮住竹簍，成嗎？」

「喔，是。」臨風心中暗暗氣惱自己，怎麼事先沒想到？氣惱之餘，卻又有點窘迫，畢竟竹簍中變不出漂亮的綢緞來，只能取兩件衣衫把簍子遮蓋，看上去還是亂糟糟的。所幸天尋也沒多說什麼，只是快步帶臨風進了九芎塾，三拐五轉，就到了生徒就寢的寢房。

房間是兩人一間，不過另一位生徒還未入塾，臨風倒成了一人一間房了。既是如此寬敞，天尋便示意臨風先放好竹簍，將行囊稍作整理，兩人各坐一床，然後再聊。天尋自然先跟臨風問了些話，諸如打哪兒來，如何得知九芎塾之類。不過沒多久，就進入了最核心的部分。

「臨風，你知道六藝嗎？」

「我……我不太……」

「不用緊張，不曉得也無妨。」天尋說道，「我想弓先生若在場，也會叫我講給你聽吧。」

「多謝……雲兄。」

「不用多禮。六藝者，乃九芎塾人人必學的六門技藝之總稱，也是君子在世上安身立命，保社稷、定邦國的重要憑藉。」天尋搖頭晃腦的，將師尊們日夜灌輸的九芎塾精神，一字不漏地背了出來，才繼續說道，「六藝的傳授，是從根源、器械到實作，一脈相承，包括：詩與書、弓與木、刀與鑄、兵與墓、絲與竹、以及茶與素……」

臨風聽到他最想學的「茶」，眼睛一亮，但還是沒敢搭腔，耐心地聽著天尋解說，從而對九芎塾的學習有了幾分初步的了解。詩與書是六藝的根本，從最基礎的背誦千字文、詩三百，熟習字義與書法開始，再到進深的經書典籍。換言之，詩書是了解其他五門技藝之本，無此能力，就無法通曉諸般經典，學到各門技藝之由來與上乘奧秘；又因為詩書之學備受官場看重，甚至決定學子能否在朝為官，因此也是民間最為崇拜的六藝之首。不過天尋還是強調，九芎塾的師尊先生們耳提面命，六藝絕無高下之分，不可困於俗人之見，而對某些技藝另眼相待。臨風自然點頭稱是。

弓與木，就是弓道。從農家搭弓射箭，獵取山雞野兔；到君王田獵練兵，馳騁戰場決勝，都離不開弓道。在九芎塾的學習，是從養氣守一、伐木製弓開始，再學揖讓之禮，後練百步穿楊；自始至終，無所不包，故稱弓與木。這也是天尋最為擅長，選為入塾第二年進深研習的一門科目，故此他花了不少時間講述細節，分享經驗且興奮不已。臨風雖然有點著急，想要趕快聽聽自已感興趣的茶與素，但聽聞天尋如此熱情，談到弓與木的種種奇聞軼事，也覺得甚是有趣。

接著談的刀與鑄、兵與墓，都與軍事有關。刀者，泛指一切金屬器械與金工之學，和弓與木類似，舉凡民間鑄造農具、錢幣、箭簇，到軍隊所需的兵刃、廟堂所用之禮器，都離不開鑄造之學，因此刀與鑄是一門貼近民生的技藝，只是在形象上更貼近軍事與武功。畢竟刀光森寒，而刀與鑄一科不只學鑄，門生以上的弟子，至少都要練一門兵器，自然給人勇武非凡的印象。

兵與墓就更明顯了，這門科目從名字就聽得出警惕之意，所謂：「兵者，國之重器，死生之地，存亡所繫，不可不慎也。」一將功成萬骨枯，只要戰端開啟，就意味著萬千墳墓荒塚，與家家戶戶喪失父兄愛子的哀痛。所以九芎塾主張學兵之前先學墓，人人都要刻一塊自己的墓碑，意思是先知曉戰爭的後果，學著以仁道待天下百姓，甚至先有避戰解紛的胸懷與謀略，而後才學「萬人敵」，意即兵陣之法。由於天尋對兵書戰史頗感興趣，讀了不少，臨風聽來也是津津有味。

不料，六藝尚未說完，日頭竟已平西了。

「哎呀！糟糕，這麼晚了，就說到這兒吧。」

「啊啊？」最想聽的茶與素沒有聽到，天尋竟要走了？臨風大為失落，還想再問，卻見天尋不斷搖手，甚是著急，便不敢多說。

「哎，怎地忘了時辰？我有事，真的有事，快隨我來，這就帶你去用膳之處，晚膳用罷，你就自個兒回來安歇吧。我卻是沒得吃了……哎唷！」

只見天尋慌慌張張地，竟在門檻上絆了一跤。

「疼疼疼……唉，算了算了，走吧。」

五、兵陣

兵陣者，
雲霧之際，軍心之交，謀略之算；
幻化相生，故有九變也。

臨風在九芎塾的第一餐，居然是白米飯！

在客家，白米飯可不是隨時能吃到的，總要逢年過節才有，若能加上一兩樣菜餚，那就更完美了。然而在九芎塾，白米飯卻好像是尋常東西，人人都可以盛上兩碗，無論是生徒、門生、還是高幾班的門人或君子，都是一樣。此外桌上還有兩樣素菜，門人或君子的桌上還會多一道葷菜，每一盤都炒得油亮油亮的。對臨風而言，若是餐餐都能這樣享用，簡直是奢侈了！

但看來九芎塾就是如此，正值發育期的少男少女，固然多半會吃個兩碗大米飯，卻也有只吃一碗，甚至連一碗都吃不完的，可見這飯食對他們而言司空見慣。但臨風可開心了，不但連扒兩碗飯菜，還一口氣喝了好幾碗的大鍋湯，裡頭不僅有蘿蔔，還有少許排骨，讓臨風的肚子吃得鼓鼓的，一直到膳房的大娘要收了，才依依不捨地離開。

回去的時候，臨風卻迷路了，今晚正好沒有月亮，僅有星光與些許燭火，景物看起來跟黃昏差別甚大，特徵相似的粉牆黛瓦，更讓臨風迷失了方向。所幸他終究是大山背的孩子，習慣在黑暗中找路，倒是不見驚慌。

然而在陌生的路上摸黑，畢竟容易搞錯，第一回嘗試就漸行漸遠，走到了生徒寢房的反方向。臨風乾脆大著膽子，信步往前，不覺聞到了一股淡淡的梔子花香。一縷香氣極薄極遠，常人是聞不出的，但臨風就是聞得到。少年人的好奇心起，讓他沿著花香的來處走去；隱隱約約，更聽見有人交談的聲音。

「你說，今天來了個新的生徒？」

「是，弓先生剛巧把他交給我照應。」

臨風嚇了一跳，連忙躲避。他雖然看不清，靠著山野孩子靈敏的五感，卻聽得出來，花間的少女正與天尋交談，而且談的正是自己。

「是什麼樣的人？」

「小苗子，完全不懂塾裡的事，連城鎮都未曾住過，是個打山裡來的生徒。年紀跟我差不多吧。」

「什麼都不懂嗎？真稀奇，從沒聽過這樣的事，塾裡怎麼會收這樣的弟子？」

「回小姐，聽說他帶了茶師滕白朗的薦信，且通過了弓先生的入門考：漁樵九幻。」

「這可奇了，好玩，這回弓先生扮成了漁人呢，還是樵夫？」

「我可沒問，小姐若想知道，下回我再稟報。」

那少女的聲音真好聽！就像阿婆在故事裡所說過的，那種聲如銀鈴清脆，又像絲緞那般柔滑的聲音。這兩種特質是相當不同的，臨風聽故事的時候，從來想像不出，兩者竟能出現在同一人的身上。但少女的話聲就是如此，讓臨風聽得出神，只覺不可思議。

相反地，雲天尋的聲音就不像午后那樣自信且神氣，雖然仍是進退得體，卻跟他稱為「小姐」的少女頗有距離。就像兩人間有一道無形的階梯，逼得天尋退到五階之下，還得彎著腰說話。當然，並不是說他真的那樣做了，這只是一種聲音上的感覺，一聽就懂，不由分說。

「誰？什麼人！」

說時遲那時快，天尋大喝一聲，四下警戒，護住小姐。臨風大驚失色，以為是自己被發現了，轉身就跑，慌忙中還踩斷了幾根枯枝。跑了一段路之後，才發現無人追來，天尋發出喊聲警戒的方向，也不是臨風的方位，多半是另有其人。不過臨風初來乍到，也不敢追究是怎麼回事，既然脫身，還是趕緊往回走。運氣不錯，不旋踵他就找到了回寢房的路，和衣躺下。初時還覺得心跳不已，興奮感交織著緊張，夜不能寐，不料一切只是錯覺，沒多久便已呼呼大睡了。

※　※　※

接下來的日子裡，臨風藉著天尋的帶路、引導，以及生徒必修的日課，逐漸認識了九芎塾的種種。

首先接觸的，果然是六藝中的詩與書，但在生徒們的口中，卻全無詩書學問的高雅氣氛，反而為它起了個「書與蠹」的渾名。為什麼？因為生徒進了這一科，真正能夠讀書的時辰竟不到十分之一，成天都得清書房、打書蟲，稱為「除蠹」，不然整座九芎塾的藏書，三天之內就會被蛀蝕殆盡！

說得具體點，從每日的早課開始，臨風就得拿起撢子、麻布、還有竹篾做的打書工具，想盡辦法除蟲。書房裡灰塵漫天，蟲子多得不得了，讓每個生徒都得找塊布蒙住口鼻，才能忍受得住。一年前，天尋還是生徒的時候，也是深以為苦，幸好他現在已是門生，再也不必輪到這項苦差事了。

根據詩與書的五位師尊之一：詩夫子的說法，數百年前，人們還不會像這樣為蠹蟲所苦。那年歲，世上雖然也有書蟲，卻不像如今這麼氾濫，架上的書冊只要個把月清理一次，大致就不會蛀壞。寫了字的紙張落在地上，還可以存留許久，甚至還發生過不肖士子隨意把字紙棄置郊野，凌亂不堪的情形。

真正的文人雅士，自然看不慣這種行徑，他們的觀念是「書為聖蹟，敬惜字紙」，書寫了文字的紙張，即使是廢而不用，仍然值得崇敬。為求慎重，甚至蓋了亭子專門燒化這些紙張，稱為惜字亭或聖蹟亭，這些亭子的遺跡到今天還在。秧國的大江以南，四大書香世家：蘇、吳、孫、李，都有過類似的記載，尊長派家丁到科舉試場，一來陪子弟赴試，二來拿竹簍撿拾字紙，不讓人隨意丟棄。孫家甚至曾經發動百人，前往士子到省城應考必經的山道，沿路逡巡，以免發生棄置字紙的亂象。

可惜這樣的努力是杯水車薪，敬惜字紙的風氣，比不過隨手丟棄的惰性，隨著文字更加普及，人們對字紙敬重的心情也愈發淡了。直到某年夏天，「蠹蟲之災」乍然降臨，才顛覆了整個狀況。在人們措手不及的時候，三天之內，便造成了朝廷與文壇的浩劫，記載全國地籍的魚鱗圖冊、稅賦的簿記帳本，都被蛀蝕得不堪閱覽；地方上的文獻受損更加嚴重，讓秧國的治理陷入漫長的黑暗期。經書典籍、文章字畫的損傷，更是無法估計。凡是磨墨或顏料寫上的字紙、帛書，全都毀壞，只有竹簡、石碑、印章、銘文、或繡在布上的字得以倖免。

各地官府與大戶人家，很快動員人手，想出種種辦法挽救，後來更形成官方的一套「防蠹」之策，頒行通國。基本上，就是將典籍字紙集中管理，每天天一亮，要派許多人手翻開書冊點檢、除蟲；天色一暗，則點上昂貴的薰香，防止蠹蟲啃食，還要有人值夜看守。只有朝廷貴重的文獻，或是地位崇高的富貴人家，才有整天焚燒薰香護書的規矩，還得常常點檢，以免薰香的防範有所疏漏。當然更貴重的典文，就得刻在石碑、或鑄在青銅之上了。

從此再也沒人棄置字紙了，即使丟棄也無所謂，若在郊野，一天之內就會被蟲子蛀光。因此人人都說「蠹蟲之災」是造化者的意旨，懲罰輕忽文書字紙，毫無崇敬之心的天下人。不過當災厄降臨，倒是不管你是否敬字，即使是蓋了惜字亭的書香門第，同樣要遭到蛀蟲所擾。某幾種最惡毒的蠹蟲，還會在書上留下腐蝕性的體液，甚至咬人傷人，更為蠹蟲之災增添了幾分「天罰」

的形象。

翻書除蟲當然是一份苦差，卻難不倒來自山間，日日做慣各種農活的臨風。長年的農家生活，讓他的手腳比尋常生徒俐落，也很得師尊的喜愛。從這方面看來，臨風適應得十分良好，但其實沒這麼順利，因為同進同出的生徒都不喜歡他，讓臨風交不到半個朋友，只有天尋願與他說話。

到底怎麼回事？還得從講話說起。在九芎塾講話有三六九等，可以分出門第的高低。打個比方，古書中的一句「想當然耳」，這「耳」字須以秧國官話讀出，只有君家和雲家講得漂亮，其餘各家都差了一截。客家的臨風就更差了，既不懂秧國官話，連灣洲各城慣用的洛語也說得不好，一聽就知沒有學問。其實是不是真的沒學問也毫不打緊，縱然滿腹詩書，若是聽起來沒有學問，就是沒有。

「臨風，為師看你……在書房並不開心，是嗎？」

「這……弟子……」

「無妨，想讀書用功，何處都可以，未必得留在書房。若你願意早些進到六藝的下一門，為師可以替你安排。」

詩夫子早已看出臨風的煩惱，卻無法時時刻刻為他排解，何況九芎塾的規矩，是讓弟子自己克服困難，找出問題的答案。師尊所能做的，是幫弟子安排一個解決困擾的契機，而詩夫子想出的辦法，就是換一個環境。既然臨風在打掃書房、清理蠹蟲上表現不錯，便有了一個好理由，讓他提早結束詩與書的啟蒙，進到了兵與墓的門下。

兵與墓的師尊范盱，出身兵學世家，范家先祖中最知名的大將，是文人出身的范世光，令北方異族、南疆蠻夷聞風喪膽。人稱范世光胸中韜略可比千萬甲兵，他的後代自也不差，范盱曾任五品武官，有實戰經歷，率部在秧國東南平定農民叛亂，後升為從四品官。朝廷命他從東南進灣洲，還賞賜范家一大片土地，其實是想藉助他的威名，鎮住灣洲紛亂的治安。而范盱也不辱使命，到他年邁辭官，將職務交給後進的五品游擊盧老錦為止，灣洲北部的盜賊亂匪少了七成。九芎塾能請到「灣洲武略第一」的范盱來出掌兵與墓，面子可真是大得頂天。

重點是范盱這人也有鄉音，徽州土語的腔調一輩子改不掉，或許正因如此，即使他中過舉人又打了勝仗，卻從來沒機會離開東南沿海進朝中為官。但在灣洲北部，就算是地位崇隆的君家、文采第一的雲家、家財萬貫的傲家等三大家族，從來無人敢以范盱的口音輕視於他。

詩夫子的用意至此很清楚了，藉著將臨風提前調入兵與墓，也是對歧視他的生徒們宣示，九芎塾首重才德，客臨風這個弟子若有能力與好品行，自不該以口音論高低，正如文武雙全的范盱一樣。

進了兵與墓的第一日，就像天尋對臨風說過的，兵與墓的頭一項操練是鑿刻自己的墓碑，這份差事雖然沉悶，卻適合修養心性，順帶練練吐納調息的功夫；至於一天當中的空閒，則讓臨風前往小書齋，研習詩夫子指定的經書。而隨著進入兵與墓，嘲笑臨風口音的情形也漸漸少了。一個月過去，臨風才將一方墓碑完成；再經過一個月，慢慢打磨修整，師尊范盱才終於滿意，找了臨風過去問話。

「你知道這方墓碑上，該刻什麼嗎？」

「刻上弟子的名諱、生辰與卒年？」

「是，但這不是為師要問的。」范盱再問，「想一想，若有一天你離開世間，後人只能用一句話紀念你，那會是一句什麼樣的話？」

「弟子……」臨風沉吟許久，終於搖搖頭，「弟子不知。」

「哈哈，不知為不知，較之胡亂應答，你倒是老實得多。」

「請師尊明示。」

「實實在在地講，我也不知。你的墓碑上要刻什麼，為師怎麼會知道？就連我自己的墓碑要刻什麼樣的字，也是到了這幾年，我才稍微算是有一點把握。」范盱長嘆道，「你的墓，就是你一生的行誼，蓋棺論定。或許等到有一日，當你遍歷大江大海，嘗盡人生苦辣酸甜，離合悲歡，再回到這裡。假使我又運氣好，還沒被埋在一塊墓碑底下，那時你便可回答我了：你要刻的，是一句什麼樣的話？」

說完這話的第二天，范盱才開始傳臨風《兵陣》。

「兵陣者，

雲霧之際，軍心之交，謀略之算；

幻化相生，故有九變也。」

兵書上的這一句話，傳自古之軍神倉離尉，一般的解釋，是說影響戰爭勝敗者有三，雲霧天時者一，軍心聚散者二，謀略成算者三，復有敵我雙方交相變化，三三得九，故有九變也。范盱的解說卻全然不同。

「爭勝止敗，影響深遠何止三者？雲霧、軍心、謀略不過是概說。所謂九變更是笑話，戰場千變，奇正相生相剋，何止九變？九者『多』也，乃倉離兵法可千變萬化之意。讀兵書切忌食古不化，凡拘泥於文句之小道，而不見戰場之實情者，百戰無勝。」

隨著范盱兵學思想的脈絡，就很容易明白，為何弟子們隨他研讀兵書的時間，遠遠少於實戰操演的時日。領略戰場的變化，除實戰之外別無他法。年少的孩子雖無法親臨戰陣，但自有一套演練的方法，就是「入陣」。

這套兵陣的練法，是將步兵近接的對戰，與兵法策謀的驗收，融合為一場不傷人的操演。門生與生徒中的男子，會聚集在霞紅鎮外的一片平地，稱為演武場，分成三股，按著兵陣學到的方法列陣對打。至於君子與門人，因為程度已經遠遠超過，不會參加。分成三陣這件事頗有妙處，據說演變自秧國大一統之前的歷史，當時存在勢力相當的三個朝廷，互不相讓。演武場上的兵陣也是如此，一般而言，若有一方占了上風，另外兩方就會聯合起來攻打最強的那方，不斷保持均衡，因此沒有一方容易取勝。

步兵操演這方面，是取一根木棍，前端包上布球，沾滿白堊粉末，無論何人，被粉末打中要害就得自動退出戰場。此法需要門生與生徒誠誠實實地配合，但並不難辦到，畢竟誰也不敢冒險，若是被師尊發現作弊，免不了受到重罰。

至於兵陣的構成與指揮，也反映了九芎塾隱含的勢力分布，三陣的統領，向來都由君家、雲家、傲家最出眾的門生擔任，以三家為核心選擇兵員，其他各姓的門生、生徒分別排入陣中，三方各自綁上紅、藍、白色的頭巾上陣。臨風初來乍到自然不會被選上，只能隨機接受安排，迷迷糊糊地入了其中一陣。

其實臨風還算有點自信，畢竟他的父親客聲南精通流民棍法，臨風學到的雖不多，也不算生手了。當然演武的過程他還是很陌生，比方一開仗，場中冒出一陣陣雲霧，視野極度狹窄，就讓他措手不及，看不清敵人在哪。後方的統領一擊鼓，他跟著陣型被推到前頭，更是手忙腳亂。不過，他可是親眼見過自家長輩跟盜匪生死搏殺的人，豈會被這陣仗嚇倒，很快就穩住了身形。

殺聲一喊，戴白色頭巾的臨風噗噗兩下，就擊中了兩個紅頭巾的對手，正中要害。對方立即按著操演的規矩，扔下兵器，乖乖蹲了下來表示陣亡，再伺機退出戰圈外。臨風有些得意，棍頭舞動，隨著統領的號令，覷準一個藍頭巾的正要出擊，不料接下來的事態，竟全然不是他的武藝所能應付。

「哎喲！」

臨風只覺背後吃痛，給人大力推了一下，推他的不可能是敵軍，一定是自己人。他不懂為何會這樣，驚魂未定，才發現自己被推到三陣交戰最激烈的中央，四面八方都有長棍打來。臨風心知不妙，雖然盡力格架閃躲，他估計還是很快會被打中要害，但不打緊，大不了蹲下溜出陣外，也就罷了。

誰知，卻沒人往他的要害去打，長棍儘往他的身上招呼，亂打一通。臨風心底油然升起一股既奇怪，又真實無比的念頭。

「他們……是故意打我的嗎？」

臨風繼續挨著打，不只挨紅藍頭巾的打，有時連白色頭巾的也招呼到他身上。他愈來愈肯定，有人故意整他，更多的或許是看他不順眼，趁機打上幾下，身上累積的痛楚和瘀青愈來愈多，也讓臨風的怒火不斷上衝。其實他可以選擇蹲下的，沒打到要害，也可以認輸投降嘛，但他就是不肯，牛脾氣一上來，頸子可硬了。

臨風直挺挺的站住，心想，定不能放過這些打他的傢伙。他知道怎麼做，他還記得自己的本事，記憶瞬間滑過，那夜他只是吹了一口氣，就讓阿婆身邊的火堆熊熊燃起；他也從旁見過茶師滕白朗的竅門，比方在地上憑空催出火焰，或是雙掌按住茶桶，讓一大桶茶水發起熱來，將草藥的藥效行開……只可惜臨風不明白，若在盛怒之下，他所催發的不過是次等炎術，看似威力驚人，境界卻遠不及他為阿婆所引燃的小小火堆。狂暴的火燄燒盡吞噬一切，就像出了柙的猛虎，即使臨風的心思，只是想嚇嚇那些打他的傢伙，施展出來卻控制不了。

雲霧蒸融，一下子，彷彿周遭的景物都被扭曲，內行人一看便知，這是炎氣席捲而來的灼熱之象。

「糟！」

「不好！」

范盱和一位不知名的師尊都看出不妙，命三陣統領鳴金收兵，同時奔向演武場中央，可惜仍舊遲了一步。「沖而用之，虛而能之」，火光倏忽亮起，且是自虛空中爆發而出，眾人瞧見燄火沖天自然要退，可陣式擁擠，要退也不容易，終究有人不幸被捲入，驚呼四起。

「刹！」

「快退！」

不知名的年輕師尊似乎精擅用火，大喝一聲便制住火勢。年邁的范盱更是展現本領，巧勁推向一名生徒的棍頭，借力打力，就把一整圈人全推了出去；呆站著的臨風也被他一腳踢飛，遠離險境。緊接著，臨風還沒來得及看清，六個被烈火灼傷的生徒，已經被范盱從火場搶了出來。只是，傷得不輕。

「拿水來！快拿水來！」

「救人！」

「哇、哇啊！」

受了傷的弟子回過神來，看見自己焦黑蛻皮的手掌和手臂，當場哭叫大喊。眾人都害怕，入陣演練以來從未聽說過這樣的事，就算從前有人整過、打過新進的生徒，新人也沒一個敢違抗，更別說今日的禍事了。怪就怪在，新進的小苗子豈能施展如此炎術？就是門人君子也未必會，他是在哪學的？三家的門生不由得盯著臨風，滿心猜疑。

至於正主兒臨風，吃了范盱沉重的一腳，坐倒在地，本來該是疼的，這會兒卻被自己的炎術嚇得六神無主，一句話也說不出來了。

六、九思

修身明性惟三省，
懺過治心必九思。

演武場出了這個大亂子，震撼了整座九芎塾。范盱自認督導弟子無方，當下辭去兵與墓的師尊一職，無論旁人如何苦勸都不肯聽。弓先生也負荊請罪，說他考核臨風入塾，竟然未看出弟子是帶藝投師。但一眾師尊畢竟勸住了他，皆謂滕白朗在薦信上既未寫明此事，可見連他也不知，弓先生只見了臨風一面，如何能知曉？

所幸受傷的弟子，在茶與素的茶師以高明茶術調理下，已經脫離險境。雖然燒傷難治，總算不至於留下明顯疤痕，只要好好靜養，幾個月後當可恢復。而范盱跟眾師尊商議後，也覺得自己此時不能貿然離塾，反而拋下了爛攤子給別人，一走了之，萬萬不可；便答應在受傷弟子好些之前，暫留九芎塾善後，只是把近年來的束脩悉數退還，幾個月後再正式請辭。自然，也是由范盱親自定奪，對臨風引火傷人該如何發落。

「三省未足以悔其過，判九思。」

九思雖有個雅致的名字，恍若一幅清雋的畫像，君子於燈下讀書，智者有九思之類。實際卻不是這麼回事，純屬誤會。「九思」乃塾裡最令人畏懼、最難受的懲罰，所謂「鎖禁幽閉，筋骨勞形，不見天日也」。凡是九芎塾的弟子，聽聞九思之名都要發起抖來。

一開始，等著臨風的就是一處黑牢，「思過房」當中沒有一點光亮，甚至沒有東西可吃，裡頭只有一壺水、一張硬板床，每天除了兩次上茅房的時候以外，都得關在房裡，每日只提供一碗淡得像水一樣的稀粥。對於任何一個充滿活力的少年來說，這都是很嚴厲的禁制，何況還有飢腸轆轆的壓力，讓每個曾經被關的弟子都印象深刻。

完全闃暗的空間有多恐怖？只有親身經歷才能了解。在其中，你沒辦法估計時間過了多久，今天是哪一天，是白天還是晚上？只有每天一碗粥、或兩次茅房的時刻，能夠讓臨風推測是不是又過了一天。然而，尤其在餓得受不了的時候，總是忍不住會猜，外頭的人是不是把自已忘了？會不會好幾天沒有送吃的來了？自己在這黑漆漆的可怕地方，到底還要關多久？

就是因為這種種的恐懼感，讓思過房有了許多傳聞，最常聽到的是師尊在其中設下祕密陣法，讓進去的人變得乖順無比，不敢造次。這當然是子虛烏有，說他們被罰得受不了了，從此不敢造次，還比較實際一些。

不過，這種高壓式的閉門思過，也不能持續太久，所以思過房的規矩是只留三天，三天後可以出房，得到一碗熱的番薯粥。對臨風的第一次問話，正是在這個時候進行，提問的師尊是臨風不認識的，只有遠遠瞧見過。

「我是詩與書的傳先生。既傳授秧國灣洲各地的故事，也蒐羅種種的奇聞軼事。不過講故事是以後的事，我今天來，只問你一件：你可知自己錯在哪裡？」

「我有錯，我知道。但我一定得說，那是有人推我……」

「好，別說了，我曉得了。你並沒有想通。」

說時遲那時快，臨風竟忽然眼前一黑，本來還能就著小窗照進來的光，看見傳先生的輪廓，以及桌上吃得精光的粥碗，這會兒卻全瞧不見了。臨風當然驚慌，連忙呼喚傳先生，卻沒有任何回音，只覺一股柔和而難以抗拒的力道傳來，把他從木椅上抬起，然後輕輕一帶，門一開一闔，便把他送回了原本的思過房中。

臨風懊惱極了，以為這下又要被關上數日，不料只睡了一覺，猜測只過了一晚上吧，他就被帶出了思過房，進入九思下一個辛苦的階段：勞形。

「今天起，你看我怎麼做，你就跟著做。今日你不必上工，只要看個清楚，不過明天就沒這麼輕鬆了，做的活兒若不到我的一半，就不准休息。我勸你今天最好吃飽一點。」皮膚黝黑、一副長工打扮的男人，對著臨風交代了一番。臨風自然只能乖乖聽著。

說完了話，長工便示意臨風從木桶裡盛出地瓜飯，旁邊還擺了一些豬油和鹹菜，對於餓了多日的臨風來說，不啻是山珍美饌。昨晚在傳先生面前吃了番薯粥，臨風餓壞了的腸胃已漸漸甦醒，現在的豬油拌飯正好補足他的體力。吃飽了飯，臨風依約去看長工怎麼做事，無論是劈柴、搬運木材、挖紅土作磚、搬運磚塊等，都是粗活，應是作為九芎塾的修繕、營建或日常生活之用。這長工的工作量委實驚人，膀臂粗壯，經驗又老到，臨風估計要做到他的一半都不輕鬆，但賣力一點的話，也不是達不到。

第二天真正上工，臨風才發現不是這麼簡單，因為那個皮膚曬得黝黑發亮的長工，幹起活來居然還會加快，每當臨風快要達到他的一半，他就加緊上工，逼得臨風又得跟上，累得不可開交。眼下雖已是農曆九月，晚秋的寒露時節頗有幾分涼意，但在這南方的灣洲，日正當中太陽仍是毒辣。炎熱之際，長工終於停下手來吃飯，臨風卻不敢休息，否則下午工作更趕不上了。

「停了停了，來吃飯吧。」長工喊道，「你得聰明點兒，大太陽底下要是累壞了，才是真的趕不上幹活。喝水、吃飯、喝湯，補足力氣再來，懂嗎？」

「說得容易……不如你下午幹活的動作慢一點，我不就輕鬆些？」

「嘿嘿，那可不行，別忘了你的活兒只是我的一半，真正累的是我。我可是不會放鬆的。」

在臨風從小的生活中，客家有個詞叫「手路」，手路很好，意思是對某一項技藝熟練，做起來非常俐落，又快又好。黑膚長工顯然是這種人，手路超強，臨風想做到他一半的量，除了打起十二萬分精神來拚搏之外，也得不斷動腦筋，回想昨天看長工幹活的「手路」，再跟今天實際上工的經驗對照。又看長工的呼吸似有訣竅，有時停下來調息，正與范盱在兵與墓傳授的吐納之法類似，臨風便也跟著揣摩。經過一番勞心勞力，他總算把做事的步調加快，即使體力已經不太行，工作的份量畢竟跟上了。

「累嗎？」長工瞧瞧臨風，忽然問。

「不累！」臨風又累又熱，只憑著一口氣在拚，當然不會好聲好氣地應答，「不累」兩字從嘴裡蹦出來，倒像在賭氣似地。

「不累就好。」長工倒是好脾氣，笑了笑，繼續上工。

「累了吧？」過了一個時辰，長工又問。

「不用你管！」此時臨風更累了，也更氣了，但手下工作還是沒停，一句話回完，喝了一大杯水，自顧自地又去上工了。

「啊，累了累了，你一定覺得有苦說不出。而這只是頭一天哪，以後還有多少日子，想想都覺得累，是吧？」夕陽西下，彩霞滿天，長工終於停下手來，說了這麼一大串話。

「話這麼多……怎麼？不上工了？」臨風早就累得大喘氣了，連話都沒法一口氣說完，實在是累得不像話，好像連眼睛都昏昏濛濛的，長工的身形看起來居然在彎曲，有如夢境。

「不上工了，今日就做到此處。」轉瞬間，黝黑皮膚的長工忽然不見了，臨風眼前的人也變了，成了一位長衫的書生，只是整件長衫都因為辛勤做工而汗濕，幾乎找不著一塊乾的地方。只聞那書生說，「你瞧瞧我是誰？」

「啊！你是……弓先生？」原來跟上次變成樵夫一樣，又是弓先生拿手的幻形之術，只是臨風依舊半點也沒有察覺，直到他顯出真身為止。

「唉，瞧瞧你把我害得多慘。」弓先生擦擦汗說，「你做多少，為師就得辛苦兩倍不止哪。」

「這是……為何？」

「教不嚴，師之惰。你犯了大錯，當先生的總不能只讓你受罰，為師得以身作則。」

弓先生拉著臨風坐下來，臨風這才鬆懈了緊繃的心情，看來今天的活兒果真結束了。滴到眼睛裡的汗水讓臨風視線不清，他下意識用手背揉眼，疲憊到極點的他，耳中只聽得弓先生又問起那個熟悉的問題。

「想通了嗎？臨風，你可知自己錯在哪裡？」

「我沒力氣想了。」

說著，臨風已躺倒下去。夕陽漸漸在山後隱沒，草地上有涼風吹拂，弓先生看臨風累得如此，也不追問，只管坐著舒舒筋骨。不一會兒，竟已聽見臨風的打呼聲了。

隔天弓先生沒有再來，畢竟要回塾裡授課，不能常駐於此。但臨風手上的活兒仍不能停下，被判九思之人，必得日日筋骨勞形。而這些勞動，均由資深的君子或門人監督；於是，也形成了九思長久以來的傳言：「君子為君子，門人多小人」。

這話是什麼意思呢？跟九芎塾的祖制有關。要知道在九芎塾的弟子中，從生徒、門生、門人逐級而上，想成為地位最高的「君子」，條件非常嚴苛，與年齡也沒有絕對關係。即使是門人當中才德出眾者，亦須獲得三位師尊保薦，至少另七位師尊考核，才有機會，德行方面的考驗尤其嚴謹。所以一年當中沒有幾位通過，有時甚至一個都沒有。門人在九芎塾留到廿五歲，依然升不上君子，只得黯然離塾的情況所在多有，可見其難。

第二條路，則牽涉到生徒、門生在九芎塾的一項大考驗。據稱這項盛事每三年舉行一回，但因為十二年來，從沒有人循這條路升上「君子」，故可暫時不論，等遇到了再詳述即可。

反觀門人與門生這些等次，就容易得多，通常入塾一至兩年，只要不自己退出，大部分人都能從生徒變成門生，資質好的一年內就能升上。門生要成為門人稍難一些，但也不是稀奇的事，通常成為門生滿三年，而且年滿十八，就能由一位師尊舉薦列為門人。即使一直未獲舉薦，入塾滿六年，將六藝全數修習過的門生，只要不是程度太差，或有品德上的重大過失，也能自然升為門人。可見門人的水準，絕不像君子那樣整齊。

因此，所謂「君子為君子」，是說在九思操練受罰的弟子，若由君子監督，必然照章行事。嚴厲歸嚴厲，卻不會讓人操勞至極，還能有點喘息的空間，可說有君子之風。

若由門人監督，就不同了。會來九思當監工的門人，多半是年紀漸長，升不上君子的那一群人，他們心中都有些著急，或因不被看重而激憤。這時在九思的「勞形」中，他們就可能對受罰弟子要求太過，甚至繞著彎子整人。這也是「門人多小人」說法的由來。

「把這七百塊磚頭搬去前院。」一位門人吩咐臨風說。

「好。」臨風二話不說就動手，很快地搬完了。

「挺快的，哈哈。」臨風還以為這是稱讚，不料門人竟說，「好了，給我搬回去。」

「蛤？」

不像弓先生帶臨風幹活，雖然辛苦，總是有用處、有成果的，而且親力親為；這門人擺明是出一張嘴，站在旁邊納涼的，一邊談笑，一邊故意讓臨風做白工，頗有羞辱的意味。臨風不禁心中有氣，但咬咬牙，畢竟忍了下來。

「好，我做。」

接下來好些日子，臨風在九思就是受到這樣的待遇，成天被關在八間小房舍，及一處被圍牆圍住的勞作場裡。君子們照章猛烈鍛鍊，天冷天熱都要他出操；門人更是想盡各種刁鑽方法，讓他做苦工，好像無窮無盡。其實，即使是這些門人，倒也不是那麼壞，用意是要臨風知道誰是老大，最好低頭拜託，求他們放他一馬。但臨風卻硬頸不屈。

門人從來沒有見過這樣的小子，不曉得拿他怎麼辦。他工作的份量總比別人重，操課半點也沒少，卻是身強體健，即使有幾回累到吐了出來，也硬是不求饒。某些君子與門人開始佩服，自然不會為難臨風。另一些人，卻為此更加討厭他，更想整他，但礙於師尊法眼無所不見，倒也不敢過分。

這天，一個剛剛下工的中午，午膳過後，一位氣質典雅的中年女性來到了九思。她是高溶月，九芎塾的女師尊僅此一位，主掌絲與竹，精於譜曲，最擅彈箏，曾以一曲〈梨花月落溶溶月〉在秧國京城技驚四座。不過今次她只帶來一張小小的七弦琴，且又給了臨風同樣的提問。

「你可知自己錯在哪裡？」

「人打我，我傷人。傷重於打。」

臨風恭謹地給出答案，高溶月依然淺淺笑著，讓人懷疑她除了優雅的微笑就沒有其他表情，但她確實嘆了一口氣，似在搖頭，臨風完全可以感受得到。

「九思眾人都用過膳了？可否稍事休息，聽我一曲？」

高溶月是音律的國手，聽她一曲，堪稱當代最高級的娛樂。不用多說，從君子、門人到受罰的弟子，全都擠到一間房來聽名琴。於是高溶月焚起高雅的薰香，驅走勞動半天的孩子身上的汗味；彈奏之前，還以柔緩清晰的話聲，傳述了這首曲子的由來：大意是說秧國朝廷曾經選拔「天下弓道第一」，兩位高手旗鼓相當，打敗眾弓手而終須一決。人皆謂他們必相爭敵對，二人卻謹守禮法，揖讓而升，如果對方射箭時風大，立即站出說這箭不算，不肯佔對方半點便宜。當時的皇帝是位明君，聽了頒下旨意，讚二人「弓道之極者也」。曲子就是紀念這樣的一樁美談。

也因為有此等佳話為本，這首曲子豐富極了，從弓道比射的堂皇，高手對決的緊張，到二人禮讓的風範，皇帝知遇的恩賞，跌宕起伏，顯出謙謙君子的格調。說也奇怪，自從眾人聽過這首曲子之後，九思惡意整人的風氣就大大消退了，小小的惡作劇或許還有，筋骨勞形讓人累到嘔吐的事，卻再也不曾發生。無怪乎有人傳說，絲與竹的音律帶有神奇之術，琴箏能動人心魄，金鼓能振發軍心，絲竹更能滌淨人的一切憂愁。或許不假。

「等到差不多的時候，就讓客臨風讀一點書罷。」

高溶月離開之前，向輪值九思的君子悄悄做了這項吩咐，翩然而去。不料她這一說，臨風卻得吃苦頭了。

七、臘月

天寒地未凍，臘前數枝紅，
又聞車聲近，思鄉歸意濃。

時序將近臘月，就是十一月底快要十二月了。隨著天氣漸寒，臨風在九思的生活有了新的轉變，辛苦的「勞形」只有上午才做，從午后到晚上，都得在上回師尊來彈琴的那間房裡，負責打書蟲和讀書。

塾裡的人不管是誰，都會認為這樣的處分變輕了，但對臨風卻是苦差。從前他在農家，就習慣農活更甚於讀書，何況當時只有竹簡可讀，不像書冊上這麼多字要認，讀書對他來說實在相當費神。臨風在被判九思之前，固然也讀過詩夫子指定的經書，卻不需要每天讀這麼久，但在九思每一件事均是受罰，他也埋怨不得。

再者，臨風開始在九思讀書之後，門人也想出了捉弄他的新把戲。這把戲在臨風做工時，是玩不起來的，但讀書就不同了。誠然，高溶月來彈奏一曲之後，九思的惡整之風稍減，但小小的惡作劇還是免不了。

他們到底玩什麼呢？原來，不擅讀書的臨風會打瞌睡。

「啊哈！可逮到了！」某日，一個門人敲著房舍的窗子，把臨風驚醒過來。

「怎麼可以打瞌睡呢？客臨風，你要是沒好好打蟲子，讓蠹蟲將寶貴的書咬壞了，該當何罪？」另一個門人不懷好意地笑著說。

「看看如何罰他？」

「不如讓他熟記孟岱的〈傷秋賦〉，明兒背給咱倆聽，背不出來再予重懲。」

「太輕太輕，不妨加上一篇孟岱的〈明戰守〉，一併考較。」

「哈哈，此法甚好。」

門人抓到臨風的痛處，雖然他什麼粗活都能上手，硬頸不屈，就是讀書不行。結果最好玩的，就是逼他讀書背書，稍有差池，就罰他背得更多、更累，更容易引得瞌睡蟲上身。臨風如此被訕笑幾回，深以為苦，便以古書上讀到的辦法，將繩子的一端懸在屋樑上，另一端緊緊綁住自己的頭髮；當他想打瞌睡，頭一低，繩子就會將頭髮狠狠一扯，讓臨風疼醒過來。門人剛開始還取笑，後來看他如此發憤用功，日復一日毫無鬆懈，甚至頭髮還被扯出血來，就不再嘲弄了。

在這段讀書的日子裡，影響臨風最深的是一冊《九塾明訓》，剛開始他也是被門人逼著背誦，不得不念，後來卻漸漸讀出興味。原來灣洲九芎塾的學風，是承襲秧國東南的建州九明塾、泉州九芳塾、九陽山明倫書院……等名塾大院的典範。這些塾院都講「六藝七訣」，治學的核心一以貫之，均為「志於道，據於德，依於仁，游於藝」。《九塾明訓》即為這些塾院所共通之總綱。

對臨風年少的心而言，這些日子不只是背書、吃苦，反而讓他像是一株茶樹，經過日曬雨淋，在紅土上漸漸長成。九芎塾到底教些什麼？原本只有師尊的課堂，還有天尋的帶路，讓他有一點模模糊糊的印象，影響不深，就像家鄉的紅土留不住水。但熟讀《九塾明訓》卻讓他清楚，九芎塾看重的是仁德，不是能力。臨風曾見過幾個門人，在九思的輪值君子跟前，顯擺他們的六藝本領，旁人看了，甚至覺得他們比君子更強。但他們就是當不成君子，甚至即將離塾而去。

而更要緊的，是師尊不放棄他們，縱使這些門人尚未想通，仍然要提點一番。師尊們三不五時，輪流到九思來，不僅教導像臨風這種受罰的弟子，也是給監督九思的君子和門人做一個榜樣。師尊的真意為何？就是升不升上君子無所謂，而是你的存心如何？做些什麼？

從《九塾明訓》的教導中，臨風若有所悟。總括一句，就是師尊耳提面命的「六藝七訣，江山社稷」。六藝不僅學藝，而是藝近於道，道入於心。不管一個人是以弓刀武藝，或是茶術絲竹見長，當「游於藝」到了極致，進窺神而明之的境界，總要想想如何回應「為國為民」的天命呼喚。臨風覺得這並不難，別說君子，每個門人門生都該懂得這道理。可惜並不是這樣，就連他自己也要許久才明白，正如弓先生當初說過的：「你一定覺得自己學會了什麼，但未經過試煉動搖之前，仍是一無所有。」

※　※　※

天冷了，雖然灣洲多半不下雪，卻濕冷而寒侵入骨，臨風必得生起爐火，穿上當初用竹簍從家中帶來的棉襖，才能稍減寒意。撫著棉襖的布面，想到日子已是臘月的年二十，他又想家了。

不料，就在這個吹著東北風的冷雨天，連君子和門人都不想督工，九思眾弟子停工讀書的日子，竟來了一位最不可能到訪的訪客。他是已辭去兵與墓師尊之位的范盱。

「臨風，一別多日，你在九思可好？」范盱問。

「都好，只是對不住師尊。」臨風早已聽聞范盱請辭的事，不論如何總是自己一把火燒出來的，心中有愧，上來便向范盱告罪。

「沒事，為師沒把兵陣的九變算得通透，傷了弟子六人，本有過錯。這不打緊，要緊的是你。」范盱凝望著臨風，就像要從弟子的雙眼中，看盡他在九思度過的每一個日子，到底想了些什麼，「你可曾想通？臨風，你可知自己錯在哪裡？」

又是這一句問話！臨風不禁沉默，心中轉過好幾個答句，卻沒有一句能說出口。

「臨風知錯，但不知該如何說。」

「可是怕說錯了，不肯放你？」范盱這下感興趣了。

「是，卻也不是。」臨風老實地說，「弟子誠然想出去，但思索多日，卻慢慢疑惑起來，師尊為何總是這樣問？他們想要聽見什麼？最後，就連臨風也想得知，我到底錯在哪裡？弟子以為，書中定有高見，誰知讀得愈多，就愈無把握。」

「呵，反正你不答，我也不會放你。何妨一試？」范盱聞言笑道。

「那我只有引書上的話來說了。」

「何故？」

「我怕……我說得不好。」

「那就引吧，你引的是哪一段？」

「天生人也，野馬也，雀鳥也，生靈之以息相吹也。互而不傷，動而不害。」

「什麼意思呢？」

「我記得好小的時候，阿婆跟我救過一隻小麻雀，溫溫熱熱的，跟我們一樣呼吸著，心口蹦蹦跳著。我怎麼會想去傷害牠呢？古書的意思是，舉凡動物都一樣，以息相吹，都有造化者派給他的一口氣，何況是人？」

「所以你不吃肉了？」明眼人都看得出，范盱是故意問的，為的是看臨風如何應付，是否真懂？

「不是不吃，據說有些病人也得喝肉湯不是？只是弟子的家，葷菜本就吃得少，非年節不食。」臨風娓娓道出想法，「然古書之言，非關葷素，而是存心。臨風之錯，乃在傷人，我與人皆生自天地父母，無論我有何委屈，必不可傷。」

「若是日後……再有人打你呢？」

「避之則吉。正如當日在兵陣之中，我若蹲下認輸，溜出陣外也就罷了。斷無今日之禍。」

「好！」范盱忽然撫掌大笑說，「我看你可離開九思了。只是你還得答我一句。」

「師尊請說。」

「若一國有難，兵凶戰危，你也避嗎？」

「臨風不避，只是若能左右大局，不戰而屈人者，善之善者也；全軍破敵者，庶幾無損，善者也；力戰而勝者，再次之，自損七分。勝軍之將尚且如此，況敗軍乎……？」

「故兵者大事，不可不慎。」范盱不待臨風說完，搶先道出結論，「你既已明白，我安心矣。今日便是為師留在九芎塾的最後一日，明日一早，即刻啟程。眼下還有幾個時辰，你可否陪我去幾處地方？」

「弟子無不跟隨。只斗膽問師尊一句。」

「你問。」

「九思名為九思，卻未曾有九位師尊前來問我……」

「這不算什麼疑難，你忘了我怎麼教你的了？九者……」范盱故意賣個關子，等臨風自己來接。

「九者『多』也，臨風明白了！師尊前來，非關八次、九次，而是多次造訪引導，直到弟子自己想通為止。」

「然也。」

「但若我初入九思，傳先生問我時，我能一語道破正解，就可以馬上放了嗎？」

「不，那你就糟了。僅在黑牢關鎖一日，居然能揣摩上意如此，實在太過巧詐，或許要把你鬭得更久。哈哈哈！」

范盱長笑三聲，命臨風收拾行囊，把最厚的衣服和蓑衣都穿上，頂著寒風冷雨離開了九思。九思的所在地，離本塾僅僅二百餘步，臨風隨著范盱左穿右梭，不一會兒已經回到了舊日的生徒寢房。放下行囊，臨風只覺在九思過了好久好久，熟悉的寢房顯得陌生，彷彿一下子變小許多。等天尋聽說臨風回來，連忙跑來迎接，才真相大白，先前臨風比天尋要矮一些，過了這段日子，他已比天尋高出半個頭；考慮到天尋也在長高的年紀，更可見臨風長得多快，難怪寢房看似又窄又小了。

「天尋你若得空，一道來吧。」范盱二話不說，把臨風和天尋都帶上，往茶師子恆的醫館而去。茶師剛巧不在，由兩位君子和數名門人伺候，范盱便和君子們打個商量，請其中一位至旁邊的小室，跟臨風、天尋說一說病情，然後再到隔壁，探望燒傷的幾名生徒。

「幾名生徒受傷的當下，師尊處理得很快，催動流水，流過他們的手掌、手臂被灼燒之處，再短暫浸泡到淨水中，然後用浸濕的乾淨棉布蓋住。一開始清潔得好，對傷勢大有裨益，只剩下兩三成最嚴重的地方，需要清除死皮和毛髮。」跟隨茶師子恆的君子，是少見的姑娘家，名喚姜穎，嫻熟茶術與醫術。只見她有條不紊，理路分明地說，「那兩三成的傷處，灼燒嚴重，剛開始反而不易疼痛。趁著這時候，用九荊草的汁液混入明膠，敷在傷處，更有助於恢復。」

「九荊草汁？豈非會刺激傷口？」范盱訝異。

「是，但混在明膠中，不會真有損傷。雖然會讓傷處痛癢難當，但只要綁住手，不讓他們去抓，些微的刺痛反而能激發傷者自癒，此即茶師『刺療』之秘方。要治此疾，難的不在此處，難在換皮新生之時，撕去舊痂的劇痛，更勝婦人生產之疼。但若不撕，就不能痊癒。」

姜穎話聲柔和，說得自然，臨風卻聽得寒毛直豎，彷彿能想像那有多痛。

「咱們去瞧瞧病人吧。」范盱結束了談話，帶著臨風和天尋起身，姜穎將他們領入隔壁的一間廂房。廂房甚長，擺了六張床，其中五張各坐著一位生徒，正在用膳。膳食按照茶師子恆的指示，多葷食豆類，輔以菜蔬、水果和米飯，一日兩次飲用十二味藥材煮成的涼茶，每次不能超過一茶碗。

臨風看得出來，他們恢復得不錯，手臂已經長出了新皮。問題在於手背和手指，肌膚顏色不一，一塊紅、一塊白、甚至一塊黑，燒傷讓手指變得不大靈便，連碗跟茶匙都拿不好，更別說筷子了。看來，即使臨風已經離開了九思，他們幾個還得在醫館待上好一段日子。因為許久沒見，臨風身高又長了，受傷的生徒竟沒認出他來。倒是臨風，只覺得心頭湧上一股愧疚感，滿滿的，就像要整個溢出來。

「我錯了，你們罰我吧。」

臨風忽然跪了下來，深深地一拜到地，五名生徒這才醒悟，這就是用炎術傷了他們的人。他們的心境非常複雜，有人想罵出口，有人想哭，有人想到自己用棍打臨風，然後才遭到火傷，覺得又恨又慚愧。但歸根究柢，竟沒有一人說得出話來。這時范盱走上前。

「客臨風已受九思重罰。范盱也向你們的父母請罪，今日便將離開九芎塾。幸而茶師子恆說過，你們的手傷，再過三個月便可大好，屆時就能復課。養傷的時日，塾裡也會請幾位君子帶你們讀書。」說著又轉向臨風，「臨風，你若覺得愧疚，過了年，課餘就到醫館幫忙，君子們叫你做什麼，你便做什麼。」

「弟子遵命。」

「好，咱們再去鑄刀房。」

鑄刀房不是僅僅鑄刀，而是一座建有窯爐的堅固磚房，能鑄造各式兵刃與農具。這是六藝中「刀與鑄」的關鑰之地，由鑄師陶鐵心主掌。這陶鐵心身材不高，黝黑粗壯，青筋虯結，就憑外貌，無人想得到他和絲與竹的氣質美人高溶月竟是一對夫婦，但這對伉儷確實是一同到任九芎塾，塾裡還給他倆特別撥了有院落，適於夫妻同住的館舍。至於今日，鑄師陶鐵心帶著幾位弟子，則是要操練鑄造兵器中至高的秘訣之一：望氣之術。

望氣的練法是這樣，前幾日，要先讓弟子取來堅硬的栗木，入窯燒成通體烏黑的炭，稱為「炎精」，火力特強，最利於冶鐵。而在望氣之日，便以這款炎精來生火，鼓動風箱，使木炭從冒出少許黑煙，到漸漸變紅，燃起黃白色的火苗。此時陶鐵心會將鐵條放進爐中，望氣的弟子必須靠近爐口，緊盯火燄，看它逐漸變得青中帶白。

「看準了！怎麼叫爐火純青？」陶鐵心大喊。

這是望氣的緊要關頭，青白色的火燄到了火候，會把最後一絲白氣全都化掉，望氣的弟子就是要看準那一縷青燄，抓緊時機呼喚師尊。此際，陶鐵心便會拿起鐵鉗與沉重的鐵錘，從爐中夾出燒得白亮的鐵條，放在鐵砧上用種種技法錘打，直到兵刃成形，放入冷水中淬成利器。

會這樣做，是因為弟子火侯不夠，還不能做這些，但從旁觀看，也能獲益非淺。而單是望氣，也不簡單，需要凝神靜氣，眼光又利又準，五名弟子試過一輪，僅有兩名成功。陶鐵心並不斥責，只是叫失敗的三人再試一回。

第二輪過去，僅餘一人不成。看來甚是奇怪，那失敗弟子鼓動風箱等動作都甚是俐落，看來是有天分的，卻總在望氣的時候敗下陣來。臨風仔細回想，他似乎只要靠近爐口，就會不時偏過頭去，無法凝神看準火候的變化。

「不可懼火！鑄師不畏於火，再上！」陶鐵心大喊道。

原來這弟子怕火！要知炭火不可能總是安定不變，青中帶白的火燄，一陣陣往上竄，甚是嚇人，如果怕火，根本無法好好地望氣。說時遲那時快，炎精之炭劈啪作響，冒出熾紅的火星，火舌外吐。這突如其來的變化，更非怕火的那弟子所能掌握，他不禁大叫一聲，避開爐口，伏在地上哭了。

臨風瞥見他手上紅白色的皮膚，一下子明白過來，他是被自己的炎術燒過的弟子，故而怕火。多半他的傷勢恢復較快，已經離開了醫館，剛才六張床裡空著的那一張，應該就是他養過傷的床。只是如此怕火的人，為何定要來刀與鑄修練望氣之術呢？

「這生徒名叫白晨。」范盱說道，「雖是生徒，對刀鑄之學卻有熱愛，也有天分，頗受師尊稱讚。但受了嚴重火傷之後，恐怕再也不成了。」

臨風不由得渾身發抖，心想自己到底幹了什麼？不料，白晨哭了一陣，竟又顫巍巍地站了起來，靠近了爐口，神色驚怕，卻逼得自己緊盯爐中餤火，目光一瞬不瞬。臨風看著他，眼淚不覺撲簌簌掉了下來，一旁的天尋也哭了。

「白晨，別看了。」陶鐵心道，「這一爐不行了。下回再來罷。」

「不！師尊，再一次，再給我一次機會。」白晨懇求師尊，又望向范盱和臨風這邊，原來他早已認出臨風，只是專注於望氣，才會全無反應。這會兒卻不同，但見他兇巴巴地盯著臨風道，「哭什麼？你能掌火，何不助我？」

臨風愣了一下，直到范盱過來拍拍他的肩。

「火能傷人，亦能助人救人。不用我說，你最明白。」范盱低聲說罷，又揚聲向陶鐵心道，「陶老弟！這生徒叫臨風，炎術資質過人，可否傳他兩手？」

眾弟子都望向臨風，狀甚驚訝，陶鐵心卻沉穩如山。

「會炎術，就好辦。」陶鐵心說著重新起火，傳了臨風幾句升火凝炎的歌訣。臨風聽得似懂非懂，已被白晨推向前去。白晨再度望向爐口，臨風也凝神望了過去，他一心想幫白晨成功，卻不確定該怎麼做，只是回想起阿婆病重的那一晚，他舉起手，火光就倏忽亮了起來……

火苗轉成黃白色，白晨鼓起勇氣掌起鐵鉗，將鐵條放了進去。不可思議的是，臨風把手一伸，餤火不一會兒就泛出青色，竟似跳過了炭火不穩定，火舌亂吐的那個階段。青中帶白的餤火就像一道火牆，穩穩地、輕輕地升起，同時把鐵條籠罩在炙熱之下，燒成白熾而融熔之態。之後，烈焰的白氣終於化盡，青燄炎炎。

「師尊，我來！」

真想不到，白晨獲得陶鐵心點頭示意後，竟敢用鐵鉗夾出鐵條，逕自錘打起來。臨風無法想像，如此怕火之人居然敢大力錘打極燙的鐵條，火星四濺。仔細看去才發現，白晨的錘打頗有技巧，不會沾到火星。同時，他更好似為自己壯膽一般，口裡喃喃喊著：

「我只怕火，可不怕燙。再怎麼燙我，能比上回更厲害麼？」

說著，白晨已將一柄匕首錘完，把暗紅的成品淬入冷水之中。陶鐵心夾起瞧了一眼，滿意地笑了笑，嘴上卻不饒人：「爐火純青，望氣時機極準；錘打火候卻差了，僅及七分。」

不料話聲剛落，白晨已喜不自勝，跟臨風、天尋三人拉在一塊，畢竟是少年心性，止不住興奮地又叫又跳。也難怪他，要知陶鐵心一句「七分」已是極人讚譽，若非君子之流，極少有人能得到的。而這白晨也非尋常人物，將來讓他習得炎術，數年間，掌火與鍛鑄之技便臻上乘，外號「青炎」。九芎塾學成之後，他更以鑄師青炎子之名行走，鑄成鈞華、銀鉤雙劍，舉世聞名，聲譽之隆更勝師尊陶鐵心。

但這些都非此間要談的。那該是另一則傳奇了。

※　※　※

年二十、臘月、寒風，在這驚心動魄、又哭又笑的一天，臨風的父親客聲南來了。既得了通報，范盱便在九芎塾宏偉的大門左側，一間用來會客的小廳，帶著臨風與父親相聚，還向客聲南表明了辭別之意。父親不明所以，直到臨風在他耳邊稍加解釋，客聲南才恍然大悟，當下恭敬地一揖到地。

走出廳外，地位等同於書院山長的九芎塾「名士」雲玄星，領著眾師尊都到了，一一與范盱道別。客聲南知道兒子闖了禍，亟欲賠禮道歉，但在這場合卻半句也說不得。他只能等范盱走遠，再拉著臨風向弓先生等一眾師尊下拜，師尊們自然攔住了他。

「臨風之事，九芎塾責無旁貸，焉能受此大禮？快快請起。」弓先生使個眼色，傳先生隨即展現功夫，隔空發勁，客聲南與臨風只覺一股柔和之力托著膝蓋，竟是跪不下去。臨風瞧見，登時明白在九思的思過房外，傳先生是如何將他推回房內的了。

「客先生，此事臨風已受了塾裡的責罰。」傳先生客客氣氣地說，「而臨風也深切悔過，范先生願將他帶出九思，就是最好的證明。您別再自責了。瞧您大老遠跑來一趟，不為別的，該是想帶臨風回家過年吧？」

「哎，您懂得，雖是犬子不懂事，他阿婆還是想念得緊……」

「我明白，臨風這些日子裡受罰，日夜苦讀，又筋骨勞形，能返家過年也好。多跟家人團圓敘舊，盤桓幾日，晚些再回塾裡都是可以的。」

「多謝師尊。」

客聲南向幾位師尊作了揖，師尊們便散了，只留下天尋接待客聲南，一塊兒去臨風的寢房取出行囊。臨風隨父親走出塾外，等到行得遠了，天尋也瞧不見了，這才忽然緊緊抱住父親腰間，不發一語，又哭了。這天，范盱的最後一課，已永遠烙印在臨風心裡，一輩子再也不能忘懷。

回家了！儘管尚有七天路程，臨風卻似聞到了大年夜熟悉的飯菜香味。雖然九芎塾的膳房，膳食大大勝於客家平日的粗茶淡飯，臨風總覺得少了些客家味道。而心底更深更深的念頭，則是有家可回，他才能放聲地哭、開懷地笑。人哪，總得離了家，才更想家。

家，是多麼重要啊。

八、獅舞

梅花樁，獅子郎，
刻木為頭絲作尾，
舞四境豐登，太平天下。

二十八日後，當臨風再度踏進九芎塾大門，震耳的鞭炮聲讓他十分意外。

臨風的家在大山背，離塾本來就遠，又得徒步爬山，來回至少需要十四天。但將近一整個月才回來，當然還有其他理由。話說從各位伯叔公到阿婆，聽說了臨風在塾裡發生的事，異口同聲都想把他留下，別再到山下去讀書了。臨風費盡唇舌，也說不動他們。最後還是因為客聲南親自跟師尊們見過面，體會到他們的用心，也實在不好讓臨風對塾裡不告而別，這才力排眾議，再送臨風下山。就這麼一耽擱，離家的日子便拖到了年十一，等臨風回到九芎塾，連元宵節都已過了三日了。

就是這樣才意外，元宵節都過了，塾裡怎會大肆放鞭炮呢？臨風揹著行囊到處找天尋，想要問個究竟，卻找不著。直到他勉強擠進熱鬧的人群中，才看清楚，原來這是門生與生徒三年來最

大的盛事，三大試驗的頭一試：鬥獅陣。

「咚咚隆咚鏘！」

「好啊！」

說時遲那時快，鑼鼓聲中，一頭由雙人操演的舞獅，已經跳上了由九張大圓桌和七根梅花樁組成的鬥場，挑戰已經在上面的、色彩斑斕的一頭綵獅。跳上去的獅子，上場動作相當漂亮，登時贏得滿堂彩。臨風左右一瞧，看來連霞紅鎮的尋常百姓都進了塾裡，一起圍觀這場盛會，不禁想起天尋在幾個月前，好像的確跟他提過這樁熱鬧事情。

是的，門生或生徒想直接升上君子，惟有一個途徑，就是九芎塾三年一度，通常在春節後舉行的「三試」，目的是考較文武六藝。歷年來，門生以下的弟子都會自己想辦法招人，各自編成最有機會取勝的「陣營」，每一陣不得超過七人，以此陣容來參加「三試」。競試過程中，勝出的陣營最多可以再補進兩人，讓某些敗退陣營中特出的人才，還有機會可以翻身。

當然，到了「三試」的最後，只有一組陣營能夠勝出。甚至，倘若該年各陣營表現不濟，還可能從缺。眼下先不管從缺的年份，假定有一陣營出線吧，這時，九芎塾眾師尊中地位最崇隆的名士雲玄星，會親自為勝出的陣營諸生，通常是九人，頒發「高雲」之冠；接著，再從其餘陣營裡，選出眾師尊公認表現卓越，排在前幾名的弟子，通常只有三個名額，稱為「遺珠」。

高雲九人，加上遺珠三人，這十二個人，便是有機會直接升上君子的人。不過是否真能升得上去，就看他們能否通過師尊們的「天降大任」了。但在「鬥獅陣」剛剛開始的當下，談什麼君子、大任云云，都還太遠，畢竟鬥獅陣僅是三試中的第一試，還得先通過再說。

「沒想到，這鬥獅陣竟如此好看！」臨風瞧場上的舞獅色彩斑斕，姿態動作尤其精采，鬥得又刺激，不禁喃喃自語，看得痴了。

原來所謂的獅陣，比的是「武」，卻又帶了「舞」的成分。如何解釋呢？其實自古以來，秧國各地的舞獅雖然型態各異，大抵皆以武功為基礎。以九芎塾的基本功底為例，兵與墓、刀與鑄的操演至少包括了：蹲馬、走馬、散手、刀、拳、棍，某些弟子還會再選一門兵刃，或是追求刀棍技藝的精深。但這都是基礎，不可或缺的還有「對練」：刀對棍、空手對刀、拳對拳，熟練到一定程度，才能演練「舞獅頭」。

這也難怪，畢竟獅頭頗為沉重，可達五、六十斤，瞧那獅子的奮起、驚躍、發威、登樓台等生動表演，都須以武術動作為根基。當然除了武術，牠也是一種「舞」，換言之，仍是深具民俗藝術氣息的演出；一旦登台，少不了獅子酣睡、抓癢、出洞逗小孩等花招，趣味橫生；或是迎賓、施禮、以退為進等姿態，顯出美感。此即行家所言：「力、美、趣」兼具的獅陣舞法。

從獅陣的「武」與「舞」出發，衍生出來的便是「鬥獅陣」。取勝方法很單純，就是搶先採青，傳統上是掛一把生菜，取諧音「生財」的好采頭，讓獅子張開嘴去「採」。當然在崇文重武的九芎塾，生財未必是最看重的，但這個風俗保留下來，在塾裡的廣場上，由圓桌、梅花樁構成的鬥場中間，立了一根最高的竹竿；竹竿頂端雖不掛生菜，卻是掛了一付翠綠色的錦囊，裡頭封了十兩銀子，讓各陣營的獅陣來「採青」。

如何採呢？這可有竅門的。首先，兩隻獅子是在九張大圓桌上游鬥，必須保證不摔下桌子或椿子，最後登上梅花椿，才能採到高高掛在竹竿上的「青」。然而，要用登樓台的功夫登這梅花椿，難度甚高，即使無人干擾都未必能成。若是貿然上椿，底下的對手有十八般招式，可以輕易讓你摔下來，那就輸了，所以搶著上椿不是好主意。九芎塾的弟子擺陣舞獅，若要取勝，通常都是先攻擊對方的獅子，把牠逼下桌去，再好整以暇地登椿採青。

但這也相當難辦。首先，圓桌上接受挑戰的綵獅，是由鄰近鄉里一年來最強的三隊獅陣，輪番上場，雖是百姓趁農忙的空暇團練而成，還是一身好本領，不是九芎弟子的獅陣可以輕易打下桌的。其次，鬥獅陣的規矩也不允許弟子全憑武藝，一味搶攻，若不能做到「力、美、趣」兼備，即便贏了，師尊也會當場判輸。

就是因為這重重限制，所以歷年以來，由九芎弟子組成的獅陣，多半都會被鄉里百姓厲害的綵獅踢下桌去。若能在絲與竹的一通鼓樂奏完，還留在桌上，跟綵獅打個平手，已經算是最好的了。能辦到的獅陣，便稱為「通」。

但凡事總有例外，鬥獅陣也是如此，每年總有一家，能辦到旁人所不能之事。眼下登場的，便是這家。

「門生君世倫，向師傅討教。請了。」

臨風一瞧，只見君家的錦繡大旗飄揚，君家的大公子君榮顯，字世倫，堂堂登場，舉著獅頭，跟另一名身手矯健的君姓弟子聯手，一陣風般跳上了圓桌。場上的綵獅，人稱三山醒獅，夙負盛名，幾乎年年入選，今日已經贏過三陣，採下了三十兩銀子的「青」，九芎弟子連跟他們打個平手都不可得。但聽得是君家上場，諒是三山醒獅也不敢大意，當下擺開陣勢，讓獅子搔搔癢，佯動一番，跟君世倫的獅陣在九張圓桌上繞起圈來。

君家以開灣進士著稱，為何鬥獅也有如此威名？原來君家是文武兼備的官宦世家，人稱「文進士，武舉人」。比文采，君家是灣洲赴秧國京城趕考的頭一家，也是中了進士的第一家；但論武，他們也是灣洲中舉的首位。所以無論文臣武將，灣洲的君家都有份，因此也更受朝廷重用。畢竟在灣洲這邊陲之地，不能僅靠書生為官，最好允文允武，能治理百姓也能清剿匪類。君家正是如此。

而這君世倫，又是其中的佼佼者。原來，縱使君家如此傑出，家中晚輩多半還是有所偏好，或是修文，或是習武。世倫卻不同，不僅武功好，上陣能打，隨范盱習過萬人敵之術；進了書房，也是備受師尊和長輩稱讚，十五歲就中了秀才，現在年方十七，家人都盼他能早中舉人。而他自己卻更有宏願，想在九芎塾勤修文武六藝，升上君子後，再考武舉人，後進京取文科進士，開創灣洲前無古人之功名，實在後生可畏矣。

而要升上君子，鬥獅陣便是第一步。君世倫既武功過人，又年輕少壯，自是藝高人膽大，一上來跟對手繞了兩匝，稍作試探後，就取幽默趣味的「意境」，讓獅子擺出歡喜的姿態，小碎步往前，獅子的眼珠滴溜溜亂轉，一派挑釁的神情，惹得場邊哈哈大笑。三山醒獅的師傅一瞧，心中有氣，故意來一記翻滾，擺個怒視之貌回敬，四周內行的看官登時喝采叫好。

不料，這一來卻上了君世倫的當！君家舞獅立馬來個「躍而跨步」，表面上是延續剛才的喜慶氣氛，歡然躍起，樂不可支，實際卻一口氣拉近了跟對手的距離。而且藉著跨步的一個快字訣，凌厲地撲向對方！

「怒震山河！」

三山醒獅的領頭師傅發覺不妙了，當下將招式嘿然喊出，讓獅尾看不見狀況的師傅聽見，配合出招。兩人窮盡怒獅之力，登時將獅頭往前撞去，跟君世倫的喜獅撞個正著。「咚！」一聲悶響，雙方各自退了三步，看似平分秋色，三山醒獅卻暗暗叫苦。

三山的這兩名師傅，正當盛年，身強體健，怎也料不到獅頭一撞，硬碰硬地較勁，居然會輸給十七歲的君家少爺。原來他的功夫練得如此紮實！俗話說拳怕少壯，真是一點不錯。場邊的內行人，只見三山的怒獅腳下微微一抖，君世倫的喜獅穩若泰山，便知高下。三山師傅是老江湖了，當下連忙退開，打算等對方露出破綻再行反擊。

君世倫心中暗叫可惜，這一擊的確奏效，但沒有奏功。在今日的三隊鄉里獅陣當中，三山醒獅的確技藝超群，自己故意挑最強的挑戰，想要印證自身所學，反而顯得太過托大。再拖下去，只怕很難在一曲鼓樂結束前，把三山醒獅踢下桌去，那就只能算做平手了。這可不行！

君世倫念頭一轉，計上心來，既然對方一味後退，自己何不乾脆採青？當下兵行險著，大喝一聲：「採青囉！」話聲未落，快步來一招「喜獅登樓」，往中央的梅花樁跳了上去。但其實，卻時刻留心下方三山醒獅的動態。

老實講，以三山師傅的經驗，哪能看不出這是陷阱？但若不做反應，君世倫腳步甚快，萬一給他採到青，按規矩三山就立時輸了。反而是這個不上不下的當口，君家獅子顫巍巍地立在梅花樁上，不比站在桌上牢靠，三山醒獅就不信邪，趁對方往上攀，腳步虛浮懸空之際，難道還不能把牠弄下樁來嗎？

他們卻有所不知，君世倫要出的是另外一招。

「飛燕連環！」

君世倫大喝一聲，也是喊給獅尾的夥伴聽的，趁著三山醒獅靠近，兩人居高臨下，凌空跳起，立即連環出腳，狠狠招呼在對方的獅頭之上。眾所周知，獅頭甚是沉重，加上君世倫兩人如泰山壓頂，連環飛踢，對三山的領頭師傅是極大的壓力。何況方才獅頭一撞，他的雙手雙腳還有些發抖，當下禁受不了，往後退去。不料這一退要糟，君世倫變招踢出兩腳，立即把三山醒獅往外推去。三山的領頭師傅不斷退後，撞到自己伙伴，便知道撐不下去了，若不想拿樁不穩，摔到桌下，最好的辦法便是自己順勢跳將下去。

至此，君世倫的險招完全奏效，把對手綵獅逼下了桌，輕而易舉登上梅花樁採青，群眾一時鬨動。原來君家從不在意這十兩銀子，他家獅陣過往的習慣，若是取勝，都會把採到的青囊高舉，像繡球一樣拋給圍觀的百姓，於是人人爭搶。

「我這手中青囊，惟能者得之。接著吧！」

不料，君世倫高喊一聲，卻是手上運勁，讓青綠色的錦繡囊從獅子口中飛了出去，直衝臨風而來。看來，他是故意要把賞銀甩給臨風的，卻也是一項考驗，因為錦囊包著銀兩，來勢甚急，就看臨風是否能夠接招？

所幸臨風練過流民拳、棍，打下了底子，雖在變生肘腋之間，還是迅速地翻掌接住。周邊的百姓與弟子們，見狀紛紛露出欣羨的神色。不旋踵，君家的獅陣得勝而去，離開了場中。臨去時，一個君家的門生刻意經過臨風身邊道：「看完熱鬧，請至臨風軒，我家少爺盼與你一敘。」臨風看了看手中的青囊，當下微微頷首。

君家的一陣熱鬧過去，緊接著，九芎弟子的獅陣，和鄰近鄉里本領最高的舞獅，繼續輪番上場。九芎弟子落敗居多，其中只有兩陣勉強打成平手，腰纏萬貫的傲家當是其中之一，畢竟他們重金禮聘了武術教席和獅陣老手，替他們的少爺演練、獻策，雖然少爺本身不大用功，終究還是穩住了平手之局。無獨有偶，傲家居然也派了一位弟子過來臨風身旁。

「我家少爺在英才樓等你，請快快過來。」臨風略為猶豫，那弟子高傲得很，竟未等他答應，以為把話帶到就能成事，逕自走了。

鬥獅陣將近尾聲，臨風總算瞧見天尋，定是雲家要上場了。只見天尋掌著一面大大的錦緞旗子，像是要與君家、傲家互別苗頭，至於獅頭裡的那人，想必就是天尋時常掛在嘴邊，文武全才的雲家二哥雲兆勳了。

雲翔，字兆勳，是雲家這一輩嫡系的二公子，跟文采過人卻體弱多病的雲家大哥相比，在長年偏好舞文弄墨、閒雲野鶴的雲家，這位二哥顯得特立獨行，有「詩劍雋才」之稱，不僅最能寫詩，也擅使劍，曾以一根竹枝施展精妙劍術，意外勝過君世倫的木刀，技驚四座。

當然若論一身武藝，尤其是出招的勁力上，雲兆勳還是略有不及；但反過來說，君世倫的文采也比他稍遜半籌，二人如此相互競爭，砥礪求進，自然成為塾裡門生人人羨慕的對象。雲家難得有晚輩在文采武藝上雙雙突出，更讓兆勳被視為雲家下一代的希望所寄。

兆勳年歲也是十七，對上的是南庄打獅團。此團比三山醒獅略遜，領頭師傅的功夫卻更為高強，只是獅尾的伙計弱得多，才顯得頭重腳輕，勁道大減。原來，為南庄掌獅頭的這號人物，正是擅長「崩拳穿勁」的陸珍，他以展力與內勁著稱，運起功來手臂之硬，尋常人輕輕一碰都會被震麻。鄉里傳聞說，連他的鬍子上都灌注內功，能以刺人，不過也有人說是言過其實。總之，此人的武藝精湛，殆無疑問。

這等高手，要如何把他打下桌去呢？若是君家獅上陣，定會猛攻南庄打獅的痛腳，就是後方身手較差的伙計。畢竟獅陣講求二人一體，若是後方站不穩，管他陸珍再強，也難免遭到牽連而落敗。可惜雲家的獅陣卻辦不到。

原來，雲家獅的問題跟南庄獅是一樣的，只有兆勳獨強，後方弟子的武藝稀鬆得很，有時連麒麟步、三星步這些步法都踏不好。尤其在舞獅內外轉身、擺腳的時候，原本是攻擊對方弱點最佳的時機，雲家弟子卻比南庄打獅的伙計還弱一些，甭說搶攻，只要別被陸珍一招打穿，就謝天謝地了！

既然後方都是痛腳，兆勳與陸珍的想法一般無二，就是正面對決。如此一來，反而讓場邊圍觀的群眾，看了一場更精采巧妙的近身鬥獅。若以為他們兩人雙手擎著獅頭，無法施展崩拳穿勁，那就太外行了。以陸珍的本領，勁力早已遍佈全身，跟雲兆勳的舞獅一貼近，就是肩對肩、腿對腿的交鋒，以獅陣步法搭配勾、踢、蹬的腿功，還有硬底子的靠、撞、頂，打了個乒乓砰砰，好不熱鬧。

奇怪的是，陸珍是從小練功，以這種打法，年輕的兆勳如何敵得過陸珍超過三十年的功力？這就要說到六藝中「兵與墓」傳授的兵術了。話說，照鬥獅陣的規矩，六藝當中許多奇術是不許用的。打個比方，要是有人用了茶與素、刀與鑄當中的炎術，把敵人一燒，豈不立即掉下桌去？還用得著打嗎？又或者有人像弓先生那樣能用幻術，也能輕易讓對手跌落，凡此種種，不勝枚舉。雖然門生以下的弟子，多半不能掌握這些竅門，但也有像臨風這樣天賦異稟的孩子，故此塾裡明令，這些招數不可用於鬥獅。只有三試的最後一試「天地陣」，弟子們可以儘量施展眾家奇術，但那都是後頭的事了。

不過，這中間卻有一個例外，就是雲兆勳在此施展的「兵術」。因為它跟民間功夫的「內勁」，甚至造化者天賦於人的「氣力」，根本是融為一體，無從區分。話說兵術到底如何運作？其本質為何？自古以來便眾說紛紜。只知道它能讓人的氣力增長，拳腳威力奇大，更能揮舞沉重的兵器，故此成為兵家將領必習之術。

有一說，內勁屬內，兵術屬外，意思是內勁發於人體之內，兵術則借了天地之脈氣，來源不同。但無人能夠證實，也沒見過天候或地脈的差異，曾經影響過兵術的威力。又有一說，內勁綿長，兵術速效。這話倒是不錯，可分兩方面說，一是真打起來，內勁比兵術持久，靠兵術增長的氣力，衰退得快；二是兵術學起來比內勁要快，內勁往往累積數十年功底，兵術卻可在一兩年內速成。

但兩者硬要區分，又不好分了。兵術者，可不是畫個符就讓人力大無窮，那種玩意兒是江湖騙術。應該說它跟內勁很相似，一旦學會，就永遠屬於這個人，所謂「力蘊於拳，而發於機」，意思是兵術之力蘊涵在人的拳腳當中，當危急臨敵時自然就能發揮出來。

但這就浮現一個有趣的辯證了，兵術雖不傳於民間，可若九芎塾的弟子學了，一拳一腳出去，威力究竟來自兵術、內勁還是天生的氣力？無人分得清楚。就連剛才君世倫戰勝三山醒獅的飛燕連環腿，也不免是受了兵術之助而威勢大振，若規定不能施展六藝之術，拳來腳往之際，又要如何區分這人的兵術「是否施展」呢？

「既無可分，便無須分之。」這項爭議，最後在創立九芎塾的名士雲乾朗，也就是現任名士雲玄星的祖父身上，一句話獲得了解決。從此，近百年來，兵術在灣洲均被視為武術之一，無論鬥獅陣或拳腳兵刃的比武，均不加以限制。

這就是雲兆勳和陸珍打得難分難解的緣由。兆勳年紀雖輕，在短短一曲鼓樂當中，蘊涵兵術威力的足踢、肩撞，比之陸珍多年功力的一招一式，可說毫不遜色。雖然打得久了，兆勳終究會不敵，但那時鼓樂早已奏完，場上的鬥獅也已結束了。陸珍只一眨眼便想通這點，不甘就此平手，立即搶攻。

但世間事往往如此，一急就露破綻。就在陸珍運足全身功力一撞，想將兆勳撞飛出去的剎那，兆勳也將兵術和借力之法發揮到極致，獅頭一撞、一卸，便退到了場中央的梅花樁附近，反倒是陸珍的南庄打獅遭到反震，跑到桌邊去了。

「他想採青？」

陸珍瞧見兆勳的舞獅靠近梅花樁，等於逼近了掛在竹竿上的青綠錦囊，心頭一緊，連忙上前阻止。陸珍很清楚自己的橋馬甚穩，跟方才三山醒獅的下盤不穩，卻被君世倫逼得攻向中央不同，陸珍絕不怕兆勳的突襲。然而他卻想不到，就在他的南庄獅退到桌邊，心念電轉又撲上前，短短的一呼一吸之間，兆勳的雲家獅，竟祭出了從未見過的招式！

只見雲家獅口一張，竄出一顆小綵球般的物事——後來才知道那是一種稱作飛砣的兵器，連著一根細而堅韌的繩子，裝飾成綵球一般。尋常人看不真切，不曉得這玩意怎麼用，師尊們卻看得一清二楚，兆勳正是甩動這繩子，從獅口射出飛砣，準確地打下竹竿上的青囊。同時，趁著獅子轉身避開陸珍的時機，雙足一躍！

那當下，真是險之又險，千鈞一髮！陸珍撲來甚快，一瞬間，凌厲的踢腿幾乎已經碰到雲家的獅尾，把那個功夫不到家的弟子踹下去了。可惜，就因陸珍的獅尾伙計也不行，拖累他慢了一慢，終究沒有趕上。於是勝負已分，兆勳蹬腿躍起三尺，獅口一開一合，登時將竹竿上掉下來的青囊牢牢地接住。

「好啊！」

「漂亮！」

場上以天尋等雲家弟子為首，連連叫好，鎮上百姓也隨之歡聲雷動。餘下的懸念只有一件：這飛砣採青，究竟算不算是合乎規矩？

臨風只見弓先生和陶鐵心、傳先生等三位武藝出眾的師尊，交頭接耳，一下點頭，一下搖頭。最後，才共推弓先生出面，煞有介事地找了南庄獅教頭陸珍，低聲交談幾句後，才將書生的青布長衫一擺，站了出來。

九、風波

英才樓，臨風軒，
才子佳人聲聲喚，
快意乘風攬翠微。

「雲家獅為勝！」

弓先生一宣布，全場又是歡呼陣陣。其實這飛砣之術本是武藝，絕非奇術之流，昔年秧國就有一名武狀元，以「飛砣神劍」著稱。眾師尊會交頭接耳，只是為了一項規矩：鬥獅陣不可使兵器傷人；但這遠距的飛砣兵器，用來採青，到底可或不可？卻未明言。

三人見解略有不同，最後還是弓先生說了：「這飛砣並不好練，出招需要冒險，也可能弄巧成拙，因此而敗。既不能說它並非武藝，也非明文規定不准施展，便不能判雲兆動一方輸。至於採下青來，是否算贏，還得看陸珍師傅有無異議。」

弓先生說得在情在理，其餘兩位師尊隨即頷首同意；而陸珍也是地方上一位知名教頭，極有風度，當下慨然認輸。此陣勝敗就此定了，天尋等人之開心，自是不在話下。歡慶之際，天尋瞧

見臨風在旁，也不管他揹著大大的一竹簍行囊，不由分說便把他拉到前頭。

「二少爺，這就是我對你提過的臨風。」

「是嗎？」雲兆勳忽然嚴肅起來，向著臨風，「聽聞你很有本事，但本領不是最要緊的，若非聽師尊和天尋均說，你已深切悔過，我今日也不能見你。既出九思，有何打算？」

「九塾明訓，勤學而已。」

「甚好。」

天尋似乎有點著急，想讓雲兆勳跟臨風的關係拉近一些，兆勳卻並無此意，打過招呼便算。臨風倒是不介懷，經過九思的筋骨勞形、日夜苦讀、人情冷暖，他的眼力心思均已今非昔比，他明白兆勳不與他多言，既非瞧不起他的衣衫竹簍，也非自傲身分，而是出於原則。臨風並不討厭這樣的人。

「二少爺，那天尋可否陪臨風放下行囊，塾裡走走？」

「嗯，你去吧。」

回到生徒的寢房，臨風放下行囊，天尋便興致頗高，直拉著臨風要去轉轉。臨風也由著他，七轉八轉，竟覺得眼前的景物有些陌生。

「你沒有來過這兒吧？」天尋看出臨風的疑惑。

「嗯，這是哪裡？」

「難怪你不知道，生徒的課堂，不會進到九芎塾的北苑，亦即塾裡菁英薈萃之地。你瞧這棵大樹。」

臨風隨著天尋所指的方向，看見一棵參天古木，約有五人合抱那樣粗，高聳上天，樹皮卻斑斑駁駁，好像常常在蛻皮似地。天尋帶臨風走進古木所在的天井，滔滔不絕地說：

「它是九芎樹，九芎塾僅得一棵，也是世上最高的一棵，別處沒有長得如此高大的。傳說它的樹根深入灣洲的基礎，護衛九芎塾不受地牛翻身之害；且樹輪每長一寸，圍著樹的天井方圓，就會自行擴張一寸……」

「真有這等事？」

「傳說、傳說嘛，有人說是以訛傳訛，也有人以為，靠著某種奇術真能辦到。總之，有種種軼事流傳，更添此處天井的神祕。這兒也正是九芎北苑的門戶。」

穿過天井，再走過一段長廊，天尋帶臨風走進一處葫蘆狀的門，進到一處小軒。小軒似是長廊之間休憩之處，有兩門三窗，窗外可見小橋流水、園林矮樹，景色秀雅。而這兩門三窗，竟還各有寓意。

「你能走進這門，就是福氣。」天尋道，「僅此一道葫蘆門，便有福祿、多子兩重意涵；另一側的月洞門，取其形圓，則有圓滿團聚之意，都是極好的兆頭。再看這三窗，你覺得像什麼？」

「最大的這面窗像花，外頭對著池塘和小橋，對面可以看見書齋。另一面小窗是六角之形，再一面嘛……我可看不出來。」臨風老實回答。

「不錯，像花的窗形似海棠，對著書齋，意思是讀書之人可以『堂上高中』，到省城中舉人，赴京城中進士。六角的意思是龜殼，龜的壽命長，有長壽的吉兆。至於最後這小窗嘛，有些人看不出來，但這會兒有午后陽光，穿過它照在地上，就能看清楚了。你瞧！」

「啊！這是……雲朵？」

「是了，這是祥雲窗，代表吉祥如意。也藏了為雲家向造化者求福之意。畢竟這九芎塾本是雲家所建，為家中私塾，後來才漸有今日規模。」

天尋的話匣子一開，本來就說得多，何況講到雲家之開塾淵源、孝義善行，更是停不下來。臨風倒是個不錯的聽眾，邊走邊聽。

「雲家的發跡，據說是雲家先祖在饑荒之年，遇到一位『雲遊璇者』，不僅給他糧食度過嚴寒，更傳他六藝，而後不知所蹤。先祖以此六藝為本，更求精進，向人傳授各項技藝與詩書，得了束脩資財田地，終於成為一方大戶。

雲家富有之後，不忘雲遊璇者行善之恩，先祖力倡三德：讓、孝、義，且身體力行，向佃戶一者讓租，再者讓田；意思是若天時不利，或有災殃，當年不收田租，此即讓租；佃戶耕雲家之田，若在十四年間勤懇交租，善待於鄰，可以很便宜的價錢購得土地，此即讓田。」

「真了不起！可如此一來，雲家之田豈非日漸減少？」

「上天有德，雲家如此積善，田地不減反增。」

「為何？」

「天尋不知。或許是灣洲荒地眾多，開墾得當吧。」

天尋猜得不錯，雲家既有行善讓租之名，佃戶紛紛投靠，久而久之，便有充分的人力修築水圳，開墾良田。加以雲家又廣傳六藝，工匠技藝也促進商業流通，以雲家為中心發展起來，幾代之後便從一方大戶，成為鉅萬之家。

「還不止此，雲家更有開義田、建義莊等事蹟。將田地九取其一，稱為義田，收成救濟荒年饑民；若是豐年，則賣了穀子，建義莊救四窮，即：鰥、寡、孤、獨。還有餘錢，則建塾興學，今日不僅九芎塾，雲家尚有八座義塾，若是農家孩子有心向學，但家中無錢者，不要束脩也可讀哪！」

說到這兒，天尋已帶臨風到了快意亭。從這兒看園林池塘是最美的，一座九曲木橋，伴有假山奇石，雖然冬日剛過，無花可賞，卻有常青之木，景色如畫；清泉流入池塘之中，水聲潺潺，反顯得四周幽靜。臨風一見此情此景，只覺心神舒暢，真如人間仙境一般！

「所謂快意臨風，北苑快意亭，東院臨風軒，人稱九芎塾兩幅畫軸，意思是兩地風景如畫，無分軒輊。」天尋說得興起，忍不住比較起來，「其實我看，東院的臨風軒還是略遜一籌……」

「哎呀！」

臨風驚叫一聲，先前答應君家之約，要到臨風軒一敘，後來跟天尋一路玩賞，竟是全忘光了！臨風連忙跟天尋說明緣由，天尋不禁皺起了眉頭。

「我還有個地方要帶你去的……也罷，尚有一會兒時間，若去臨風軒，快去快回也還可以。

我帶你抄近路吧。」

兩人就這麼快步離去，穿過九曲橋，再經過兩處門洞，走下一段有些陡的小徑，眼前豁然開朗，已可看到東院供弟子讀書的兩排書房。不一會兒，已抵臨風軒。

※　※　※

「臨風賢弟，你來了。喔，這不是天尋嗎？」

臨風軒上，君世倫明顯換了套衣衫，純白的長衫做工細緻，臨風看不出是什麼料子。當然，這是因為他見識淺，沒見過富貴人家的好東西。原來這件長衫是混紡了三種素材，做工細膩，看上去才會如此挺拔。

在君世倫的身後，略偏左側，還有個娉婷身姿吸引了臨風與天尋的注意，那是一名少女，頭上戴著頂精緻文雅的笠帽，帽上罩著紗，整副面貌都瞧不見。面紗精細的織工，連天尋也不懂，原來紗分三層，交相掩映，可以讓外頭的人瞧不見少女面容，少女卻能看見外界景物，實在巧妙非常。

「君少爺……」臨風自知遲到，立即開口問候。

「賢弟何必見外，兄弟相稱即可。」

「是，呃，君兄找我何事？」

「哎，說來……或許跟天尋找你是同一回事。」

「天尋？天尋只是帶我玩賞園林，沒說有何事啊？」

「喔？是嗎，天尋？那我直說，也可以了？」君世倫忽然直視天尋，眼神銳利如鷹隼，天尋不禁心中一凜。

「天尋不明白君少爺的意思。」

「是嗎？難不成，雲家半點也無拉攏臨風之意？沒想過讓臨風入雲兆勳的陣營，參加三試？若是沒有，你又何必緊緊挨著臨風，連君家與他之約，也要跟來？」

「我……我跟臨風本是朋友，一同出入又有何怪？」

君世倫身後少女，忽然噗哧一笑。君世倫一聽，也微微笑了起來。

「既然如此，倒是我誤會了。」只見他轉向臨風，胸有成竹地道，「那我就開門見山跟臨風賢弟說吧，設若我想邀你補上一個缺，入君家的陣營，不知你意下如何？」

「這……」臨風忽然一愣，沉吟起來。

「只怕臨風回去，得仔細琢磨……」天尋不由得出言推託，卻被君世倫逮個正著。

「怪了，我若邀臨風，是他該回答，還是你該回答？若臨風一口答應，又何須你替他琢磨？」

論威勢，論智謀，天尋都遠遠不是君家少爺的對手，一下被問得啞口無言。倒是臨風替他解了圍。

「臨風是九思受罰之人，剛剛出來不久。君家人才濟濟，臨風何德何能，讓君兄如此抬愛？」

「你能接我的青囊，足見身手不凡。入九思雖是思過，賢弟的言行依舊不俗，為兄已有耳聞。至於受罰一事……」君世倫劍眉一挑，說，「傷人固是大錯，但一身本領若用得其時，安知不能福國利民？就為兄看來，你雖受罰，我卻未見瑕疵，反見良才。以炎術而言，你興許是九芎塾天資第一。」

「這……臨風不敢。」

「敢不敢都無妨，為兄也無須你當下答覆。」君世倫說罷，這才轉向天尋，一語道破，「天尋帶著臨風，是要去見你們雲家小姐吧？這回是品茶，還是聽琴？」

天尋不知如何應答，支吾幾聲，只得草草作了個揖，又帶著臨風抄小路往北苑去了。

「哥哥，」待得兩人走遠，面紗少女才走近君世倫，輕聲說道，「你看，能說動這客臨風嗎？」

「不能。」

「嫣嫣倒覺得未必，」原來這少女名叫凌嫣嫣，是君世倫的表妹，從旁觀察，頗有她自己的見解，「我瞧這臨風的神色，似有所動搖。」

「即便動搖，也不過三分。我看還是雲家佔著上風，畢竟因緣湊巧，天尋與他相處已有好些時日。無妨，單單一個臨風，未必就能左右三試勝敗，要緊的還是為兄和雲家兆勳之爭。」君世倫說罷，意味深長地看著凌嫣嫣的面紗，續道，「倒是妹妹，面紗之下，觀人之眼可是愈來愈利啊。」

「哥哥說笑了。」

※　※　※

面紗少女凌嫣嫣料得不錯，臨風雖未當場答應君家少爺邀約，但以君家開灣進士府第的聲名，對他如此看重，盛讚的話語句句入心，貼切得體，仍不由讓臨風覺得飄飄然。這副得意之色，就連天尋也能看得出。

「臨風啊。」

「是？」

「難不成你真想……投身君家陣營嗎？」

「呃，這……你看呢？難道還有別家找我？」

天尋一時語塞，的確，方才他大力引薦臨風給雲家二哥，雲兆勳卻全無延攬之意，比之君家少爺的盛意，是遠遠不及了。幸好他也是機靈，心念一轉，即使兆勳不想用臨風，雲家卻不乏看重臨風之人。

「要不……等見過我家小姐，再作定奪？」

「不是吧？你是說真格……要見雲家小姐？」

臨風方才聽君世倫說及此事，還以為他取笑天尋，全沒想到是真的。臨風還記得他剛來塾裡頭一天晚上，走迷了路，在一縷極薄極遠的梔子花香當中，聽見如銀鈴般清脆，又像絲緞般柔滑的少女話聲。她便是等下要見的雲家小姐了嗎？她叫甚名字，是何模樣？臨風不由得摸了摸自己的粗布衣衫，臉上微紅，後悔沒換穿一件好點的衣服。

「小姐邀你去的是『壺茶會』，沒有太多規矩，你跟隨過茶師滕白朗，應該會很自在。至於茶會的『佳銘』，到了以後，小姐會告訴你。」

「佳銘？那是什麼？」

「蛤？舉凡茶會或茶席，都得有個佳銘，你不知道嗎？」

臨風只能搖頭。

「不知道啊……那怎麼解釋？哎，我想想，」天尋搔搔頭，很煩惱的樣子，停頓了一下才道，「這麼說吧，佳銘是茶會或茶席的名字，也可以說是茶會的意境，主人的用意盡在其中。真沒想到，滕先生竟沒有教你。」

「別這麼說，滕先生從未收我做弟子，只是推薦我來九芎塾罷了。」

「是嗎……？啊，小姐的侍女下樓來，看來在找我們了，快過去吧。」

二人回到北苑的池塘邊，隨著侍女登上一處高樓。階梯上是一處樓台，眼前豁然開朗，果然見到一位年少的千金，衣裳髮飾都說不出的文雅，有著一股掩不住的書卷氣。兩位侍女奉茶，茶桌就擺在樓台中央。從台上的闌干放眼望去，是一片幾乎等高的丘陵，有個說法叫「一字案山」，意思是山勢如同桌案齊平。前山既像書桌，這座樓就像桌後的太師椅，三面環山，左高右低，「左看雲霧繚繞，右攬快意之風」，形勢雄踞而氣象萬千，無愧為九芎塾菁英薈萃之地。

「茶會的佳銘是『竹盞雅集』，請用茶。」

雲霓，字兆嵐，是雲家的四小姐。天尋則是雲家三代的家僕，長輩當年便改了姓雲，他自然也從雲姓，是以伴讀的身分進了九芎塾。不過在今日，天尋和臨風卻同樣都是茶會的客人，坐在視野開闊的樓台之上，讓侍女從紫砂壺中，將茶湯倒進所謂的「竹盞」，端到兩人面前。

所謂的竹盞，並非竹製，而是用瓷做成的杯子。本來茶水甚燙，杯子也燙，但竹盞卻毫不燙手，為何？因為它模仿竹子的型態，分成兩節，上半節盛著茶湯，下半節保持中空，即使茶水熱得冒煙也能穩穩拿住。當然，喝的時候還是要小心吹涼，以免燙口。

「此茶味有三重，蜂蜜若有似無的甜味、梅子生津止渴的香氣、還有一絲絲檜木的森林芬芳，隨著茶湯從熱到涼，香氣層次與三重茶味的變化，皆有不同，所以才奉上燙熱的茶湯，讓客人聞香啜飲，而不是備妥溫熱順口的茶湯。邀君共以竹盞品茗，請。」

銀鈴般的說話，四小姐雲兆嵐娓娓道來茶會的門道，臨風忽然有一種熟悉的感覺，茶中的這股蜜香，像極了大山背在端午過後採摘的茶。蜜香的由來，是因為小蟬的叮咬，讓茶葉有一點蜷曲起來，再經過發酵而成。聽阿婆說，最早種茶的人以為這下壞了，茶葉一遭蟲害，這批收成只怕血本無歸，不料靜下心來，照常動手，經採茶、曬茶、炒茶等程序處理過後，竟發現茶湯中神奇地浮現蜂蜜香氣，還有多重味道的變化，讓這種茶受到行家喜愛，價錢水漲船高，從此這套製法便流傳下來。只是茶園經過蟬的叮咬，產量畢竟不如平常，於是這種茶也自然稀少，顯得更加珍貴。

臨風聞過香氣，輕輕吹涼，再加以啜飲，便能分得出來，這並不是自家種的茶，卻在品系與製法上有些相近，才會給他這種溫暖熟悉的感覺。這是一種經過輕微發酵的茶，若是存放良好，可以放上幾年更添風味，今天這茶，他想多半是去年或前年採摘的。雲家是大戶人家，擁有這款好茶不足為奇，但特別挑選它作為今日的主角，顯然對臨風的淵源與喜好下過工夫，足見用心。

「茶湯風味細緻，宜細細品茗，故暫且不上點心。臨風賢弟，可有何見教？」

小姐聲如絲緞，好聽極了，但坐得這麼近，卻跟那天遠遠聽到、如夢似幻的情景不同，臨風可以聽出聲音裡有些許稚嫩。聽這聲音說起茶會的一切，又來上一句以長姊自居的「臨風賢弟」，竟給人一種故作老成的感覺。就是這麼一個念頭轉變，臨風原本被九芎塾種種規矩壓住的少年心性，不知怎地，竟然頑皮地冒了出來。

「小姐怎知我是賢弟？臨風又怎知妳是姊姊呢，還是妹妹？」

「臨風！」

天尋急著喝止，卻來不及了。要知道這個「妹妹」的稱呼，除非是親兄妹，否則常用於情人之間的暱稱。對天尋來說，臨風這個玩笑可開大了，對小姐甚是唐突無禮，四小姐兆嵐也是臉上一紅；不過，她卻不愧是出身書香世家，養氣工夫甚好，聞言竟不發怒，言語的應對更是得體。

「天尋跟我說過，你跟他同年，我自然曉得你是賢弟了。」

「但我卻不知道妳的生辰，怎能叫姊姊呢？」

「此言差矣，女兒家的生辰豈可隨意示人？」兆嵐笑道，「但這茶會的佳銘既是『竹盞雅集』，不妨就從這雅集二字入手。雅集者，原是吟詠詩文、議論學問之集會，你我可煮茶論學，倘若我的識見學問勝過於你，咱們就以姊弟相稱，你可服氣？」

「若是如此，臨風拜服。」

兆嵐主意既定，天尋也不再多說，何況若論學問，臨風自然是贏不了小姐的。說著，幾名侍女又替三人倒了茶，兆嵐也不著急，轉向天尋問著：

「天尋，你看過二哥的鬥獅陣，是勝了，還是敗了？」

「小姐為二少爺定下飛砣採青之計，果然一舉奏功。雲家獅大獲全勝。」

飛砣採青的手法，居然出自眼前年少千金的計策？臨風有點訝異地望著雲家小姐，兆嵐當然感覺到他的目光，巧笑著說：

「我早知二哥的功夫，以劍術見長。秧國武狀元『飛砣神劍』不正是一個現成的典範？二哥若以他為範，必有大成。」

「只是……」天尋疑惑，「小姐既如此掛心，為何不到場上去瞧？」

「你有所不知，我料定二哥必勝，在此等候，正是淑女風度。若是到了場邊，瞧見場上危急，失了信心而驚呼連連，不是反而壞了二哥的事嗎？」

「是，天尋明白了。」

兆嵐聽了鬥獅的結果，看來心情甚佳，細細品茗之後，一招手，就讓仕女們開始上點心了。干果、蜜餞的種類豐富不用說，鳳眼糕由白米和白糖製成，那一絲絲的甜，更是書香世家精緻高雅的風味，臨風見都沒有見過，更不用說吃了，當下只不過嘗了一塊，便忍不住嘴饞起來，一個勁地拿取。直到臨風一抬頭，發現兆嵐和天尋都在瞧他，才臉紅地縮回了手。

「無妨，點心本為待客，自然可以多拿一些。只是若能配茶慢慢品嘗，更添滋味。賢弟何妨試試？」

「喔。」雖然臨風心裡不免嘀咕，自己又還沒有承認兆嵐是姊姊，但貪吃的猴樣被人逮到，也不敢反駁了。於是兆嵐繼續說。

「竹盞雅集的旨趣，就在於一面品茶，一面談論。山色美景當前，腹有詩書氣自華。平常我和天尋談得多了，不必問他，就問問臨風如何？你近來讀過哪一部書，最有感觸？」

臨風忽然發現，眼前的少女不再稱他賢弟了，她似乎意識到，既然臨風尚未拜服她是姊姊，就該先以平輩相稱。這份用心，頓時讓臨風自在許多，抒發心中所想也就沒有罣礙了。

「《九塾明訓》我讀了三遍，第一篇要義已能背誦，但仍有許多疑問。」

「哦？想不到六藝秘訣浩如煙海，你卻從入門的根本之處用心。」兆嵐一聽，對臨風的印象又好了幾分，「有何疑難，不妨跟我說說？」

「六藝七訣，江山社稷。此語貫串九芎塾，甚至秧國東南的名塾大院之中，可我讀了《九塾明訓》，又考察不少經書，卻始終不明白，何謂六藝七訣？」

「六藝還不知道？我不是說過……」天尋急著說話，卻被兆嵐揚手阻攔。

「這六藝七訣，確是一難題。」兆嵐微微一笑，「某些大道至理，遍查經書也未必記載，而是蘊含於師尊高人的言談辯證，甚且要從人情世故中去尋。幸而我曾思索，略有心得。」

「願聞其詳。」

「有此一說，六藝即七訣。六藝的至高境界，均藏有天下萬象、古往今來的一項重大奧秘，稱為……」

兆嵐在此所說，天尋也知道。傳說中，六藝鍛鍊至神而明之的極境，便稱為「訣」，如此算來應是六藝六訣，但師尊既跟他說過，連弓與木一訣都得窮他畢生之力修習，無須多問，更高的七訣他又何必掛心？誰知，這疑難並非山裡來的臨風胡亂發問，竟連小姐都曾有過探究。可即使是小姐，六藝根基尚淺，思索這難題又有何意義？

「無用之用，是為大用。這是我對此一疑難的看法。」只見兆嵐一本正經道，「有人以為，先求精修六藝，自然明白七訣，反正現在明白也是無用。更盛行的說法是，六藝六訣藏有天下萬象之奧秘，達於極致，可觸及凡人莫測之高雲。七訣卻超乎其上，乃天地仁心，造化者存仁，方有天下生靈之氣息。」

「難道這些都不對？」兆嵐所言，已經遠超過臨風先前所想，他不由疑惑發問。

「不能說不對，各有道理。」兆嵐道，「但以『天地仁心』一說為例，卻與你我修習六藝七訣完全無關，人間的六藝之功，豈能對造化者之仁增減半分？多半不通。」

「那何謂六藝七訣？」

「我以為，六藝至極僅為六訣，惟『家與柱』乃七訣之首。」

「家與柱？」

「家為天下，家為一切之柱石。」兆嵐如絲緞的聲音稚嫩，境界卻空靈高遠，「上自秧國帝王將相之家，下至一間小小九芎塾，俱是如此。你還感受不到嗎？」

家與柱？七訣之首？臨風只覺得恍恍惚惚，不能意會。隱約感覺這姑娘如此年少，卻駭人地聰慧。

兆嵐的說法自有所本。萬里天下，舉凡人居之處，皆以一家一家為根基；家世、親族、血緣、朋黨更如蛛網密布，形成道府郡縣一層一層的結構。臨風來自山村，還不能體會這層根深蒂固的力量，兆嵐這名少女，卻已憑她的天資識透了。惟見臨風不發一語，默然思想，直到一年輕霸道的話聲猛然闖入耳中，思路才不得不中斷。

「雲家不愧書香世家，搶我傲家貴客，果然家大業大，權勢薰天。」

「誰！」

一位青年，錦衣佩劍，帶著七八名侍從，一路跑上樓來。聽他的口氣，竟頗有興師問罪之勢。

「傲四少爺，誰搶你貴客了？」來人正是傲家四少傲英峰。天尋見他連問都不問一聲，便上到雲家樓台，甚是失禮，便也不跟他客氣，離座起身，脫口便是一句反問的話。

「貴客不是在這嗎？」傲英峰冷哼一聲，叫出一名侍從，「傲莊，你說，是否你先開口邀臨風到我英才樓，雲天尋之後才跑了出來，有說有笑把客人截走？」

「是，少爺。他倆還赴了君家少爺之約，卻全不顧咱們英才樓，天尋這廝便將臨風拉來此處了。」

「甚好！」

傲英峰怒極反笑，臨風不禁皺皺眉頭。傲家說來言之成理，其實毫無根據，畢竟這個叫傲莊的弟子只是帶了句話，臨風可沒答應！眼看不能再誤會下去，臨風決定站出來說話，不料這傲家少爺盛氣淩人，天尋也是一身硬骨頭，兩方衝撞，竟沒給臨風半點插話的機會。

「雲家者，雲遊四海，閒雲野鶴，富貴於你如浮雲。何時也有野心爭九芎之首，找來臨風遊說？想他投入雲家陣營？不過徒勞罷了。」傲英峰冷冷道。

「傲家又如何？番婆孫子，有何可傲？」天尋立即反唇相識。

「你……」傲英峰一聽，當下怒得脹紅了臉。左右侍從弟子更是大喝一聲：「無禮！」立即從兩側搶上，作勢便打。

傲家為何如此大怒？原來他們是新興的鉅富之家，不像君家、雲家是多年的世家。傲英峰的曾祖父名叫傲長齡，原是秧國東南一農戶之子，曾拜在一名大夫門下，學了一點草藥，不幸因饑荒父母雙亡，走投無路，才遠赴灣洲找尋機會。

也是因緣際會，傲長齡原本跟灣洲的山川之民做些毛皮交易，有賺有賠，不算十分得意；孰料某次瘟疫盛行，山川之民病死的甚多，連族長之女也難逃此劫，命在旦夕。傲長齡一個孤家寡人，一無家累，二無錢財；又見這些病人可憐，沒有像樣的大夫敢去救治，便決定冒險在部族當中住下，以草藥醫治山川之民，心想若是自己不幸染病，這也是命。

不料此一決定竟大大翻轉他的命運，他學得的幾味草藥，對這場瘟疫算是對症，十個病人約有七個能好，連族長之女也給他醫好了。族長感念其恩情，也是覺得好大夫難求，便把女兒嫁給了他。從此，傲長齡成了山川之民與秧國移民之間的通譯，更辦成兩件大事：其一，山川之民過去被稱為山民，甚至番人，族長甚為不喜，就是透過傲長齡的斡旋，從此讓灣洲官方文獻一律稱之為「川民」。

至於其二，便是他將土地契約的概念引進川民社會。過去跟川民買地之事自然也有，例如霞紅鎮、九芎塾，原本都是川民地界，由當時秧國移民折衝購得，但畢竟談起來甚為不易。反觀傲長齡，他既是川民大族長的女婿，又是治好瘟疫的救命恩人，推動起來便容易多了，漸漸形成制度，從此跟川民買地、租田都成了常態，傲長齡自己也隨著交易、開墾而富甲一方。他的長子傲達興甚且娶了川民另一大族的公主，地位更加鞏固，成了灣州北境的頭號鉅富。

於是兩位川民公主，自然便是眼前這個傲英峰的祖母與曾祖母了。

「雲天尋！好大膽子！」

天尋耳中聽見一聲暴喝，不禁打了個冷顫，彷彿天旋地轉。聽到天尋以「番婆孫子」侮辱，傲英峰原有動手的打算，沒想到會是坐著的雲家小姐先開口喝斥，柔細稚嫩的少女話聲，竟凜然有雷霆之威。

「你辱及先人，以川民為番，可記得爺爺如何罰你？」

天尋這下可不是打個冷顫了，而是從頭到腳冷汗不止。從來犯錯，家法他都甘心領罰，但一言辱及川民，連跪三日三夜的那回，可吃不消。

「小姐……這……是這傲慢傢伙亂闖雲水樓，我才……」

「住口，跪下！」

天尋名為伴讀隨從，實則頗受器重，跟少爺小姐一同在塾裡求學，聽得小姐命他要跪，當下羞慚不已，卻又不敢違逆，終於雙膝一軟，慢慢地跪了下去……

「不是這邊，向著山，向著明川！」孰料兆嵐並不罷休，字字句句更是嚴厲，「若非川民讓地，捧土一把為誓，雲家連這九芎塾也蓋不成，你的弓與箭也無木可依。你可知罪？」

「天尋……知罪。」

於是兆嵐起身，轉向傲英峰，施了一禮。

「雲家不該辱山川之民，在此告罪。」說罷又轉向臨風，「雲家有錯在先，不敢留客，若兆嵐請求你，先隨傲家少爺去一趟，日後再來茶敘，你可願意？」

「臨風雖未答允傲家之約，卻也不曾拒絕，去去無妨。」

臨風頷首，便隨傲英峰一行離去，心下卻總是回想方才雲家小姐的一言一行，不住思量。

傲家的英才樓距雲家的雲水樓不遠，不一會兒已經抵達。不愧是首富，排場硬是勝過君家和雲家，二十幾位侍從分成兩列，美食點心流水般上來，臨風居於上座，和傲英峰面對面入席，備受禮遇。

「臨風可曉得，我傲家如何發跡？」

「經商致富？」

「不，經商不過是集資。」傲英峰抬抬下巴說，「開墾良田千頃，方能算是鉅萬之家，且有恆產，無懼於商貿的起落。但開墾之難，還在土地，無地可耕終是枉然。幸而傲家先祖聰明過人，想出了割水換地之法。」

「願聞其詳。」臨風摸不透傲家少爺述說這段往事的用意，只得當作有趣的歷史隨意聽聽。

「古來明川時常氾濫，水流湍急。即使先祖父達興公遠見卓識，重金禮聘水工大匠鍾世榜，也鑿不出一條水圳，無論做何種工事都會被急流沖垮。既無法引水灌溉，自然缺糧，秧國移民與山川之民皆為此所苦。

此時，明川地界卻莫名來了一位水老者。相傳他無父無母，無人知其生辰年月，連他姓氏為『水』也可能是假的。但他的奇術卻絲毫不假。聽說當年，他只是寄住在鍾世榜的一位手下家中，用了幾餐粥飯，聽聞明川工事困難，竟說了一句：『這有何難？』便隨著工人到了河川之旁。

水老者當場傳下竹籠石筍的技藝，以竹子編成巨大的筍狀竹籠，編法奧妙從所未見，內中放了大大小小石塊。我家長工隨之動手，將幾座竹籠石筍放入明川之中，水流頓時慢了下來。不過幾日，藉竹籠石筍之助，鑿圳引水之工大成，而且經久不壞。鍾世榜大喜，想要重重酬謝水老者，卻再也找不到人，無人曉得他何時竣工、何時離去，竟似此人不曾來過一般。」

傲英峰興致高昂，隨手幫自己和臨風斟了一杯桂花酒，清香撲鼻，酒到杯乾，趁著微醺的酒意，又往下說：

「剛說水老者編法奧妙，絕非虛言。據傳他的編法無人能懂，在他走後，竟無工匠可以再製；直到三十年後，才有人重新創出了這套手法，得以再現竹籠石筍之術。但這也無妨於大局，既然水圳功成，祖父便能『割水換地』，簽下長約，應允川民百年取水，取得他們的大片土地，終成良田。」

「你難道沒想過，水老者傳下竹籠石筍，並不為財，而是為天下蒼生？」臨風深受弓先生「六藝七訣，江山社稷」的觀念薰陶，忍不住回了一句。

「呵，臨風，你瞧割水換地，養活傲家多少佃農？米糧賣了出去，豈非更造福蒼生無數？」傲英峰哈哈一笑，「水老者想做好人，自是我家之機緣。況且如非我家祖父，他這好人，哼哼，也做不成。」

臨風細細尋思，一時無話可駁。只能說人各有志。

「可知我為何將割水換地之事，說與你聽？」酒過三巡，傲家少爺又問。

「臨風不知。」

「這都是生意，曾祖長齡公賣毛皮是生意，祖父達興公換土地也是生意，若說做好人能幫上千人，好生意就能使萬人營生。凡事成了生意，才可長可久，無遠弗屆；因為人不為己，天誅地滅。」傲英峰終於點入正題，「我與你談個生意，可好？」

「臨風來此求學，不是生意人。」

「可我知道你家裡經商，而且做得不小。我就直說吧，西人金毛商酷愛茶葉，殷格麗人尤其願出高價。你家的茶若上得我家的船，運往星獅港，一船可有上千兩的利潤，你們得七，傲家得三，我想應十分公道。」

「可我二叔說過，遠洋行船，怕的是暴風驟雨，血本無歸。」

「這個自然。但這樁生意由我作主，預付定銀二百兩，即使真不幸遇上暴風，你家也不會虧，尚能小賺幾分。若是一帆風順，那可是一本萬利了。如何？」

「少爺必有所求？」

「痛快，臨風真是明白人。眼前塾裡的『三試』尚有兩場，只要你能加入傲家陣營，這樁生意自然能成。若傲家在三試拔得頭籌，另有重謝。」

「臨風謝過少爺美意……」

「好說，哈哈。」

「但恕臨風不能從命。」

傲英峰臉色一寒。

「敬酒不吃，罰酒可是難喝。你就不怕，今後客家的茶葉生意沒得做了？」

「少爺總說這是生意。生意之道，便是將本求利，貨比三家。客家的茶若好，自然有人收；若是不好，又豈敢上傲家之船，賣給西人大戶？若此事竟由臨風所選陣營而定，那便不是生意了。」臨風平靜地說，「但若少爺不談生意，只論權勢，存心要壞了我家的營生……臨風不懼，客家倒也沒怕過誰來。」

「哈哈！哈哈！」傲英峰不怒反笑，「臨風你三句話不離生意，倒是點出我的錯來，原來……咱傲家出的價，你看不上眼，是嗎？」

臨風沒料到傲家少爺竟會這麼想，一時愕然。

「你要去君家？還是雲家？他們許了你什麼好處？說吧。」

好處？臨風回想君世倫的誇讚，讓人心裡飄飄然，簡直忘了自己是誰。傲英峰雖然倨傲，銀兩實惠卻給得最多，若是自己應允，對家裡大有挹注。唯有雲家，二少爺一派相應不理，只有天尋和雲四小姐……

臨風心裡就是揮之不去，總是想起那場茶會，想起雲四小姐兆嵐的見解，和那如同絲緞的聲音。她活生生是個稚氣未脫的少女，卻怒斥天尋不可辱及川民，隱隱竟有當家主人的風範。對於大是大非，更是半點也不肯放鬆。難道，其實她這「姊姊」，見識果然高絕？

「臨風，如何？你不說有什麼好處，我怎麼開出更好的條件？」傲英峰見臨風默默不答，不禁催促。臨風的心中卻如明鏡，剎那之間便有了決定。

「實在稱不上什麼好處，論錢財，沒有一家能與您相比。只可惜，臨風還欠了人家一筆債。」

「什麼債？」傲英峰問。

「心服口服，心甘情願地……向債主叫一聲『姊姊』。」

十、茶屋

倉家造字，
夏雨雪，雷震震，
天雨粟而百獸藏，飛龍隱也。
——《詩書　雨粟》

「妹妹，妳說妳不參加三試了，要把位子讓給那客臨風，此話當真？」雲兆勳聽得四妹妹兆嵐如此表示，一時大為訝異。

「自然不假，二哥，妹妹何嘗對你說過假話？」

「是了，為兄本不願妳參加三試，尤其第三試天地陣，要知此陣凶險遠勝於鬥獅，且九人個個得上……」

「是是是，二哥，這下不是正好？你再也不必勸我了，反正我不去了。」兆嵐笑道，「只要你答應赴『大任』之時，須得帶我隨行，按規矩隨行之人只能在一旁瞧瞧熱鬧，更無凶險，豈不甚好？」

「確實如此，但也得雲家先於三試取勝方可。」

「這有何難？」兆嵐挑挑眉毛，竟似有無比信心，「正如小妹所言，二哥效法飛砣神劍，鬥獅必勝。此事亦然，若你肯用臨風，天地破陣，大任可成！」

「妹妹何來如此信心？」

「你若是跟臨風喝過茶，便知道了。」

「鬼靈精怪！」兆勳知道這妹妹聰明，自有一套觀人之術；何況臨風炎術過人，君家傲家都在爭取，也是事實。他並非不知，用了臨風，或可提高勝算，但這卻不是他的作風，「然這臨風，卻是九思罪徒……」

「誰是九思罪徒？師尊都放他出來了！我問過了弓先生，臨風家住大山背，路途遙遠，是師尊准假才誤了三試的頭一試。之後哪個陣營要他，他想入哪個陣營，都可不必拘束。」

「但妹妹，畢竟此人炎術不祥。」

「行，不讓他去也無妨，那就仍由妹妹隨二哥上陣。」

「這……」

「二哥當還記得，這飛砣採青之計，妹妹當居首功。先前講好，你若勝了鬥獅要選我入陣，可不能說了不算！」

「唉。」兆勳對這慧黠的妹妹百般無奈，唯有點了點頭。

「點頭的意思，是讓我去？」

「不，不是……」

「行了行了，就知道二哥不捨得妹妹親臨戰陣，那就說定由臨風代我。你說可好？」

※　※　※

臨風被選進雲家陣營，眾人最擔心的其實是第二試：文曲。鬥獅結束之後，各陣若要補滿九人，只有文曲試之前這一次機會，人才濟濟的大家族精銳陣營，通常都會在這時補滿想要的人選。

按規矩，各陣營均派七人應考，可從自己陣中選出三名文采出眾者，參加文曲之試，這不是問題；但另外四人須以抽籤決定，那可憑手氣了。為何會有這項特殊規定，道理也簡單，畢竟某些陣營沒把人補滿，就只有七人可以應考，補滿九人的隊伍自選三人，再抽出四人，為的還是讓比試公平一些。

臨風不幸被抽中了！對雲家而言可謂最壞的結果。畢竟他來塾裡時日尚淺，比文采、論詩書，不太可能贏得了其他有備而來的門生。兆勳只有期待雲家其他人實力堅強，能夠補上臨風的落後。就連臨風自己也是無甚信心。

沒有人料得到，臨風經過九思的歷練，在詩夫子口頭問答的「應對」之試，居然答得不差。文章一試更屬幸運，竟考了一題「論孟岱〈傷秋賦〉與〈明戰守〉之心境遞變」。臨風曾被門人惡整，將這兩篇背得爛熟於心，對孟岱生平更是了然，知道當年他雖被罷官，仍心繫秧國北境戰事，於是大膽寫出：「孟岱心境毫無遞變，〈傷秋賦〉名為傷秋，實為傷國，暗指忠臣良將不受重用，與〈明戰守〉互為呼應。」雖然文筆粗通，書法一般，觀點卻受師尊賞識。如此考較下來，他竟在眾弟子中名列三甲，令人不敢置信。

所謂三甲者，三等次也。一甲取七人，首名雲兆勳，次名君世倫，三名雲邦彥，三名之後名次不分；二甲取十四人，名次不分；三甲反而取得較少，僅有十二人，臨風正在其中，非但未拖累雲家之陣營，反倒略略有助於勝出。如此佳績，實令兆嵐、天尋等喜出望外，畢竟天尋比臨風多讀一年有餘，資質亦佳，也不過僅是三甲而已。

「若我應考，一甲第三名就不會是邦彥了。」雲兆嵐半嗔半喜，故作埋怨地說。

「可妳就是沒考，奈何？」雲兆勳心情大好，也隨著說笑。畢竟鬥獅陣雲家能與君家雙雙取勝，已經創下史上佳績，文曲試又拔得頭籌，三試其二已確保優勢。第三試天地陣雖然佔比最重，可只要能與君家戰成平手，甚至落後極少的話，都能確保三試的最後勝利。

天地之試將在穀雨時節舉行，約在三月中，距離文曲考完尚有個把月，九芎塾的弟子俱各回到正常的學習。但在課餘之時，閒暇仍有些活動，有時也跟六藝的修習有關，故師尊多半從旁鼓勵，像是練手勁和準頭的「投石戲」，習水性與強身的「水龍游」等等。先前只知有苦讀、苦工，以為九芎塾盡是刻苦的臨風，則是在兆嵐和天尋的引導下，才逐漸領略文人逸趣的陶冶，和琴棋書畫、詩酒茶藝之樂。

「臨風！茶師子恆難得有閒，請你我一敘，在小茶屋談兩個時辰。臨風你不是想學茶嗎？快隨我來！」

文曲試過後沒幾日，兆嵐小姐興沖沖而來，跟臨風說了這個大消息。苦無機會修習茶術的臨風，一聽自然雙目發亮，喜出望外。

「妳說我們……去喝茶嗎？」

「不是喝茶，難不成吃飯？」兆嵐白了臨風一眼，「但你這套衣衫不成，你不是有藍染的書生長衫嗎？給我換上那件。此外去小茶屋還有好些規矩，換好衣衫我再跟你說。」

臨風聽兆嵐說了才知道，茶師的小茶屋藏在九芎塾西院的竹林中，難怪他從來沒有發現。前往的路上，兆嵐交代了在茶屋行禮、坐席的方式，還有拿到茶碗怎麼轉、怎麼喝、如何擦拭等等，規矩不少。臨風一一記下後，兆嵐又拿出一把扇子和一塊稱為「帛紗」的紅色方巾交給他。

「茶屋的客人一定要帶扇子，這是禮節。帛紗是清理茶具用的，也要準備。」

「為什麼我是用紅色的，妳是紫色？」臨風疑惑。

「你是賢弟，我是姊姊，位分高的用紫色帛紗，向來如此。」

「可是我拿紅色挺怪的。」

「你還想不想去？想去的話就帶著。」

「好吧。」

一番交談過後，兆嵐已領著臨風，從隱密的小徑走進竹林。走了十幾步，眼前豁然開朗，竹林中有一個小小院落，以奇石、樹木和砂地布置成優雅的環境，還有石造的水缽，以及長柄的木杓，讓客人漱口和洗手。不過最神奇的還是「飛石」，一塊塊扁平的踏石，居然懸空浮起，離地一寸、兩寸……漸漸升高，連成一條彎曲的小徑，最後到達離地一丈的茶屋門口。

看兆嵐神色自若地踏上飛石，臨風也試著走上去，卻感覺飛石微微一沉，他完全站不穩，嚇得跳了下來。兆嵐回頭看見，噗哧一笑，對著臨風說：

「神奇吧，這是飛石，又叫浮石，因為這裡的地底有一道神祕礦脈，它才能浮起。真是可惜，若其他地方也能用的話，只要靠它，就能一圓凌空飛翔的夢想了。」兆嵐說著抛出一條青綠色的彩帶，讓臨風抓著，又說，「你沒有練過輕身功夫，難怪踩不穩這些飛石。還好，只要緊緊抓住這條帶子，跟著我一步步慢慢走，就到得了。如何，你行不行？」

臨風不肯認輸，自然一咬牙踏了上去，有了兆嵐彩帶之助，小心地走，慢慢也習慣了飛石飄浮不定的特性，終於抵達了茶屋前鋪石的地面。此處有一個小小的入口，必須低著頭才能進去，代表茶屋的客人無論身分多高，都得謙卑而不分貴賤。臨風從來不以為自己是多麼了不起的人，當下彎著身子，低頭進入。

「兆嵐帶臨風見過茶師、傳先生。」兆嵐一進去，便領著臨風致意行禮，原來除了茶師子恆和他們倆，今天還有一位貴客傳先生。臨風一瞧，這茶師子恆不是別人，正是當初臨風放出炎術傷人的時候，衝出來制住火勢的年輕師尊。人們都說茶師的炎術必定高明，果然不假。

「嗯，坐，來喫茶。」茶師子恆掃了兆嵐和臨風一眼，忽然咦了一聲，懷疑地問，「帛紗顏色是男紫女赤，這臨風不知，難道兆嵐妳也不知道嗎？」

臨風當場瞪大眼睛瞧著兆嵐，只見她臉不紅氣不喘地回答：

「古畫之中，也有妙齡女子用紫色帛紗擦拭茶碗，可見高貴女子不受規矩所限。我只得一紫一赤兩條帛紗，既然紫色歸我，赤紅色便只能歸他了。」

「呵，頑皮。」茶師子恆不置可否，自顧自把茶釜放到炭爐之上，煮了起來，而後下意識地吟哦著，「今日茶席，佳銘即為『茶與素』，素者常也。六藝茶經雖已失傳，茶道一門仍在。小民日常，清茶一盞，日日不變而得長安，即為民之大事矣……」

茶師吟哦出聲，臨風只覺茶與素一門的精要，盡在其中。不久，炭的色澤發紅，釜中的水旋即沸騰，水面呈現魚眼般細碎的水珠，發出汩汩聲響，子恆立即撒下些許的鹽，「嘶——」沸騰之勢頓時稍減。但不久，釜中的水第二次沸騰，子恆即以竹夾攪拌，直到沸水有奔濤濺珠之勢，才讓茶釜離開炭爐。接著，便從一個棗子狀的容器裡取出茶葉，放入茶碗，準備舀出釜中的熱水……

「這……不用茶壺嗎？」臨風不禁驚愕，脫口而出。

「你說的是『壺茶法』。」子恆手上動作不停，泰然自若地說，「今日辦的是『釜茶席』，方法常見兩種：雪國之人習慣將茶葉磨成粉，在茶碗中與熱水相混，用細絲狀的竹穗為道具，攪拌出茶香與細密的泡沫；我們灣洲用的是形質、香氣俱佳的好茶，直接從茶釜舀出熱水，在茶碗中泡開，可賞茶湯由透明轉至金黃，與茶葉漸漸舒展之美，跟紫砂壺沖泡相比，各有不同的逸趣。諸位，不妨一觀。」

子恆遞出茶碗，傳先生、兆嵐與臨風依序觀覽，茶葉散開的形狀確實好看，若是放在茶壺之中，倒真是瞧不見了。

「子恆，你這只茶碗，貌似奇石嶙峋，又有晶石流光，可是上釉而成？」傳先生端詳茶碗，開口問道。

「此碗未曾上釉，是在火窯中精煉七七四十九日，直到火溫可融鑠金石，使得木灰陶土質變而成。要燒成此碗，對子恆的炎術倒是一回莫大的考驗。」

傳先生點點頭，接著輪到兆嵐問了。她的目光，反而定在了裝茶葉的棗狀容器上頭。

「茶師在上，這茶棗頗為精緻，可否說說？」

「兆嵐眼力不凡，此一『魚龍茶棗』確實頗有來歷。三百年前，它本是秧國江陰侯丁遠肇的傳家寶，遠肇公在封侯之前曾經遇到困難，把茶棗典當出去，約定半年贖回。不料半年期滿，他辛辛苦苦湊出錢來要贖，當鋪主人卻說賣掉了，多賠他二十兩銀子了事。遠肇公雖氣憤，也是無可奈何。

多年之後，江陰侯赴大將軍王英白的茶宴，偶然見到此一魚龍茶棗，心中激動，竟悄悄把茶棗竊取，連夜乘快船沿江而下，逃回家去。之後再命使者帶足銀兩，奉上致歉的書信，還有孟岱的兩句雜詩：『七十見白頭，餘年寄蒼狗。』表明世事無常，白雲蒼狗，江陰侯餘年無多，看到傳家寶內心澎湃不已，才會出此下策。王大將軍明白詩中意涵，又想這老侯爺已將近七十歲了，便把茶棗讓渡與他。

三年後，江陰侯生了一場大病，將爵位、家業和心愛的珍貴茶具都交給深諳茶道的長子丁五原，自己隱居起來。孰料隔年江陰遇上大旱，田地龜裂無以維生，農人流離失所，五原公為了賑濟災民，將魚龍茶棗等家中珍寶悉數變賣，遠肇公聽聞此事，卻說：『茶道存乎天地之心，五原誠得其中之妙也。』父子均將百姓生死置於珍寶之上，一時傳為佳話。而後，此一珍貴茶器才被輾轉賣到了灣洲。」

茶師子恆長吁一口氣，緩緩地啜飲碗中之茶，然後才說：

「其實茶之一道，不必用什麼寶物，一釜一碗，便可盡享茶中之樂。塾裡借我這個名貴的茶棗，也只是為了跟弟子傳講茶中軼事，和茶棗主人丁五原的治世之道。」捧起碗來，茶香撲鼻，茶味醇美，茶師也為這段陳年往事下了最後的註腳，「茶與素，且坐喫茶，守素安常；茶心即為天地，化育萬物，恩澤生民；此即六藝七訣，江山社稷。」

茶過一巡，清茶芳香猶在，四碗色澤佳美的茶湯已飲用一空。茶師子恆取出乾菓點心，準備沖第二巡茶。依茶席之例，傳先生和兆嵐依序問過茶器之事，這會兒，倒是輪到末席的臨風來問了。

「師尊在上，不知這茶棗上頭，刻的是什麼字呢？」

「魚龍茶棗，自然是個龍字。」

「可我看不出來啊。」

「此乃古篆，難怪你不懂。但若知曉它的由來，倒也不是那麼難。」子恆說著轉向傳先生，笑道，「傳先生窮盡心思，蒐羅天地間無數故事，所謂傳道、授業、解惑，可願為我們說說這古篆之事？」

「古人有云，三碗搜枯腸，惟有文字五千卷。若沒有喝到三碗茶，我倒是一卷也想不起來了。」傳先生也是滿臉笑意，只管討茶喝。

「好好好，喝茶喝茶。」

茶師子恆沖了第二泡灣洲的龍軒茶，又拿出另一個茶棗，洗淨茶碗，沖上名貴的邙山雀尖茶，傳先生喝了嘖嘖讚賞，還沒飲盡，便說起故事來。他的敘說甚是神奇，說景，臨風和兆嵐彷彿親眼看見他說的景物；說人，聽者就好像自己化身成故事中人，喜怒哀樂皆融入其中。簡直是一門不遜於六藝的奇術。

「古之倉伯，生有九子，幾乎個個能人。部族狩獵第一、壁畫前二、歌吟前三，還有人人稱羨的兩個捕魚好手，都出於倉伯之子。可惜，僅有年紀最小的九子，是個什麼都不行的少年，不能歌、不能畫、不能獵，甚且不能疾行，疾行便喘。連父親倉伯都放棄了他。

一日，有位來自遠地的老者流落到部族。老者的歌，如泣如訴，部族的男男女女盡皆哭了。少年最能歌吟的三位哥哥，都沒聽過這等震顫心弦的歌聲，想要拜師學藝，老者卻說，請族人先聽完他最後一首歌謠。

老者最後的歌謠，說了一個哀傷的故事，大意是：『一個厲害的獵戶，從不分肉給人。忽然有一天他學會了，憑力量獵殺大獵物，把肉分給跟他圍殺獵物的壯士，一下子就統領一個部族，便開始搶更大部族的穀米，人們不敢反抗，只能痛苦而飢餓地活著。』

老者流下淚來，歌謠調子一轉，變得悲傷又悲傷：『第一次他搶走我的獵物，不給他便燒殺，我給了他；第二次他搶走我的收成，部族害怕，又給了他；第三次他搶我的女兒，我卻不在家，從此再也見不到女兒了。我忍無可忍，跋涉千里，只為尋找可以對抗他、願意對抗他的人……而今，此人自號獵王，卻已經來到十里之外的海濱。』

老者的歌打動人心，男丁們個個爭先，為正義、為家鄉，誓要對抗這個惡毒的獵王。家中排行第九的少年，不能歌、不能畫、不能獵、不能行，卻站了起來問那老者：『我什麼都不行，也能去嗎？』

『孩子啊，』老者流著淚說，『我哭泣著感謝你，感謝每一分小小的力量；因為愈小的力量，愈能融化冷冷的心，愈能推動巨大的輪軸。』

少年的心是熱的，隨著眾人而去，但他走不快，跟不上隊伍，迷失在荒野的風中。直到他聽見遠方廝殺的喊聲，一步步艱難地趕去，戰鬥卻已經結束，老者與眾人的反抗失敗，一個個都死在荒野與海濱。少年哭著找哥哥們的屍身，卻找不著。

『大道啊！你在何處？鴻溟啊！你可有主？為何善人無倖？』

少年走到行旅人踩出的野徑旁，嚎啕大哭。他不能歌、不能畫、不能獵、不能行，只拿了一根竹枝，在沙地上簡陋地畫下圖形。這根本不能算是畫，每一圖不過寥寥幾筆，過路人卻能一眼看出：一頭龍作惡，一群魚反抗牠，魚兒通通死去了；但魚兒無窮無盡，而惡龍只有一頭。」

「先生在說造字的故事？」兆嵐忍不住問，傳先生笑著點了點頭。

「可是這古篆甚難，怎麼一創出來，過路人就懂呢？」臨風懷疑道。

「古篆雖難，卻有簡單的解法。」茶師子恆悠然道，「古之篆字，多半來自圖形，你只管伸出一指，指隨字走，心中一點靈明，往往能猜出字形字義。」

「原來如此。」

「這時，忽然天降大雪，雷聲隆隆……」傳先生再飲一碗茶，又往下說，好奇的臨風卻打斷了他。

「大雪的天，怎會打雷呢？阿婆說過，決不會的。」

「就是不會，才說是天變異象。」

「那少年不會凍死嗎？」

「死了又豈有這故事？興許……雪只落一下子就化了。你還要不要聽？」

「要要要，先生請說。」

「好罷。」傳先生清清喉嚨說道，「話說天上大雪紛飛，雷聲隆隆，野地的百獸哭號逃竄，連真龍也上天下海找地方躲藏。天地大道受了震動，派遣使者去看發生了什麼？

大道使者飛來一見，流下眼淚哭了，卻跟少年說：『你創文字，乃不世之功績。』

『文字？』少年不解。

『從此表意不用只靠圖畫，言語涵義可以深邃複雜，文字一出，可解天地之秘，聯眾人之力，甚而開天闢地，無所不能。』」

傳先生說到這關鍵一節，彷彿鼓動全身之力，字字鏗鏘，終於長吁一口氣，暫停下來。臨風不禁又問了。

「我不懂，這事情很好哇，使者為什麼哭呢？」

「聽下去你便明白了。」茶師子恆搖搖扇子回答，示意傳先生再往下說。

「大道使者不再哭了，他問少年說：『你有不世之功，要什麼賞賜呢？』

少年咬牙說：『請除惡人獵王。』

『大道賞賜只賞好處，不能殺人。』

『那……』少年想起老者唱過，還有好多人痛苦而飢餓地活著，便說，『我不要好處，我只要大家能夠吃飽。』

『甚好，果然是好孩子。』大道使者一揮手，天上忽然降下粟米無數，不論貧富，都收得盤滿缽滿，各地飢民都得以飽餐一頓。獵王大喜，命人四處搜刮，一時收穫極豐。不料，卻有人把少年創的『文字』刻上泥版，傳遞百族，萬民拿了泥版與粟米糧食，紛紛踏出家門組成大軍，三戰而勝，居然輕易就滅了那獵王。

但文字一出，天地大道再也沒有祕密了。文字寫下了火，火鑄之術流傳四境，人們學會鑄造千百種兵刃與工具；文字寫下了禾，穀米耕作遍及八荒，人們學會伐森林，燒草原，填沼澤以成田地；文字寫下了金，從此所有農產織物、兵刃工具都能買賣了，人們能輕易買到千里之外的佳品，而賤買貴賣之人成了鉅富，交易之路四通八達。

萬萬之眾成了大群，建了軍隊，蓋了城池，將滿山遍野連成阡陌田園。當初躲藏深山的百獸與飛龍，終究再也無法歸家……」

「原來不世之功也有壞處。」臨風嘆息。

「是啊，總是有好有壞。」

傳先生說完故事，話鋒一轉：「我上窮碧落下黃泉，搜求一切故事，你們自然不能白白聽去，也得說個故事給我聽。」

「是是。」兆嵐一笑，「可惜兆嵐跟您在此飲茶有幾回了，能說的都已經說啦。」

「所以妳帶了個能說的來？」

「是啊，據說此人的阿婆最是能說，孫子想必不差。」說著，兆嵐似笑非笑地瞧了臨風一眼，「你說說，我講得對不對？」

「看來這故事我是非講不可了。」臨風想了想，又道，「阿婆倒是說過一個故事，我曾以為已經忘了，幸好在我家的竹簡上還有記載，長大後既能識字，總算把這『大道與書生』的故事記了下來。」

「大道？書生？甚好甚好，民間故事可十分難得。不管是什麼，快快快，趕緊講給為師聽。」傳先生連忙道。

「諾。話說黃竹書生寫一書，欲明透大道……」
「你說黃竹書生？」
「是，師尊可有疑問？」
「不……你說下去吧。」
「那我說了……」臨風覺得奇怪，但還是往下講，「黃竹書生當年尚未自號『黃竹』，就叫他書生吧。書生寫此書，每成一章，東海君、雲中君、蓋公、赤岩公等四位高人都說他寫得好，二章比一章好，三章又比二章好，評價愈來愈高，愈貼近大道。書生於是自信滿滿。
有一日，他卻忽然寫不出來了。一年、兩年、三年，書生無從下筆，四位高人一一離開。他無計可施，走入深山大澤呼喚大道，如此連續三月。
『大道啊，你在何處？大道啊，莫非你已窮盡？』他呼喚，無人應聲。眼看已經絕望，轉身返家之日，大道竟忽然出聲回答。
『已窮、已盡，我已窮盡於汝之書中。』
書生愣住了，當下搖頭不肯承認。
『你說你已窮盡，可為何這書寫不完？我知此書不全，未曾窮盡。可見你若非幻影，便是引我入魔！』
書生不信聲音是大道所發，繼續呼喊：『大道啊，你在何處？』
於是大道不言，引書生入一片竹林。若是從旁觀看，你會從竹葉的間隙，見到書生大聲讀出所寫的書。倏忽，竹葉蕭蕭落下，竹身迅速凋萎，由青綠轉為焦黃，書生卻仍在其中，書聲琅琅，足足半個時辰。

後來才知道，書生完全不知他在高聲朗讀，也沒看見竹林枯黃，而是在那短短半個時辰，看遍古往今來，從悠久無盡的歷史，萬象紛呈的現在，到奧妙難測的將來……他終於明白，一開始回答他的聲音真是大道，他渴望再聽一次大道的聲音，卻屢屢落空。而後他感嘆：

『大道啊！你豈能窮盡於吾之書中？倒是吾以有限之書，自築窮盡己身之牢矣。』

整片竹林枯黃，宛如天地變遷，只見一書生在中間孤獨站著，迎風蕭瑟。從此他自號黃竹，再也不跟人說，他要著一書明透大道了。」

「妙！真妙！」傅先生擊掌而呼，神情卻複雜得很，連連說道，「久聞黃竹書生大名，卻未曾聽過其名之來歷，故事甚妙、甚妙，可我總是疑惑。此事對黃竹書生何等重大，為何從未流傳？」

傅先生閉目細思，又忽然睜開，竟似有些不悅，說道：

「臨風小子，如此厲害，竟臨場編個故事跟為師唱反調？你是在駁我前一個故事，想說：大道豈是文字所能寫出？豈能盡言大道之秘？是也不是？」

「弟子不敢，故事又豈是我一時編得出來的？」

「這……也是，若你有此才華，連師尊都不如你了。那又怎會如此？怎會如此？」傅先生不斷搖著頭，又問茶師，「子恆，你們客家真有這段故事嗎？」

「我不曉得。」子恆答道，「但民間傳奇包羅萬象，咱們徽州客家沒有，倒不敢說別的客家也不會有。」

「是了，今日一聽，才知我孤陋寡聞。」傳先生喟嘆道，「真是學海無涯、學海無涯！」

「師尊……」這下倒是臨風好奇了，忙問茶師，「莫非您也姓客？」

「哎呀，臨風你不知嗎？」茶師子恆有點訝異，笑著說，「也罷，先前不知今日也知道了，為師乃徽州人氏客子恆，與你們早年就來灣州的客家，族譜並不相近，卻仍屬本家。既屬本家，你老家又種茶，可願隨為師學學？咱就從烹茶的炎術學起，將基礎紮穩了為先，可好？」

十一、北冥

北冥有巨魚，
濛濛數千里，
化身凌萬頃，
陣成覆天衣。

「北冥有魚，其名為鯤。鯤之大，不知其幾千里也。化而為鳥，其名為鵬。鵬之背，不知其幾千里也；怒而飛，其翼若垂天之雲。」

你可想過世上有一種魚，身長有好幾千里？牠化成的大鵬，也不知有幾千里長，雙翼若是展開，多半還要更寬。倘若牠不要飛得太高的話，肯定遮天蔽日。畢竟人眼極目望去，百里之外就已朦朧難見，況乎千里？只怕此鵬鳥一旦飛過，大地都將黑暗，如同日蝕，僅能見到千里之外隱隱的微光。如此誇大，難怪此等巨鯤或大鵬，只能住在不知是何處的北冥，或是聖哲、神人的幻想裡，從來沒人見過真有其物。

然今年九芎塾「三試」的最後一場，天地陣之「北冥」，卻讓這等幻想暫且成真。師尊們竟

援引古書中「北冥有巨鯤，化身大鵬騰飛」之典故，藉天地陣圖構築了幻影，先如大鵬振翅而起，翱翔天際，在空中又形成了名為「鯤」的巨魚。而在魚的腹部畫了一幅陣圖，便是此番考驗之關鍵了。不過，所幸這只是鯤的幻影，無法全然遮蔽陽光；影子的大小也遠遠不足千里，只得方圓十里，否則四境的農人都得嚇壞了。但四下幽暗仍是免不了的，就像是大雷雨的天，烏雲飄來，人在屋裡以為一下子天黑了，差不多就是那樣子陰暗。

陣圖很快收了起來，只維持不到一炷香的時間，原來這只是嘗試佈陣，等下還得演示其他的陣法。真正要讓九芎塾的年輕門生來接受試煉，還得等到十幾天以後。

而在此同時，茶師子恆與臨風自然也沒有閒著。

「臨風！加把勁！」

只見九芎塾西南約莫五十里，飛凰山下，整座林子火光熊熊。

這場森林惡火，剛開始僅是一道旱雷劈中了枯樹，點燃起來，之後逐漸延燒，風助火勢，竟在短短數日內成為滿山遍野的大火。鄰近的村落快馬加急，求縣城派人來援，也求霞紅鎮的九芎塾相救。

茶師子恆精擅炎術，得知消息立即帶了弟子，策馬前來救火，避免火勢延燒到人居之處。不過趁此機會，倒也是可以磨礪一下臨風。

「所謂火起於風，御風者即能掌火，是否救得這山下七村，就看你我能否導引此間風向。」

「是，師尊。」

原來在過去的一個月，茶師子恆已經將諸多炎術奧妙，傳給了臨風這個天賦異稟的客家後輩。冲而用之，虛而明之，小時候即憑一己之力，得以窺見炎術門徑的臨風，學起來事半功倍，不久便已能無中生有，引自然的氣流為他所用了。但要在森林惡火的猛勢中，讓風隨心所欲地變化，還是極難極難，茶師子恆也真是把臨風逼到極限了。

「入於極境，方能早有所成……對，這就對了。好！轉風！」子恆大喝一聲，臨風隨他而動，風向竟陡然自西北轉為東南。

「倒咧！」趁此機會，九芎塾弟子將原先已經砍了幾斧、樹幹將斷未斷的一排樹木，一下子全部砍倒。由於樹向內倒，就像隔開了一條巷子，森林惡火沒了木材燃料，就不容易往村落燒過來了。

「好！臨風做得不錯，接下來就交給為師罷。」

茶師子恆嘉勉了臨風一番，不過最累的還是子恆自己，先是跟臨風聯手轉移風向；再用茶術的天變之方，引動積雲降雨於後，都耗費他大把心力。但這也怪不得，誰叫他是師尊呢？

無論如何，子恆的心裡還是很欣慰的。不但救火的任務相當順利，臨風也通過了難得的鍛鍊，未來他的炎術已可收發由心，即使施展，也不會隨便傷人了。

※　※　※

「三試之三，天地陣；歲次甲午，陣號北冥！」

第三試的日子終於到了，在傳先生的朗聲宣讀下，幾位師尊共同操縱十里方圓的陣圖幻影，只見大鵬騰飛，化為巨魚，其名為鯤。由下往上看，彷彿整片天都被遮住了，視線極為昏暗不清。同時，七組有資格進入第三試的九芎塾門生陣營，也高喊著飛奔進巨大的試場。當下，各組既瞧見天上佈的是北冥大陣，便多半搶進試場裡的一處三合院，目的是爭奪藏在其中的煙火。

爭搶煙火的用意，是為了照亮巨魚魚腹上的一張龐大陣圖，每支煙火只能照亮一小部分，因此各陣都希望能多搶一點，以便照亮自己要看的那一塊。搶完了，便是分派任務，包括參透陣圖的觀圖手、幫觀圖手提燈的掌燈手、專放煙火的射火手，還有人數最多的拒馬手。為何要有拒馬手？因為針對場上各組，都會有一位君子帶著幾名先前已被淘汰的門生去襲擊，阻止他們看出陣圖的奧妙。襲擊的人數與各陣營的總人數相當。

於是拒馬手的任務就很嚴峻了，因為在北冥大陣之下，四周昏暗，觀圖手、掌燈手、射火手至少用掉三個人，此次七組陣營雖都補滿九人，這樣一扣卻只剩六個，與來襲的敵人成了六打九，殊為不利。難怪有人說，北冥大陣是天地試當中最難的一種，抽到北冥的這年，各陣營都算是倒了大楣。過去只要遇上了北冥，眾家陣營甚至連第一關都過不了，在觀看陣圖之時就被制伏了，全軍覆沒。

能否不參透魚腹這陣圖呢？卻又不成。因為過了三合院，便是試場中央的「八門天地陣」，任何人闖入其中，天候雲霧是一變，樹影婆娑是一變，飛沙走石是一變，地動山搖又是一變；四變之外又有四幻，據說在其中會看到各種幻境，諸如高山流水、斷崖絕壁、百獸轟鳴、桂巷花影，所以每回的考驗，都會在八門天地陣之外，安排一幅陣圖讓各陣營參悟，其中記載了天地陣的種種奧秘，雖然時間甚短，競爭激烈，至少也得設法看懂七八成，然後去闖這天地陣，才有勝算。

只不過一般而言，這第三試都是將陣圖藏在隱密之處，或是通過某些考驗才能取得，不像這北冥大陣，竟把陣圖大大方方展示在魚腹之上，只要打亮火光，人人都得看見，偏偏像這樣最為明顯，考驗卻是最難的。

在場七組有五組，包括傲家在內，都是艱困無比，各自努力抵擋襲擊。沒過多久，就得放棄射火手，讓他也去抵擋來襲的君子、門生，才勉強敵得住。其中幾組更是早早用盡了煙火，觀圖手只能看著別家的煙火照亮陣圖，抓住不連貫的片段圖形，才勉力看出一些端倪。

「君家兒郎，擺陣！」

君家戰法卻頗為不同，除了君世倫靠自家的煙火參透陣圖外，竟多派了一名觀圖手，去參悟別家煙火照亮的陣圖。不過這戰法也有代價，扣掉掌燈手與射火手，算算只剩五位拒馬手抵擋來襲的九人！如此當然更為艱辛，簡直不知死活，但他們自有盤算。首先，這五人本有一套戰陣，可以纏住敵人。再者，每當這五人陷入險境，君世倫總會天外飛來一記木刀，讓來襲的君子出招抵擋，若是不擋，其他較弱的襲擊者，恐怕當場就會被封了穴道！就是這樣來來回回，君家陣營才能夠以五敵九，不落下風。而真正厲害的仍是君世倫，居然一邊觀圖，一邊還能留心戰況，隨時出招助戰；甚至還能抽空與另一名觀圖手交換陣圖心得，顯然游刃有餘，參透陣圖的進度也明顯快了許多。

但最快的竟還是雲家！為何？因為他們打從一開始，便不打算搶三合院裡的煙火，連掌燈手、射火手都不需要，而是立即跑到遠離各陣營的北側，直接觀看陣圖，僅僅雲兆勳一人，所悟出的陣圖之大，甚至超越其餘各組之總和！

如何辦到？自是由於臨風。難怪各家都務求爭取他入陣，原來他的炎術，在這最難的北冥大陣，優勢才是最明顯的！火光可資照明，僅他一人便可取代掌燈手與射火手，效果還能好上數倍。而且無論是北冥大陣，或是面對其他陣法，以臨風的炎術之強，也可對付來襲干擾的敵人，可謂活棋，價值之高無法估計。

譬如，早在其他各陣還忙著在三合院搶煙火的時候，臨風便已初露鋒芒。如今他的炎術不會失控傷人了，火焰卻更加靈動，矯若游龍，一上來便施展了一道火牆，完全擋住了衝上來阻止他們參透陣圖的君子與八名門生。這君子自號清河君，也是十分厲害，指揮若定，讓門生撒下沙子來滅火，不等火勢完全熄滅，他更是足不沾塵，越過火牆而來，直襲臨風！

雲家除了兆勳繼續參悟陣圖，其他人立即搶上，掩護臨風繼續施展炎術。但那清河君身法甚快，一瞬間便拉近了他和臨風的距離。這下臨風不能再施展火牆了，否則敵我都會燒傷，而就這麼一耽擱，跟隨清河君的八名門生也衝過來了，眾人當下鬥在一起。

這時候，臨風還是頗為驚慌的，只見清河君迅速取得優勢，眼看己方就要落敗。不料，這君子卻不下重手，只是纏身游鬥，彷彿在引動其他的門生對打。臨風登時心下雪亮，原來清河君手下留情，有意讓門生們藉此機會磨練，其餘各組的情況應該也差不多。否則，這些以武藝見長的君子，若真的全力出手，恐怕只有君世倫和雲兆勳才能勉強對敵，其餘眾人幾個照面就會被打倒，如此一來考驗太難，倒是無人可以通過了。

這樣臨風便放心了，即使清河君不時向自己出招，臨風也能用手中長棍招架，甚且分心二用，為兆勳在天際放出炎術照明。畢竟他可是扭轉過森林大火的人，當時又得掌火，又要御風，還得時時刻刻留心樹木被燒得劈啪爆裂；相形之下，若那清河君不曾絕招盡出，只用五分力的話，這會兒的考驗倒是算不得什麼了。

此際，忽然一陣笛聲響起。雲家兒郎個個興起，戰意高昂。

「這笛聲，是四小姐的《入陣曲》！」八人中的天尋當先喊道。

「她為咱們助陣來啦！」

「別家陣營以五敵九、以七敵九，尚且沒被攻破，咱們八人聯手，可不能洩了氣！」

「把那個君子和八名門生，一鼓作氣打將回去！」

「上——！」

雲家陣營士氣大振，誰知幾節短曲之後，竟響起另一支簫聲，似與雲四小姐的笛子互別苗頭。洞簫音色秀雅，聲響與清亮的笛聲全不能比，但就是頗有技巧，總在《入陣曲》的要緊之處發聲，讓曲子振奮人心的奇效盡失。由此看來，吹簫之人音律本領高強，竟還在雲四小姐兆嵐之上！既然笛子已吹不下去，不一會兒，笛聲簫聲便都消停了。

「嫣嫣？吹簫之人可是嫣嫣？」兆嵐放下笛子，四下張望。

「兆嵐，妳的笛可是吹得更好了。」蒙著三層面紗的凌嫣嫣，笑著走來，「君家陣營已經落後，要是再讓妳吹下去，恐怕我家表哥更不妙了。」

「我的笛子雖好，卻連妳柔弱的簫聲都比不過。可見音律一道，我跟嫣嫣還是相差甚遠。」

「兆嵐才貌武功，無不冠絕九芎塾，為女子門生第一。兼且足智多謀，網羅臨風入陣，著著佔了先機。若連音律也要勝過眾人，可就太不公平了。」

「嫣嫣說笑了，我便再苦練三年，絲竹一道也是贏不了妳的。至於才智是否勝過妳，更是難說。」兆嵐回道，「但縱使我不吹笛，今日天地陣，也必是我家二哥之天下。」

「看似如此，然天地間事，總有意外之變。」嫣嫣悠然說道，「可記得男子生徒與門生，初學兵陣之時，分成三陣對打？三陣變幻，聯弱勝強，或許必勝之局，瞬息反轉為必敗之勢，也未可知。」

嫣嫣與兆嵐正說著話，場上戰局已有了變化，七組陣營有四組被君子率眾打得敗退出局，這不意外。怪就怪在，君家與傲家竟雙雙放棄了參透陣圖，君世倫、傲英峰兩名高手帶著所有的人，全都投入了拒馬手的行列。一時戰況急轉直下，兩名君子帶著較弱的門生無法擋住他們。而君家、傲家如潮水般衝向的地方，正是雲家陣營所在的北側！

君家與傲家這麼一衝，場上頓時亂了。只見北側的戰圈中央，雲兆勳還在觀覽陣圖，希望能夠儘量多看懂幾分；稍微外圈，則是包括臨風在內的雲家陣營八人，一面抵擋北側清河君與門生的干擾，一面為臨風騰出空間，放出兩道火牆攔阻君家、傲家的襲擊。再往南，則是另兩組君子和門生，還在追擊君家和傲家。

「君世倫……跟傲英峰聯手，對付雲家？」

兆嵐驚訝不已，她不是沒有想過這種可能性，但以君世倫自視之高，她料定君家不屑如此。誰知她對人心的籌算，還是棋差一著。她不由吊著一顆心，緊緊盯住臨風和二哥那邊的戰局變化。

臨風的火牆效果甚佳，把君家、傲家眾人盡皆隔開，甚至被迫往追擊他們的君子靠近。意料不到的是，君世倫、傲英峰兩人在眾人合力下，竟被拋上半空，藉輕身功夫跳過了火牆。君世倫身法尤其迅速，木刀招式凌厲無比，僅僅一人，便讓臨風等人手忙腳亂。

不旋踵，傲英峰也殺到，竹杖連連點出，竟是完全朝臨風身上招呼。雲兆勳一下子便看出，雲家八人的戰陣已瀕臨崩潰，再不出手，可就晚了！

「雲家兒郎聽令！陣法由南轉西北，退往八門天地陣！」

「是！」

雲兆勳當下不再參悟陣圖，而是跳了出來，竹枝閃動，使出最精妙的劍招，罩住君世倫、傲英峰二人；配上能夠增強勁力的兵術，氣勢更是奔放。雖說兵術維持不久，但只要能撐到抵達八門天地陣，便十分足夠了。

「不能讓他闖陣！」

君世倫看出兆勳的盤算，心知天上巨鯤魚腹的陣圖，兆勳參透的最多，一旦入了八門天地陣，君世倫跟傲英峰就算聯手，恐也攔不住他。如此一想，便再不留手，同樣祭出兵術，木刀大開大闔，全是迅猛的強攻招數。兆勳頓時陷入苦戰，但還是憑著劍術精妙，邊打邊退。

「別管臨風了，跟我一塊絆住兆勳！」君世倫又一聲喊，傲英峰才如夢初醒，撇下了一路掩護兆勳的臨風，用竹杖截住了兆勳的退路。沒錯，剛才悟出陣圖最多的是兆勳，他才是不可放過的正主兒。反觀臨風全然不懂陣圖，就算進了天地陣，沒多久也要敗退，自是不必理會。

包括天尋在內，雲家的七人登時急了，一方面北側的清河君與門生，仍然出手牽制住他們；一方面君世倫武藝高強，又有傲英峰相助，憑雲家幾人的武功，根本不可能架開兩人，幫助兆勳退進天地陣。如此一來，他們也只能守在天地陣八門的「景門」之前，進退維谷，紛紛朝臨風看來，指望他的炎術能夠殺出一條血路。

臨風卻是暗暗叫苦。的確，如今他的炎術已能收放自如，但師尊有明訓，三試並非生死相搏，用炎術傷人的事，絕不可再有第二次。何況雲兆勳和君世倫、傲英峰三人鬥得這麼急、這麼近，臨風炎術再強，又怎能在不傷一人的條件下，將這三名好手隔開呢？弄得不好，說不定連兆勳也會受傷！

說時遲那時快，臨風立在景門前，忽然聞到一絲桂花香氣，回頭看了一眼。陣前既做過沙盤推演，臨風自然聽說過八門天地陣中，有一處「桂巷花影」，卻沒想到自己身在陣外，也能聞到花香，這怎麼可能？難道這花香並非幻覺，而是陣中真的種了桂樹？

「天地陣中行，眼見不為憑，桂巷八門裡，驚開七風聆……」忽然，雲兆勳高聲吟哦，竟是他從空中魚腹的陣圖上悟出的秘訣，「幻境玄中變，照見十香庭，小橋流水意，水落白石屏……」

兆勳的吟哦頗有技巧，剛開始只是破陣的基礎，任何人參看陣圖都會馬上領略，甚至不看陣圖也猜得到，天地陣中必然有許多幻境迷惑雙眼。但後句就不同了，比方「桂巷」與「十香庭」，就是陣圖中段、後段的重要提示，跟找出破陣的寶物「天河白石」息息相關。如果先前仔細參悟過陣圖，便會明白兆勳沒有騙人，他所吟唱的要訣，的確是最後破陣的一大關鍵。

傲英峰終於動搖了，當下一分心，去背誦兆勳念出的要訣，兆勳隨即踢開了他的竹杖，逮住機會逃開。雲家眾人立時歡聲雷動。

不料，說時遲那時快，君世倫竟猛然刀勢大漲，直劈而來。兆勳立即施展最得意的松竹梅三絕劍，將刀勢一一化解，誰知君世倫巧妙變了一招，竟是化解不開。兆勳小腿挨了一刀，身法大受影響，雖說傷勢不重，要逃跑卻是再也無望了。

兆勳見傲英峰重新圍了上來，小腿更隱隱作痛，不由長嘆道：「世倫兄，上次交手至今不過半年，你是如何破得我三絕劍式？」

「半年過去，你的三絕劍確實又有進境。如非上次切磋，我拚著君家臉面不要，硬是藏了一招刀法，今日也無法傷你。畢竟招式只要看過一回，就難以奏效了。」

「果然高明。可笑我還沾沾自喜，上回竟能僥倖勝了兄台半招，原來你是深藏不露。」

「兆勳不必喪氣，半年前，即便我藏此一招，還是寄望與你打成平手的。誰知竟然輸了，害我君家半年抬不起頭來，這難道不算是你的本領？」君世倫喟然道，「可今日這天地陣，卻是不能讓你進去了。」

「然兆勳終須最後一搏。」

「我明白。」

「雲家兒郎，隨我上！」雲兆勳打定主意，最後一拚，不料景門前的雲家眾人，竟忽然呆愣當場，原本八人只剩下六人，且個個面上有惶恐迷惑之色，連北側君子與門生的干擾襲擊，都差點招架不住。

「怎麼回事？」見得此情此景，不僅兆勳，君世倫和傲英峰都是臉色一變。

「臨風跟天尋……竟是……去闖陣了？」

十二、天地

天地陣中行，眼見不為憑，
桂巷八門裡，驚開七風聆；
幻境玄中變，照見十香庭，
小橋流水意，水落白石屏。

時間回到半刻之前，臨風聞到天地陣中的桂花香氣，又聽得兆勳吟哦破陣的要訣，不禁心魂飄盪，神往不已。他從小鼻子就靈，能分辨旁人辨不出的氣味，此時見兆勳被圍，無法脫身，心中不免浮起種種想法：若是陣中種植了真正的桂樹，我可否憑著嗅覺，不受幻境所惑？雲家二哥所說的十香庭，是否也跟氣味有關？若二哥果真被困，不能闖陣，我冒險闖入，是否也能成功？

臨風思忖之間，場上已瞬息萬變，眼看雲兆勳就要脫出重圍，卻又被君世倫傷了小腿，功虧一簣。臨風看得出戰況不利，不能再等，當下會聚心神，想確認桂花香氣來自哪個方位，一邊思想方才兆勳所吟的要訣，腳步移動，逐漸靠近了八門天地陣的景門……

「要糟！得拉住臨風！」一天尋從旁看來，卻全然不是這麼回事，只見臨風身在陣外，居然也

被迷陣所惑，心神恍惚，被拉進景門當中。他立即伸手想拉回臨風，不料，清河君正巧一招攻來，手忙腳亂之際，天尋居然和臨風雙雙跌進了景門之內。

「不好！」雲家眾人一見，全都驚慌不已，可一入景門，陣法雲霧遮蔽，就無法挽回了。他們不禁捶胸頓足，惶惑不安，即使聽見二少爺號令，叫他們最後一搏，竟也全無反應。

雲兆勳、君世倫、傲英峰，乃至三家所有的人，甚至來追擊的君子門生，不由面面相覷。眼下已成了一個微妙的狀況，最有可能闖過天地陣的兆勳，被君世倫和傲英峰拖著，無法進入。其餘眾人則是不明所以，不敢進入。但外頭再打下去，似乎也沒意義，該怎麼辦？

「如何？世倫兄，是否暫且罷鬥？」雲兆勳當先提議，「或是你想進去闖陣，以免他們二人先找到天河白石？我絕不阻攔。」

「兆勳真是說笑。」君世倫說著垂下手中木刀，「若我進去，勝算不足一成，外頭卻沒人攔得住你了，你豈不是立馬進去破陣嗎？我沒這麼傻，眼下暫且罷鬥，等臨風和天尋二人敗退出來，再戰不遲。」

「傲家公子呢？」兆勳還是忍不住想撩撥一下，「你去不去？我跟世倫兄在此僵持，或許傲家先去闖闖，反能一舉成功？」

「我不去。」傲英峰也有自知之明，陣圖奧秘他看透的比君世倫更少，進去也只是自取其辱罷了。景門之外就此安靜下來，既然無人再放煙火炎術去觀看上方魚腹的陣圖，追擊的君子和門生自然也樂得輕鬆，不再打了。

※　※　※

「臨風！臨風！」

此時，場景轉到八門天地陣之內，天尋站在一處斷崖絕壁，踏足之處甚窄，幾乎要摔下去。他猜測這斷崖必是幻覺，可四周風聲獵獵，他卻不敢亂動，只能高聲跟臨風求救。

不料，背後崖壁竟忽然伸出一隻手來，把他拉了進去。天尋當下怕得驚呼連連，誰知眼睛睜開，竟是臨風拉著他，兩人站在一處由灌木叢圍成的走道中央，天上還是北冥巨鯤的魚腹陣圖，可惜遠遠地看不清楚，只是在魚腹放出朦朧的光亮，讓人可以瞧見東西。

「這是哪？」

「別作聲，小心白虎。」

「白虎？」

說時遲那時快，一頭吊著眼睛瞪人的白色老虎，忽然從灌木叢中竄了出來，臨風似乎早有準備，炎術催發，立時冒出一團火焰攔在白虎與兩人之間，那白虎低吼兩聲，似乎有點害怕，一味遊走觀看。

「這火擋不了牠多久。」臨風道，「何況我也不知，這灌木叢中還有多少隱藏通道，能讓白虎鑽過來。我們必須逃。」

「怎麼逃？」天尋問。

「我想想。」臨風說著閉上眼睛，鼻翼微動，彷彿在聞著什麼，然後說道，「隨我來。」

「這……這不是死巷嗎？」天尋驚慌起來，臨風卻不管不顧，就像剛才從懸崖邊把他拉回來一樣，硬是拉著天尋朝一叢灌木牆壁闖了過去。剎那間，四周亮起紅藍紫色流光，景物變幻，兩人未受阻擋，一路衝到底。不久，眼前豁然開朗，竟是一處由灌木牆壁圍成的圓形空地，中央有一池，魚兒優游自在，還有一株桂花樹，方才威脅他們的白虎也消失了。

「臨風……你怎麼知道這裡有路？」

「憑著桂花香氣。」臨風解釋，「雲二哥方才說，破陣不憑眼見，而且可能得先找出桂巷花影。我在陣外聞得桂花香，這才冒險進來一試，香氣果然幫了大忙。要知樹木本有氣味，若被樹叢擋著，花香多少會淡些，但方才那條死路，卻香氣甚濃，我便猜那是幻境，幸虧我猜對了。」

「香氣？幻境？我可聞不出來，只覺得有桂花就是。」

「這是臨風幼年天賦，學也學不來，今日倒是意外派上用場。我們走吧。」

臨風就這麼冒險深入，雖然完全不懂陣圖陣法，但憑著一縷桂花香，還是摸到門徑，一路上避開機關陷阱，屢屢化險為夷。難怪方才雲兆勳敢於吟哦破陣的要訣，畢竟他所說只是一小部分，中間還有無數難關，即使聽了他的要訣，若對陣圖參透得不夠，根本通過不了。當然，臨風若單憑桂花香味，便想破此天地陣，也不免過於天真。

「嗯？」臨風忽然停下腳步。

「怎麼了？」

「你聞聞看，在這兒我已聞不到桂花香氣，因為濃郁的薰香氣味把它蓋住了。」

「那怎麼辦？」

臨風沉默，回想剛剛自己「聞」到的一切，總覺得有些微妙的怪異之處。比方某種薰香的味道主要來自東南，可遠遠看見薰香的火光，卻是正東。其實方才跟著桂花香氣摸索到這裡，也經常遇到類似的狀況。簡單地說，就是臨風眼睛看到的路，跟他敏銳聞到的氣味，方位略有不同。臨風靈機一動，當下找來一根樹枝，在地上畫呀畫的。

「我明白了！」臨風畫出迷宮的方位，對天地陣的了解，可說跨出了極大的一步。原來，剛到這裡的時候，他只是憑著敏銳的嗅覺來破除幻境，但走進濃郁薰香這一帶地方，光靠鼻子找路卻已經到了極限。可就在這時，他累積了足夠的經驗，竟發現了陣法中視覺、錯覺與他所聞氣味方位的差別，透過樹叢、巷道、石山變化之妙，輔以香氣之變遷，終於將整張陣圖畫出。雖然不盡完美，卻比兆動所看出來的，還要清楚幾分！

「如果這圖不錯，此處便是門路！」

臨風為了鼓舞自己的信心，大喊出聲，和天尋合力推倒了一座沉重的香爐。香爐的火，頓時點亮了一條道路，路的兩旁火光熊熊，劃開了一片黑影幢幢，毒蛇出沒，不知道哪裡才是路的密林。臨風和天尋立即沿著火焰之路走到盡頭，推開了一扇大門，上頭寫著大大的「杜」字。然後又是一連串紅藍紫黃的流光閃過，眼前倏然出現一處複雜的街巷，四周的紅磚房子，家家戶戶院內都種了一株桂花樹，香氣撲鼻。

「這就是桂巷了！」天尋驚喜地喊道。

「還不止，」臨風用手一指，正對著五十步開外的一扇門，「若我料得不錯，那扇寫著『傷』字的門後，隱約傳來十種不同的花香，必為十香庭無疑！」

臨風果真是天賦異稟，倘若換了別人，在濃濃的桂花香氣之中，豈能辨認出遠處的十種花香？桂巷中門戶甚多，可有得猜了。當然若是兆勳到了此處，由於參透了陣圖的指引，自然知道該怎麼找尋門路，可再怎麼說，也未必像臨風來得這般快！

然而，就在順利的時候，天尋卻唱起了反調，不肯合力推門。

「臨風！這……這是傷門，不可開，恐有陷阱哪！」

「別怕，天尋。我很確定，十種花香就在這裡不錯，門後必是十香庭！」

「可你怎知……？對了！二少爺剛剛說：『桂巷八門裡，驚開七風聆』，七風的現象還沒瞧見，『驚門』和『開門』尚未找著，這就去開傷門，未免太急了吧？」

「或許驚開七風聆，只是雲二哥為了欺敵而加的句子，未必真有其事。反之，我聞到的氣味卻是肯定的，不可能出錯。」

「可若雲二哥另有用意呢？別忘了你沒看陣圖，也不懂陣法。即使你的鼻子靈光，若論陣式之學，你怕是還不如我！」

「那你怎麼說？」

「傷門不可開！除非將桂巷的每條岔路搜過一遍，沒有其他出路。或是解了『驚開七風聆』

的祕密，確定要開傷門，我才同意。」

「如此費時，要是外間有變故，該當如何？」

「天尋信任二少爺，他必會穩住外界情勢，反觀我倆若是猜錯了門，可就萬劫不復了。」

「好罷，咱們分頭探查。」

臨風雖有靈敏嗅覺，終究不懂陣式，天尋所言又是謹慎之策，他也不便堅持。兩人就這麼找了一會兒，不料，天尋竟忽然興奮地呼喊起來。

「臨風，你看！」聽到天尋叫喚，臨風連忙跑了過去，只見天尋找著了一扇小小的木門。不像杜門和傷門如此巨大，需要兩人合力推開，那門毫不張揚，天尋卻如獲至寶，臨風忙問其故。

「別看它不起眼，瞧它左右兩邊的小小石獅子，一隻大張嘴，一隻笑開懷，隱含陣法書上『開門見喜』之意，可見這扇小門，正是休、生、傷、杜、景、死、驚、開當中的活路，也就是『開』門！」

「可我在這門後，聞不到任何氣味，真會是十香庭嗎？要不要再想想？」

「聽我的準沒錯！」天尋堅持道，「陣法書上有云，開門屬吉，從這門進去，即使不是十香庭，也必有好事，不會凶險，最少也是一條線索。」

「雖然你這麼說……」

「我還有一個理由，師尊說過，陣法中，常自不疑處有疑，窄小樸實的門往往是對的。瞧那座傷門如此巨大，又寫個大大的傷字，豈能隨意去推？我看這扇小的，就先開了吧！」

「慢慢慢！」

臨風心中不安，正想勸阻，不料天尋已逕自把門推開，倏忽一陣黑霧襲來，將兩人捲入，門立刻自己關上了，哪來的什麼開門見喜！

※　※　※

天地陣外，兆嵐擔心不已，雖想臨風不可能成功，卻又盼著有奇蹟出現。瞧他們進去已經足足一個時辰，竟未被陣法逐出，更覺得有望成功。此時，她瞧見弓先生等幾位師尊彼此交頭接耳，忍不住不動聲色地靠近，藉她在絲與竹鍛鍊的聽覺，想要聽出幾句蛛絲馬跡，這才發現凌嫣嫣早就悄悄在偷聽了。

「這臨風，竟有此等天賦，簡直作弊。」

「是啊，堂堂八門天地陣，竟差點被一個不懂陣法的小子破了，連最重大的考驗都險些被跳過。咱們在嗅覺一道，畢竟懂得太少，未來可得好好改進一番。」

「幸好雲天尋墨守成規，終究讓他們兩個小子，落到了最大的難關裡去。」

兆嵐不由得心兒怦怦跳，聽得又驚又喜。驚的是那最大難關，不知他們能否闖過；喜的是臨風天賦異稟，完全不曾參悟陣圖，也能平安深入到八門天地陣的核心。難道自己向二哥全力保薦的客臨風，竟有出乎她意料的驚人潛質？兆嵐一顆明淨慧黠的芳心，就這麼想著、牽繫著，直到師尊高溶月的話聲傳來，把她和凌嫣嫣都嚇壞了。

「兆嵐、嫣嫣，妳們偷聽，以為我不知嗎？」

「師尊！」

「我不說破，只是趁機考驗妳倆，在師尊用傳音之術祕密交談下，妳們能聽見多少？看來妳們都已有相當功力，那我就得出面，制止妳們再聽下去了。」高溶月溫柔地笑道，「去吧，乖乖在一旁等著。天地陣中，不久便有結果，那時師尊自會說明，妳倆也沒必要這麼鬼鬼祟祟了。」

※　※　※

天地陣中。

四周一片黑暗，風聲虎虎，天尋試著點起火摺子，卻一下就被勁風吹滅。臨風什麼也聞不出來，然而藉著先前解開陣圖，以及方才猜門的經驗，對自身的感覺已經更有信心。他隱約猜到，就算入了此門，也不會立即失敗，只是另一重陷阱考驗罷了。

「臨風，我……真對不住……」

「噓！」

臨風把敏銳的感受力，彷彿繡花針愈磨愈尖，當下有了感覺，風聲虎虎，竟是分成七道。原來兆勳說的「驚開七風聆」，就是指著此處！

此時，變生肘腋！原本只會吹滅火摺子的黑風，忽然有一道帶著鋒利的刀刃，咻地劃過天尋的右臂和臨風的左肩，讓他們疼得喊出聲來。

「第一刀。」黑暗中傳來一道冷漠而老邁的聲音，「這刀稱作風刃，不會要命，但若你們被砍中七次，還不能解開此間祕密，便是敗退，將被送出此陣。好自為之吧。」

天尋當下又慚又悔，心想早聽臨風的，不就好了？驚慌之際又中了兩刀。臨風同樣又中了兩刀，不同的是他很冷靜。雖他不以聽音辨位見長，但這七道風聲差異很大，在四下黑暗中，聽覺自然變得敏銳，並不難分辨。而在身中三刀之後，他更發覺一事，若襲來之風帶有風刃，風聲會變得低沉許多，有時運氣好，還能瞥見刀刃閃著寒光，不過要閃避，仍以聽聲辨位為主。難怪兆動的提示有句「七風聆」，此關重在聆聽，多半這就是避開風刃之鑰！

「天尋，向右蹲低！」

第四刀，臨風做了嘗試，果然驚險地避過。天尋閃過這刀，也是又驚又喜。

「臨風，你找出秘訣了？」

「還很難說，用心聽，或許你能幫我。」

「好。」

臨風沒工夫向天尋解釋，但天尋悟性也高。何況他最愛的就是弓箭，在弓與木的操練中，聽慣了箭矢破風之聲，也要學習聽聲辨位，閃避敵人之箭，凡此種種，都讓天尋很快抓到了訣竅，適應得甚至比臨風更好。幾次之後，居然就變成天尋指揮兩人閃避了。

「臨風，跳！」

「好！」

轉眼間，已是第十道風刃，他倆表現甚佳，竟連這貼地飛過的一刀也閃過了。算上一開始連挨三刀，以及中間不小心失誤一刀，總共也只被砍中四次。此時那冷漠老邁的聲音，又開口了。

「第十五刀開始，風刃將轉為雙刀。」

雙刀？一次兩個？那可難以閃避了。臨風當下又動起腦筋來，這是八門天地陣，處處機關都是八的倍數，此處卻是七道風聲，各自不同，從七個方位而來，那不就有一個方位是空隙了？

「臨風，蹲下！」

咻地一聲，兩人雙雙閃過第十一刀，臨風連忙低聲問天尋：「你剛剛有聽出，那老者聲音從何而來嗎？」

「我猜……左後邊吧？」

「嗯，我也是。或許那是空隙，咱們拚上一拚，再閃一刀，就向左後邊跑！」

「好咧！啊，又來了，向左閃！」

閃過第十二刀，兩人立即發足狂奔。第十三刀沒有閃過，這是被砍中的第五次，但在第十四刀飛來以前，臨風和天尋已隱約看見一道身影，齊齊往前一推。

「中！」老者雙手出刀，在兩人身上砍中第六刀，卻沒有阻止兩人推向後面的門，那門板是一處機關翻門，臨風和天尋登時從翻轉的門板跌了出去。

說時遲那時快，兩人眼前浮現紅藍紫黃青綠橙，七色流光溢彩，身後還傳來老者哈哈大笑的聲音：「哈哈哈！兩個小子胡攪蠻纏，亂猜一通，竟能通過『驚開七風聆』，算你們有本事，也算你們運氣好。哈哈！哈哈！」

流光閃過，兩人跌到地面，摔得發疼。四周桂花飄香，這才發覺又回到了桂巷，抬頭一看，前頭竟是方才天尋不肯推的那道「傷門」，兩人不禁對看一眼，哈哈大笑。

奮起力量，臨風天尋聯手將傷門推開，果然十種花香撲鼻，正是十香庭。

「接下來怎麼辦？」

十香庭不只有十種花香，還有小橋流水，石山清泉，景致十分高雅。但左看右看，總看不出兆勳說的白石在哪裡，提示說「水落白石屏」，可泉水從岩石假山流下來，積成的小水潭底下，卻是十分普通的青石，跟白石屏半點也搭不上。天尋和臨風找了許久，也找不著什麼機關，簡直束手無策。忽然間，天尋福至心靈，有了個點子。

「會不會水落白石屏，指的是什麼……水落石出的意思？」

「水落石出？」臨風邊想邊自言自語，「水只是一直落下，石頭不會出現的。要做到水落石出，還得把源頭先停下來，沒有水了，石頭便浮現了。好！就這麼辦！」

既有了這點子，兩人隨即動手，找些石塊，把假山的泉眼堵住。經過一番折騰，水流漸漸小了，這才「水落石出」，原來在嘩啦啦的水簾之後，真的藏了一塊白石，晶瑩如同白玉，難怪有個名號叫「天河白石」，就如從天河中取出來一般。

臨風自然不知道這些名稱，只把晶瑩剔透，約莫巴掌大的這塊白石拿在手中，翻過一面，發現背面寫了殷紅的三個字，他和天尋卻一個也看不懂。

「這是古篆，恐怕得看懂了唸出來，才能破陣。可除了二少爺，誰能看懂？」天尋頹然坐倒，「都到這裡了，卻因為不懂古篆，終究功敗垂成嗎？」

「嗯……」臨風卻沒有絕望，他的確看不懂這天河白石的古篆，但他記得茶師子恆說過，古篆多半來自圖畫，以指畫字，心中一點靈明，任誰都可猜上一猜。於是他伸出一指，描畫石上字體，立即有三張圖隱隱在心中成形。

炎……水……最後一字不解，到底是什麼字，竟像是幾片樹葉似地？」臨風思忖著，好像在天地試之前聽誰說過，破陣的目的，是為了明白三試之後「大任」的內容。那麼，炎、水、還有最後這字，又代表著什麼樣的大任呢？就在此刻，臨風的腦袋突然靈光一閃。

「茶！我明白了，這形狀是三片葉子，或更明確地說，畫的是『一心二葉』！白石上三個古篆字是炎、水、茶，三者匯聚，即為茶之一道，莫非……」

臨風心下尋思，隨即高舉手中白石，高喊著：

「八門之中，天地陣前，白石之字有三：炎、水、茶。今之大任者，乃尋訪六藝中失傳的茶經。是也不是？」

臨風短短的一句話，引起動靜卻大。手中白石放出萬丈光芒，四周的幻影頓時散去，八門天地陣有如雲開霧散，天上的北冥巨鯤也瓦解了。周遭景物不再晦暗難明，回到午后應有的陽光普照，連臨風、天尋所在的十香庭，都能從遠方高處看得一清二楚。

「臨風破陣，雲家為勝！」師尊傳先生登高一喊，功力非凡，竟讓在場人人都聽得清晰。雲家眾人登時歡聲雷動，君家、傲家則落寞不已。同時，在十香庭附近，一間純黑色的八角房舍裡，走出了一名手持雙刀的老者。九芎塾的師尊們見了，都覺驚訝。

「不是說那驚開七風聆，裡頭只有陣法機關嗎？幾時多了一個人？」

「我也不曉得啊。」

師尊們猶在驚疑之間，那老者已扔下雙刀，衣袍一掀，幻化成行旅人的棕色袍服，師尊們才如夢初醒，明白了老者的身分。

「天命客！原來他是天命客！」

「可這天命客，不是只負責書寫『大任』在天河白石之上，寫完便走的嗎？怎會特意留下，還混進天地陣中？」

「這就不得而知了……快看！他過去臨風那裡了！」

說著說著，天命客已輕鬆跨越消散的陣式，到了十香庭。只見他打量了臨風一眼，毫不拖泥帶水，劈頭便問：

「小子，你可知今次天地大任，何等之難？」

十三、大任

大任憑天命，
造化啟玄機。

高台上，眾師尊遠眺天命客與臨風談話。先前透過「離陣鏡」，還能片段地看見陣中的動靜，現在天地陣已破，反而只能遠望了。但他們也不著慌，畢竟這是九芎塾的地界，天命客若要做些什麼，終究還是得讓他們知道的。反而是這大任本身，讓某些師尊頗有意見。

「姑且不論天命客說些什麼，給門生或生徒一項『大任』，去尋茶經？終究太困難了些。」樂師高溶月言語溫柔，卻不苟同。

「是啊，幾十年來，不是沒有前輩高人尋訪過茶經，都是一無所獲。」詩夫子與幾位師尊皆表示附和，「何況幾個門生？」

「找著與否，我不知道。但我想，天命客的現身，卻非等閒。」茶師子恆獨排眾議，「勿忘黃竹書生曾留下《黃竹秘簡》，謂之『茶術將解北境之危』。或許此一秘簡，正應在這幾名少年的身上。」

「哈哈，灣洲乃一島嶼，和秧國僅以狹窄之『孤橋崖』相連，何必杞人憂天。北境之危？那是秧國皇上才要煩心的事。」鑄師陶鐵心朗聲笑道。

「可居安思危，古有明訓啊。」

「子恆說得有理。」此時兆嵐、兆勳的父親，名士雲玄星站了出來。九芎塾本為雲家所創，雲玄星地位等同於書院山長，眾師尊自然尊重，不再多言，只是垂手而立，聽雲玄星作結，「天命客、雪國漁人、黃竹書生……皆灣洲之奇人也，天命客既讓塾裡門生去尋茶經，自有深意。然這北境之危，卻不免穿鑿附會了。秘簡所言何時成就？或者十年之內，或者百年千年之後，惟造化者能明，意即無人可知。諸般妄議，盡屬多餘。」

「名士所言甚是。」

眾師尊盡皆點頭稱是。遠眺十香庭，九芎塾輕功第一的弓先生足不沾塵，已經快要跑到，天命客跟臨風說些什麼，就等他問個清楚，回來再說吧。

※　※　※

「小子，你可知今次天地大任，何等之難？」

回到不久前的十香庭，見天命客正與臨風一問一答。

「前輩所言甚是，天地大任者，想必艱險困難。」

「你還是不明白，我說何等之難，自然不同於往年的大任，而是奇難無比。」天命客接著問，「聽說你姓客？」

「是，晚生客臨風。」

「既是客家，長輩一定勸過你別下山來吧？」

「啊？」臨風吃了一驚，「前輩怎知？」

「因為咱們是本家。旁人只知我自號天命客，卻不知我本家是梅州客，跟你們茶師子恆的徽州客，或你這灣洲客，雖有不同，仍有些思路相通。你可願聽？」

「前輩請講。」

「客家源自秧國中原，本居於天下之央，萬國來朝之地。不幸遭逢戰亂，逃離本鄉，跋涉千里，吃足了苦頭。這一支走散於南方的血脈，從此在徽州、梅州，乃至海外的灣洲，或更遠的外洋，開枝散葉。

為了避禍，他們的後代有了一種想法：守素安常，無爭無為，能好好過日子就很滿足了。甚至還有話說：隱而不彰，和而不顯。如果住在城裡，言行舉止跟當地人都一樣，往往看不出他們是外面來的。

你既來自客家，何必要爭著出頭？小小年紀，可曉得天地大任之艱險？少不更事，血氣方剛，豈能明白大道，你真想清楚了？」

臨風想不到這神祕的天命客，居然真的姓客，而且對阿婆、叔公百般不情願他下山求學一事，居然像是親眼瞧見似地。但臨風既受過勸阻，仍然堅持來到九芎塾，自然是好好想過的，而在塾裡求學、九思苦讀，更幫助他把想法理得一清二楚。

「古有倉氏少年，不能歌、不能畫、不能獵、不能行，聞獵王行惡，奮發而起。少年始創文字，使得天雨粟，百獸藏，飛龍隱，而獵王被滅。他怎不懼艱險？

古有聖哲傳道，稱大道無為，卻著書流芳百世，傳於天下。無為者竟如此大有作為，又是為何？

臨風以為，客家無為無爭，卻有傲然之風骨。當世間紛亂，鄰舍悲苦聲聞於天，必不能為了避禍而自隱。大任者，動心忍性，增益其所不能，晚生豈會聽到困難就打退堂鼓？何況要尋的是茶經，我更不能退。」

「喔？你喜歡茶？」

「臨風家中本是種茶，以此營生。更蒙茶師滕白朗義助，破山賊，救我胞妹一世名節。茶術一道，臨風早已心嚮往之。」

天命客不禁苦笑，問道：

「可是滕白朗那小子，推薦你來九芎塾？」

「是。」

「唉，他這人一心想著『格物治學，匡濟天下』，倒把我客家的後生，從清靜的山裡給釣出來了。也罷，此去尋訪茶經雖然困難，倒也不太凶險……」

臨風一愣，居然說不太凶險，那方才講得如此艱險，難道是唬人嗎？天命客倒是無所謂，朝他一瞧，說道：

「只是你這一去，恐有意外劫難。我本擔憂你年紀太小，破陣只是僥倖，災劫太大會承擔不了。但你卻是明白人，心志堅定，還要大上幾歲的小子，恐怕都不如你，難得、難得。」

說著，天命客扔出一卷皮卷，讓臨風接著，續道：

「此圖所示，乃秘境璇璣之路徑，待九芎師尊選出了赴大任之弟子，你們就按圖索驥，尋訪茶經吧。」

「臨風謝過前輩。」

「不必言謝。對了，你們塾裡應有通川民言語的人，你可認識？」

臨風想起傲英峰的祖母正是山川之民，當下點了點頭。

「嗯，那就行了，記得要帶這樣的人同去，你們用得著。我走了。」

「前輩……還未示下高姓大名？」

「人生在世，何必留名？你若身負天命，必將再會，記著我是天命客便了。」

※　※　※

三試終告落幕。不過說到真正出發，還得再等兩個月，於是眾弟子也回到日常的學習。臨風在天地陣大放異彩，由茶師子恆舉薦升為門生，若是大任成功，還有機會直升君子，在塾裡的地位自是不同，許多人都想結交。他卻不驕不縱，尤其談到破陣之功，更是逢人便說，如非天尋他便無法破之，讓天尋又是感動、又是佩服，兩人的友誼也更加深了。

而這短短兩月，也發生了好些新事。先是接替范盱的師尊到任，其實他是客席，只會出掌兵與墓一段短時間，卻引起了不少議論。這人姓盧，名老錦，帶弟子的方式與范盱大有不同，光是叫人跑遍山林、鍛鍊體魄一事，便讓人叫苦連天。許多弟子都私下抱怨，這師尊只懂讓弟子累得上氣不接下氣，絲毫不懂武藝，也不傳兵法韜略。

但臨風卻有不同見解，盧老錦讓大夥兒在山裡跑動，其實是分成兩隊搶旗。弟子們只以為要他們練跑，汗如雨下，臨風卻看出其中的法度，與范盱所傳是一套不同的戰法，甚且更適於山林作戰，可游擊佯攻，滅盜賊山寨，當下用心學習。天尋聽了臨風這麼一說，參加操演也是若有所悟，獲益不少。

與此同時，茶師子恆除了傳授茶術，也代課開授新一年的算學。雖說代課，實乃正牌的師尊，因為留下算學教本的算先生早已離開九芎塾，據說去了明川以南。算先生也是個奇人，據說比子恆更加年輕，從來也不是什麼師尊，而是米店裡頭管帳的。子恆發掘此人，乃是偶然結交，見他幾乎不說什麼話，卻有驚人本領。譬如六個月前同桌吃飯十餘人，算先生在當中毫不起眼；但六個月後，重新談到當天某人長相姓名，說了什麼話，有何特徵，他卻可如數家珍，分毫不差。

子恆深以為奇，與他詳談，才發現此人奇思妙想層出不窮。旁人從一加到一百，才智卓絕者也要一炷香功夫，他卻可眨眼算出。子恆問他何故，他用算籌在桌上推演，才發現他是用一百加一，九十九加二，九十八加三，依此類推，共是一百零一乘以五十，眨眼之間，便可得出五千零五十的答案。

最後，茶師子恆向名士雲玄星舉薦此人，他便從一個小帳房成了算先生，不僅留下算學教本，還以幾何之法，解開了秧國皇帝懸賞天下的難題，讓皇宮的一座圓頂大殿得以完工，轟動一時。可惜這算先生也怪，過不慣九芎塾的日子，完成算學教本不久，便辭了師尊一職，拿了秧國皇帝賞賜的金銀、九芎塾攢下的束脩，往南方去了。最後，也只得由茶師子恆代課來教授算學。

不少人原以為，子恆會教一些做實事的算學，例如建築幾何、經商簿記等，孰料卻非如此，陸續教了十堂，竟有五堂看似是沒什麼用的。但它在霞紅鎮卻赫赫有名，為何？原來流言傳得飛快，據說九芎塾新一代的兩大俊才：君世倫和雲兆勳，從前都隨算先生學過算學。最近在天地陣闖出名號的客臨風、雲天尋，女弟子中頂尖的雲兆嵐、凌嫣嫣等，也都入了茶師子恆的算學課堂，因此霞紅鎮上皆謠傳，將來之世，算學必有大用。

※　※　※

稻浪青青的五月時節，九芎塾赴大任的一行隊伍終於啟程離開霞紅鎮，渡過明川，來到了灣洲中部的一片平原。說到這一行人，除了兆勳、臨風、天尋等九名雲家弟子之外，君世倫、傲英峰還有另一名出色的君家弟子，都以「遺珠」的身分被選進大任。另有雲兆嵐、凌嫣嫣等五位姑娘，跟著師尊高溶月，還有三名武藝高強的君子，以隨行的身分同去。沒想到，才渡河幾個時辰，未到第一個大鎮隆甲鎮，他們已遇上大任以來的頭一回險境。

「保護小姐！」

天尋高呼出聲，彎弓便射。只見一群四十來人的賊夥，從道旁的密林竄出來，似乎是偷偷跟蹤了一陣子，見九芎塾這一行人像是外地來的，路不熟，又沒有足夠護衛，年輕女眷更讓他們垂涎三尺，便決定下手打劫。

誰知，小姐若是拿出真本事，竟是不用人保護的。

「這……這小妞扎手啊！」

盜匪們驚呼出聲，臨風也是驚訝不已。正當盜賊忽然闖出，臨風還在凝神施展炎術，心裡著急，來不及抵擋賊人逼近的時候，兆嵐已施展高明劍法，守則圓轉不破，攻則凌厲過人。一邊出劍，口中還吶喊助威。

「燕雲劍法，明宗十三公主曾以此獨步天下，號當世劍術第一！可還想試試？」

「妹妹不要太過托大，與我並肩抗敵！」雲兆勳畢竟擔心妹妹，邊打邊往兆嵐這邊靠近，兆嵐卻嬌叱一聲，已讓一名賊人中劍，肩頭鮮血直冒，怪叫著退了開去。

「哥哥你在前頭，又沒有護著咱們女弟子，妹妹只有自立自強了。」

「還是小心些好。」

兆勳說著退到兆嵐身邊，說時遲那時快，從臨風身邊，一溜火光已憑空而起，燒著了道路外側的四五名賊人。這不是九芎塾內的弟子較勁，而是頭一回對上盜匪外敵，臨風再也不留餘地，被燒著的人俱各慘呼著，在地上懶驢打滾，只求撲滅身上火勢，不敢再戰。

同時，路中央的車上，高溶月琴聲忽起，配上凌嫣嫣的洞簫，竟奏出了悠揚的一曲。這曲調頗為奇異，對九芎塾的自己人，頗有安神定心之效，攻守都能加倍沉穩；但對於來襲的敵人，卻讓他們如墮五里霧中，陷入幻境，眼前一劍刺來，竟像成了三柄劍似地，他們不知如何格檔，更是節節敗退。

「不行了！走！」

在琴音幻覺威脅下，原本還能跟君世倫過上幾招的盜匪頭子，旋即中了一刀。瞧見一行人個個武藝高強，又有魔音穿腦，火焰翻騰，這頭領更覺心下膽怯。看來，即使己方人數再多一倍，也是敵不住的，說不定真是惹錯人了，於是高聲一呼，不一會兒便腳底抹油，溜之大吉。

「哪裡走？」

「窮寇莫追！」

雲兆嵐仗劍直上，還想多抓住幾名白日打劫的惡賊，送交鎮上官軍，兆勳卻謹慎得多，硬是把她攔了下來。最後，僅抓住了腿上重傷逃不了的三個，以及被火燒著的四個，一共七名賊人。當然九芎塾眾人心存仁厚，還是為他們療傷，才綑綁送官。

不過，臨風卻忽然沉默下來，似乎悶悶不樂，若有所思。

當晚眾人進了隆甲鎮，臨風在驛站的房裡點燈，同赴大任的一行人都擠在一處。臨風聽從師尊吩咐，到了隆甲鎮，才將秘境璇璣的地圖取出。圖卷古舊泛黃，其上一片空白，天尋等人瞧得一愣一愣，卻見臨風不慌不忙，舉起他從天地陣的水簾後發現的天河白石，忽有異象，白石放出奇異光華，這才照得圖卷上浮現詳細的圖樣。旁邊還有一行小字，想必是某個重要的密語，寫著：「甲車方陣，六十四乘，以文列之，慧心明悟」。

「嘩！」

「原來製圖的墨水有古怪。」

「咦，這是？這地方……是我祖母的本家？」

傲英峰看見地圖，當下詫異不已。君世倫問他，他卻吞吞吐吐，好一陣才說出，他的祖母原名巴冷達蘭，眼下就住在南邊的楠板卡萬社。沒說的內情是，傲家祖父達興公過世之後，祖母是因後院妾室爭產，不願捲入，才在兩年前回了明川以南的娘家部族，連傲英峰這個孫子都已許久未見過她了。

「是的，天命客給我們的圖，便是要我們先到明川以南的楠板卡萬社。後頭這路徑，我卻看不懂了，師尊們也是不答，似乎是留下一樁考驗。傲兄你可看得出門道？」天尋知曉傲英峰的家世，當先便問他。

「我也只能看出楠板卡萬社，後面我沒去過，確實難解。若要弄個明白，除非咱能請到一個老練的嚮導。」

「那還得仰仗傲兄了。」

眾人謀劃既定，各自回房，臨風只留下了雲家二哥兆勳與天尋說話。

「二哥可否教我劍術？」臨風開門見山。

「臨風為何突然說及此事？」兆勳問。

「小弟固有幾招炎術，學過一點拳腳棍棒，但今日臨陣遇賊，才知天下之大，道途艱險。若是遭人偷襲或突生變故，只怕炎術根本不及施展，自保都難，遑論保護身邊之人。臨風這才澈悟，必得從頭學起。」

「然這也不是一兩天的事。如想速成，在此行能派上用場，便不該找我。」兆勳正色道，「你可願拉下臉面，低頭求人？」

「誰？」

「劍術難學難精，要立馬臨陣能用，只能學刀棍。此行武藝出眾者，大多不是用刀棍之人，只有一位是刀中好手。除了君世倫，還能找誰？」

※　※　※

臨風學武之事，暫且按下不表。一行人自隆甲鎮起程，前往楠板卡萬社。雖然有個地名，卻是一片廣大的地域，不懂門路的人，通常很難找到一個具體的集落，更別說找當地嚮導了。幸好傲英峰的祖母，在此地人稱「太達爾的長公主」，十分出名。這回又是親孫子來找祖母，很快就有人願意帶路，約莫七天就見著了巴冷達蘭。

巴冷達蘭祖母比想像中年輕，十六歲生了傲英峰的父親傲岱紘，三十八歲那年，得了排行第四的孫子傲英峰。現在英峰十七歲了，她正五十五歲，卻是駐顏有術，凡事親力親為，忙上忙下，看上去就像四十幾歲的婦人。

她接待九芎塾的來客非常熱情，張羅了特殊香料醃製的野山豬肉，三大盤小米粑粑，還有豐盛的山蘇、山苦瓜、箭竹筍……及許多叫不出名字的野菜，烹製也頗見用心，融入了大戶人家名廚的手法，十分可口。巴冷達蘭對她口中說的「九芎孩子們」尤其好，人人都有禮物，簡直把每個人都當成了孫子般疼愛。天尋受了她的款待，想起自己曾罵傲英峰「番婆孫子」一事，心下不禁慚愧起來。

「你們住上一晚，明兒個帶你們去瞧咱們的公塾。」

祖母形容部族孩子們求學的地方，不是私塾是公塾，因為這地方是她說服部族大夥兒出錢出力，一道建立的。她個人出資雖佔了八成，卻總言明是眾人所建，也由楠板卡萬社的孩子們同享。

次日，眾人前往這所「萬興塾」，料不到在這偏遠之地，還能見到跟九芎塾一模一樣的學堂，雖然規模小了許多，卻具體而微。祖母說這裡的孩子僅學二藝，一為「詩與書」，二為「算與銖」。

「算先生！」

在萬興塾的一間課室裡，撥打算盤的聲音嘡嘡作響，兆勳、世倫皆做過算學的弟子，一眼便認出，堂上教算盤的正是算先生。

「喔喔，來的可不是九芎塾的弟子嗎？還是最聰明伶俐的兆勳、世倫和英峰。咦？溶月先生旁邊的，是名士家裡的四小姐兆嵐？當年只有一面之緣，妳還是小女孩子，現在可落落大方了。」

算先生一一點名見過的臉孔，果然分毫不差。但據說他早年沉默寡言，眼下卻半點也看不出來，只見他為部族的孩子上算學，甚是活潑，連講完了課都玩在一塊兒。下一堂孩子們去習認字、學書法，算先生才能跟九芎塾的來客好好談談。

「最早官府在此設學堂，當時有云，書紙筆墨，及先生學金，均由官府給發。謂地方務須推動各家，踴躍將子弟送學就讀，以期明理。此後詩書禮義，交易書卷數目，皆可通曉。

可惜早期學堂並不成功，主要是未曾因地制宜、因材施教，部族孩子興味索然。復因先生們急於灌輸，苛責體罰，甚且將弟子毆打成傷，逃課之風極盛。不久，學童絕跡，為師者也托詞去職。學堂荒廢雜草叢生，樑柱傾倒。我來之時，考察過當年上過學的族人，數字僅能數到十幾，遑論加減計算；寫字僅有方塊之形，字不成字，可見徒勞無功。

但不知是否從前設過學堂，起了一點效果，長公主聘我來此設立公塾，孩子就學居然甚為踴躍，我們就這麼開始教了。詩書禮義之學你們清楚，至於算與銖，則取其計算交易金錢之意。這兩門若是學成，川民與各處移民談判地籍與種種商務文契，議定內容而不上當，便是舉手之勞。」

「聽說算先生過不慣九芎塾的生活，可這座公塾完全仿九芎塾所建，不知先生是否習慣？」君世倫打趣地問。

「你會這麼說，是因為沒有教過這一群孩子。他們願意學，而且需求殷切，卻總是沒有人來教。能教他們是我最大的樂趣，很可愛的。你若想體驗看看，不妨試試？」

「我還只是門生，連門人或君子都不是，如何做別人的師尊？」

「以你之才華，若是願來教孩子，決計無人有二話。」

「哈哈。」

君世倫心懷功名，自然不願留下，卻從中聽出了算先生的志向。原來秧國來到灣洲的移民，開枝散葉已有數代，陸續還有新的百姓移居。這些人與山川之民漸有互動，買賣田地、劃歸地籍、經商交易，種種互通有無之事，日漸頻繁。然川民對數字帳本、契約文書，卻多半不通，極易吃虧，想必這就是巴冷達蘭祖母堅持辦學的理由，也是算先生所謂的「需求」所在。傳道授業於最缺乏之處，本為天下間一大樂事，何況部族孩子也質樸可愛，難怪算先生捨了名塾大院，來到川民的小小學塾，反而如魚得水了。

「你們此行，乃為大任。對嗎？」聊過一陣，臨風等人尚未開口，算先生已然猜到他們來意，果然不負神算之名。

「先生如何知道？」臨風問。

「九芎塾派遣弟子來此偏遠之地，已經稀奇；何況來的盡是弟子中的佼佼者，更加蹊蹺。若非大任之行讓你們非來不可，我還真找不出第二個理由。」

「先生所言甚是。」臨風一聽，乾脆開門見山，「弟子所需，乃一名老練的識途嚮導，帶我們入山。」

十四、入山

河洛群雄爭一時，
龍城飛將爭千秋。

「你問嚮導，人選是有，巴冷達蘭老夫人和我，心裡想的都是同一個人，可惜他跟你們語言不通。」算先生說著轉向傲英峰，「英峰，你的川民言語還記得多少？」

「尋常對話還過得去。」

「那也夠了。諸位不妨在此地盤桓數日，等嚮導的人選從山裡出來，我再為你們引見吧。」

算先生說是留他們盤桓數日，不料臨風等人一邊練武，一邊幫著算先生教教孩子，每晚接受巴冷達蘭的美食款待，竟等了足足十二天。這也沒法子，川民過日子的觀念與他們截然不同，就算答應了五天後便到，因為發現獵物或別的事情，拖上十幾天也是常事。何況算先生說的嚮導，先前只是說了一個下山的大概日子，十二天能等到已經相當幸運了。

巴冷達蘭和算先生介紹的嚮導，名喚阿朗哲。他是部族裡不願上公塾的野性派頭頭，年方十八，只會講族語，文字更是不通。但對家鄉山裡的環境，從山巔到河谷，可沒有比他更熟悉的

了。至於交談，自然是傲英峰權充通譯。

既然有了這麼好的一員嚮導，臨風立即跟他研究秘境璇璣的路徑圖。第二天眾人便出發，巴冷達蘭且親身相隨，化解了可能與川民衝突的風險。但此路仍甚是難行，走了兩日，眾人不但得揹著行囊，辛苦越過藤索與樹枝綁成的簡陋棧橋，夜裡在山中搭營；白天甚至從山壁一側的窄道行過，極險之處的石壁鑿痕，僅容一人的半隻腳踏入，路途艱難無比。總算臨風自小長在山中，其餘諸人皆有功夫底子，才順利走過這段稱不上是「路」的路程。

過了這條險路，眼前豁然開朗，是一片稱作水流東的河谷平原，雖被蔓生的菅芒草滿滿覆蓋著，但在慣於農事的臨風眼裡，都有闢成良田的潛力。果然，再往前行不久，就見到山川之民種植作物的田地，大概是小米、紅藜、芋頭之類，農地粗放，間有雜草，遠遠不比谷外的田地那般齊整，但川民自有其祖傳的種法，或許有其好處；也或者這樣的收成，他們已十分知足了吧！

「再不遠，就是秘境璇璣圖上畫的蝶道了。」阿朗哲說著聽不懂的語言，由傲英峰譯出，「冬天，那一帶的山林草地，可見到許多的紫蝶。族老說牠們是途經此地，向南過冬；其實天氣熱了，牠們也會經過此地，只是不如越冬時群飛那麼壯觀。即便是眼下，若得群山眷顧，運氣絕佳，偶而還能見到紫蝶蔽空的奇景。阿朗哲說，他可以現在就帶我們過去。」

「好！」

臨風一口答應，高溶月卻有異議。原來，她藉著英峰問過阿朗哲，蝶道之後須登山，路途更險，眾人又揹著行囊，實在太重。為此，她和巴冷達蘭、隨行的女弟子與三名君子，將在平原谷地的川民部落找地方借宿，後頭的路，應由赴大任的十二名弟子自己去闖。臨風聞言，即與傲英峰、阿朗哲商議，得知路程遠近後，便決定同去借宿。到了明日，大任十二人再獨自行動，天微亮即啟程趕赴蝶道，務求半日之內抵達秘境璇璣圖上之「秘境」，以免摸黑下山。不料，此事卻掀起了兆嵐與二哥的一番爭論。

「為什麼我不能去？」

「妳並非赴大任的弟子，說好了只是隨行。此後路途艱險，高先生都不去，豈能讓妳去？」

「這說得不對，我身負輕功，幾番鍛鍊，自問不輸雲家諸弟子，艱險不成理由。」

「可隨行到此為止，也是高先生的意思……」

「那就更不對了，凌嫣嫣等四名女弟子，對雲家大任的勝出，了無寸功，也能以隨行為由跟到此處。我出謀劃策，又舉薦臨風，居功厥偉，竟然只能和她們一樣？這不是坐實了二哥你言而無信嗎？」

雲兆嵐看上去溫婉，爭起來卻伶牙俐齒，近乎刁蠻。兆勳拗不過她，只得拉了阿朗哲與英峰來問。

「這山路可有危險？」

「阿朗哲說了，」只見英峰似笑非笑地傳譯，「此山頗為難登，但只是讓人累極，並無太大凶險。」

「你不可欺我。」

「我何必騙你。」

至此兆勳再無理由，只得准兆嵐上山。

「二哥！臨風！你們看！」

次日清晨的蝶道，果然絕美。走至深處，更適逢紫蝶蔽空，翩翩蝶影，泛著紫色流彩的蝶翼映著日光，眾人無不讚嘆。兆嵐不禁得意，連說群山定是眷顧靈秀女子，才讓大任一行得見此景。

但再走半個時辰，眾人卻再無此閒情逸致。坡度漸陡，山中僅有川民走出的小徑，斷斷續續，平時鍛鍊不夠的幾個已開始微喘了。

「呼，阿朗哲說，接下來沒路了，只能硬登。」

英峰說著往前一指，眾人都望之凜然，真陡啊！看來得憑樹木借力，施展輕功才能上去。而且全憑輕功提縱身形，也行不通，很快就會耗盡功力。有些地方還是得靠爪狀的山虎來攀，或是由阿朗哲徒手爬上，打進山釘，綁上繩索，讓後頭的人比較好爬。可惜繩索與山釘甚重，他們不敢多帶，也只有省著用。

再爬一個時辰，就更苦了。大任十二人，加上阿朗哲和兆嵐共十四人，已經有七個人放棄，慢慢攀下山去。兆嵐雖為女子，輕功造詣不凡，身輕如燕，竟能勉強跟上君世倫與雲兆勳。臨風不諳輕功，只憑著山林練出來的本領攀爬，一開始落後不少，但時間一長，竟還能稍微領先天尋與英峰，緊跟兆嵐之後。更別說阿朗哲從未練過輕功，卻比君世倫更強，且遊刃有餘。可見登山一道，並不僅以輕功為憑恃。

此時，阿朗哲爬在前頭，看大夥兒已上氣不接下氣，偏偏接下來一段險坡，又得一鼓作氣爬上，當下高喊：「鵬哈吉！鵬哈吉！」

「鵬哈吉……是什麼意思？」天尋喘著問英峰。

「奮進……或是……呼，快到了。」英峰猶疑說。

「到底是……奮進呢？還是快到了？」

「我也不知……」

「鵬哈吉！鵬哈吉！」天地間，只聽見阿朗哲不斷呼喊，遠得好像自另一個世界傳來，一點都不真實，卻給了一分希望。

「就當作快到了！」臨風一咬牙，振奮精神猛然發力，戰勝酸到發麻的雙腿，彷彿要炸開的心肺，還有如同深水下沉的意志，總算把天尋和英峰也帶動上來。不知走了多久，趁著兆嵐稍微緩了一緩，他居然超越了她。爬過一截難走的碎石段，看見上頭是一處平整的巨大巖石，渾然天成，宛如一塊，竟似一片可容百人的平台，阿朗哲已在其上。巖石的形貌，就像是天命客在圖上所畫的秘境。

「原來真的是快到了呀。」臨風心中大喜，殊不知阿朗哲那一句鵬哈吉，已經讓他多撐了三炷香時間。從阿朗哲開始喊這句口號算起，哪裡是快到了？根本就還遠著！但這招有效，阿朗哲的爸爸從前就是這樣賺族人拚上山的，屢試不爽。

總之臨風拚上去了，只比君世倫與雲兆動稍慢半炷香的時間。爬上巖石，心情一鬆，幾乎累得要躺倒下去，但登上秘境的喜悅，仍從心底油然而生。

不料，晌午陽光下，危機倏至，斜刺裡寒光一閃，竟是狠狠的一刀殺來！

※　※　※

「牙奪怒！牙奪怒！」

「臨風當心！」

秘境前的最後一段路，兆嵐之所以慢了下來，還是由於體魄之故，力氣不夠綿長。隨著心兒怦跳，麻麻的感覺從心口蔓延到全身，她知道自己必須放緩。呼吸之間，稍事吐納調息，便可大大好轉。雖然慢些，爬上去總是沒有問題的，即使看到臨風超前了，也不著慌。

可現在聽見的不同。阿朗哲帶頭嚮導，一直都沉穩，聽他如此緊張高喊「牙奪怒」還是頭一回，莫不是臨風在上頭，遇見了什麼凶險？

兆嵐心裡著急，可不敢貪快，還是謹慎地登上了巖石，確定身邊沒有敵人，才看清眼前的戰局。

「那是……野肖蠻？野肖蠻怎麼會用刀？」

兆嵐說的野肖蠻，或阿朗哲喊的牙奪怒，都是同一個強敵。那是個長髮及腰，貌似男子的活物，頗為罕見，但古書仍有記載。早期人們以為他是一種蠻族，稱為野肖蠻；後來才知這活物並無靈智，只是樣貌肖人，或許是猿精山怪之屬。《群山經》說牠五歲即能長成，二百五十歲才會衰老，這當然不是人，而是別種活物了。但牠既無靈智，為何又能用刀？

鐺！

臨風踉蹌著退後，終究擋下了野肖蠻旋風似的一刀。其實他已經擋下十九招了，最險的還是剛上來的那一刀，之後雖然狼狽，尚能應付。

他擋得住，還得感謝君世倫這十數日以來，二話不說便傳他刀法。雖是臨陣磨刀，且是入門的「五禽刀法」，使起來仍有模有樣。也幸虧這野肖蠻的刀法不精，他才能撐到現在。

至於世倫和兆勳兩人武藝高強，為何不上前相幫？就要談到野肖蠻身上的一塊寶物了。那是跟天河白石系出同源的珍寶，人稱綠竹青石，只見它放出濛濛光亮，世倫兆勳就感到一股柔韌的勁力，令兩人無法靠近，力道之大，竟勝過傳先生的隔空罡氣，兩人即使催動兵術也破不開，不禁心下駭然。結果，即使臨風身陷奇險，他倆也只能在旁乾著急。

颼！

說時遲那時快，野肖蠻怪叫一聲，揮刀架開一箭，正是大尋所射！瞧他剛爬上來，見臨風危險，搭弓就是一箭。眾人這才知道，原來青石的異能擋不住箭矢，機會來了。

「快！用箭掩護臨風，射這怪物！」

世倫兆勳幾乎是同聲喊出，但野肖蠻見機更快，一發現天尋比臨風威脅更大，便調轉方向，直撲天尋。臨風見天尋遇險，當下追擊而去，腰間天河白石大放光華，讓綠竹青石的罡氣擋不了他，野肖鑾只有迴刀反擊，但腳下已離天尋不出三步。

「臨風，飛燕回巢！」

同時，兆嵐瞧得真切，以她對武學招式的廣博，就像她建議兆勳苦練飛砣採青一般，眼下她也瞧出了臨風的致勝之策。這野肖鑾雖有人傳他刀法，又藉著綠竹青石的異能，提高了他的本領，畢竟欠了點靈智，刀法較為單調。臨風心慌意亂，看不出來，兆嵐卻是旁觀者清。

當然天尋這會兒還是十分危急，野肖鑾招招進逼，七成攻勢都在他身上，只分出三成心力對付臨風，無怪乎天尋會被殺得險象環生了。

「白鷺臨空！」

「雀上枝頭！」

「鷹揚千里！」

兆嵐連續喊出三招，臨風全力施展，都攔不住野肖鑾。野肖鑾一一擋開臨風攻勢，反手一刀，便砍斷了天尋的弓。大患既除，眼看著他又可以全心對付臨風了，他卻沒想到，兆嵐喊出的連環招式，都是鋪陳。

「橫刀秋水，砍他右肩！」

兆嵐出聲，臨風終於得手！野肖鑾的大意付出代價，這一刀妙至毫巔，避無可避。誰知野肖鑾身上掛著的綠竹青石，頓時綠光大盛，自行飛起，為野肖鑾的右肩扛下了這一刀。青石被刀一砍，也一分為二，分別落入了臨風與天尋的手中。

野肖蠻失落了綠竹青石，登時露出驚恐之色，噹郎一響，把刀扔在地上，嚇得怪叫而逃。原來青石不僅提高他的本領，連他僅有的靈智，也是拜這塊青石所賜。

臨風登山早已累極，又連續出刀，虛耗遠遠超乎他的極限。一場搏殺過後，只能跌坐在地，良久才說：「下山吧，天尋。青石既已認定主人，此行最後的『璇璣』，恐怕只能靠你我二人了。」

※　※　※

一行人下山，受到英雄式的歡迎。臨風料得不錯，就算天尋一直想把青石轉贈給雲家二哥兆動，可是只要離了他手，青石就變得黯淡無光。看來天命客圖上所寫的「青石秘鑰」，與天河白石相同，是真的會認主了。兆動倒是不在意，反而安慰天尋，既然都是雲家人所得，是誰不都一樣嗎？

至於臨風，則是真的累壞了，勉強打起精神下了山，晚上還催動白石光華參看秘境璇璣圖，不料與阿朗哲、傲英峰研究到一半，就忽然倒了下去。幸好高溶月師尊略通醫術，說他脈象並無大礙，只是心力耗損太鉅。果然，臨風整整睡了一晚不說，到第二天中午才悠悠醒轉，儘管在借宿之處吃過午飯，還是疲憊不堪，今日可去不了璇璣谷了。既然如此，眾人便決定再歇一晚，明日再去。

臨風也是醒來以後才曉得，兆嵐儘管自己也累得慌，昨天見臨風身子不濟，還是悉心照顧。就算她實在撐不住了，夜裡被高溶月逼著去休憩，還不忘交代別的弟子留心臨風。等到今天，她也比臨風起得早，午前便已來到臨風這兒，關懷之情溢於言表。

臨風心下感激，也只能微笑頷首，不願多說。兆嵐畢竟是名家之女，跟自己一個山村小子可不能相提並論。這點差別，臨風心裡還是明白的。

經過兩個晚上的休息，天氣晴朗的第三天早晨，臨風的身子便完全恢復。阿朗哲隨即領著眾人，翻過一座比較小的山頭，直奔璇璣谷。這回的路好走得多，就像是一趟山林踏青，連高溶月、巴冷達蘭還有女弟子們都一路隨行。路不難走，風景卻頗為奇峻，有九道瀑布水簾與鐘乳石洞，水量不豐，更襯得谷中清幽。

秘境璇璣圖上所載，顯然就是這裡了，但青石秘鑰所對應的石門，卻無明顯標示，得要自己去尋。幸而阿朗哲曾來過此谷兩次，舉凡略有古怪的地方，都帶著臨風與天尋去瞧，最後，他們終於穿過某處水簾，發現了此行最重要的目的地。

水簾後的石壁上，有兩個模糊的人形，當臨風和天尋一靠近，腰間的青石頓時放出萬丈光華，石壁人形也轉為透亮，宛如明膠般柔軟彈韌。剎那間，一股莫名的吸力，引臨風和天尋穿過那人形的膠狀入口，眾人瞠目結舌。待回過神來，臨風和天尋已消失在石壁之中。

「但願他二人一切順利。」兆勳嘆道。

但兆勳的話聲，臨風和天尋卻聽不見了，進了這石壁後的璇璣洞府，就完全斷了外界的聲響。洞內十分寬敞，頂高三丈，醒目之處刻著璇璣二字。洞頂嵌著螢石，代表北斗七星與極星北辰，光華四射，竟能照亮這座頗大的石洞。兩側石壁平整，右側刻著行書寫成的書法，詞句長度參差，不像詩句字數相同，應出自某段古文。左側則是一眼無法看盡的巨幅壁畫，以青墨、丹朱等色彩繪成，淡淡夕照彩霞之下，寫山則筆勢遒勁，畫水則浩浩湯湯；圖上大河，從石壁上方猶如奔流而下，顯然取了千古名句「洛河之水天上來」之寓意。

臨風與天尋卻沒工夫欣賞，只是東張西望，以為茶經定藏在這秘洞之中，不料找了半天，除了一張石桌、兩張石椅外，別無他物，只得回到兩面奇特石壁之前，觀其中有無玄機。

壁畫應是出自名家之手，磅礴中見細膩，山水花鳥都不馬虎。細看其中人物，浩瀚山水間，一書生顯得甚是渺小，遺世獨立，引起天尋注意，或者也觸動了他的心境，望著壁畫，竟久久不語。

臨風也盯著這畫瞧了鑾久的，但他卻深信，秘境璇璣圖上的密語文字，尚未解明；右側壁上的書法，也未曾瞧個明白；光看壁畫，恐怕看不出多大名堂。但他還是用心地看了，至少有個較深入的概覽，再去思索密語和書法，與壁畫有何關涉。不過，說到畫的感受之深，倒是不及天尋了。

臨風轉念一想，再將右側石壁狂放的行書看了個遍，著實費了點工夫去理解，才放聲誦讀出來：

「天下變
六合英傑出焉
河洛群雄爭一時
龍城飛將爭千秋

雖太阿倒懸
王道不興
君子惡居下流

試霜刃
青鋒開
除三害

多少立志者
成敗寸心知
蓋功名
付笑談也」

然而，光靠這幾句，還是參透不出與壁畫有何關聯。這時，臨風又想起了秘境璇璣圖上那句密語：「甲車方陣，六十四乘，以文列之，慧心明悟」。

「六十四乘？怎麼算的？」臨風思忖，想必是縱八輛、橫八輛，形成八八六十四的方陣。但何謂「以文列之」？臨風靈光一閃，取出小刀，在地面縱橫畫出八八六十四格子，再將右側石壁的書法，也就是臨風剛剛朗讀過的那一段古文，從上而下，由右至左，依序填入了此一方陣中。

天下變六合英傑出
焉河洛群雄爭一時
龍城飛將爭千秋雖
太阿倒懸王道不興
君子惡居下流試霜
刃青鋒開除三害多
少立志者成敗寸心
知蓋功名付笑談也

「慧心明悟，我明白了！」臨風不由得興奮起來，天尋卻不明白，聽說此中有玄機，卻怎麼也看不懂。

其實非常簡單，「以文列之，慧心明悟」的意思，就是把方陣排出來，聰明人自然會懂。由右上到左下，不正是一句八字真言嗎？

天河飛懸，下三寸也。

見了這句，就知道跟左側的壁畫有關了。天尋見臨風跑到壁畫中大河的最下方三寸，到處碰碰按按，再看一遍臨風寫下的文字方陣，也在剎那間懂了。可惜臨風在壁畫下方碰了半天，卻是一無所獲。

「果然，」臨風笑道，「天下事沒這麼容易。天河飛懸，指的是上方，機關多半是從大河最高處算起，往下三寸。可此處沒有梯子，只好麻煩你幫我一把了。」

兩人商議既定，有了法子，只見臨風助跑後一跳，天尋雙手往臨風腳底一托，臨風便朝兩丈多高的壁畫上端跳了過去。當然，光靠這樣是跳不了如此高的，還得臨風運用炎術的使風役氣之法，腳底憑空升起一道旋風，才能「飛」得上去，掉下來也才不會受傷。

「天河飛懸，下三寸也」，臨風也沒想到，居然一試即中，隨著他手掌一拍，天上來的河水頓時發光，水色瑩白明亮，正是機關啟動的信號。緊接著，崩的一聲，前方石壁出現了一道洞門，軋軋軋地緩緩上升，臨風天尋兩人等不及洞門完全開啟，乾脆彎著身子鑽了進去。

秘洞內有一丈多高，約莫是九芎塾尋常的偏廳大小，中央有一石臺，臺上有桌，一本書冊擱在其上。冊上無名，臨風當即翻開來略讀。

「茶者，東南徽州、豐州、梅州、灣洲之嘉木也；有可信之據，謂之海外亦多。且有泛稱茶術者，混入多種草藥方，古來茶師精擅此道，功效甚奇……」第一章開宗明義，論茶與茶術之由來，果是茶經無誤。臨風便跳頁下翻。

「昔丹丘子、黃山君有云：茗飲者，陶缶煮水，一茶一碗，意在清靜簡約。飲者必無爭，垂拱而太平……」翻至中間，則是古人茶事，多有茶道哲思之理。

「賢人者，博通天地古今，嘗以九鼎為釜，群山平野，茶香氤氳……」翻至最後幾頁，就愈說愈玄了，不可置信。傳說國之九鼎沉重無比，高數丈，象徵天下大權，豈會拿來煮茶？但細細讀之，卻又引人入勝，好似與民間傳說聲氣相通。臨風不由思索，茶術中隱含天地奧秘之高雲，莫非就在其中？

興奮之際，不覺異變陡生。

「臨風！」

天尋高聲示警，卻來不及了。一群飛蟲不知何時冒起，如黃黑雲氣，迅速凝聚空中，隨即便衝向茶經與臨風，恣意抓咬。臨風欲催動炎術抵擋，卻受惡蟲嚙咬的劇痛所害，半點施展不出。

天尋見狀，急撲而至，欲相救臨風。一時之間，只見蟲雲稍微破開，卻很快反咬天尋。天尋慘呼一聲，仍伸手來救，臨風見狀立即決斷，不可兩人都喪在此地，當下高喊：

「走！」

臨風用力一推，將天尋推出了蟲圈之外，自身卻被蟲雲團團包圍，奮力催發出一道焰火，轟然炸裂，終於不省人事。

十五、南行

試問灣南好，不知，
且把他鄉作吾鄉。

「快看！洞門開了！」

「這是什麼蟲？」

洞府之外，九芎塾一行人在璇璣谷水簾後的石壁前，心中七上八下。忽然，原本只有兩個模糊人形的石壁，竟然軋軋作響，緩緩露出了一座可容數人通過的月洞門，時間約莫就是臨風從桌上拿起茶經的時候。兆嵐又驚又喜，心想是否臨風和天尋成功了，不料一行人才剛剛踏進璇璣洞府，就看見幾隻毒蟲飛來，連忙出手打下，耳中更聽見天尋連連叫喊。

「救人！快救人！」

只見天尋從藏有茶經的秘洞爬了出來，身旁還有幾隻毒蟲竄飛嚙咬。世倫和兆勳衝上前去，卻被師尊高溶月給攔住了。只見她拿出一支極小的短笛，就口一吹，立時發出極尖銳的聲響，幾乎讓眾人都受不了，捂住耳朵。短笛吹完最後一個尾音，高溶月隨即拿出琵琶彈奏，正是一曲

《腐草為螢，熒熒盡》。古人曰：螢火蟲自腐草竹根而生，為愛燃盡火焰之光而死；無人知此事真假，只是傳說，絲竹聖手卻藉此傳奇的意境，作成奇曲一闕，能剋制毒蟲數種，令牠們燃燒生命發光，再也無力傷人。

很幸運地，此處的毒蟲正巧被此曲所制；不幸的是，臨風的炎術一爆，雖暫時破開蟲雲，也讓牠們陷入狂亂，約有半數不受琵琶影響，仍然向臨風不斷咬去，其勢駭然。

說時遲那時快，三道人影身法高絕，飛也似地進了洞府之中，顯然是聽了短笛示警而來。當先一位是弓先生，另兩人也僅僅差了半步，一是茶師子恆，另一位赫然正是名士雲玄星！

「爹爹！」兆勳和兆嵐同聲驚呼，只見雲玄星面色凝重，叱嘯開聲，隔空罡氣威勢驚人，比傳先生全力施為還要強上兩倍，將圍住臨風的毒蟲一舉驅散。弓先生身法一閃，立即把臨風救在手中。至於散開的毒蟲，則被雲玄星一股柔勁帶走，愈飛愈慢，翅膀欲振乏力，終於再無威脅。

※　※　※

「爹，您幾時到的？」

「自然是亦步亦趨，大任考驗雖難，可不能讓你們喪命。」

「您是說……您們一路隨行？兆勳怎一無所知？」

「弓先生集幻術、輕功、弓與木絕學於一身，爹爹歸隱之後，他就是下任九芎塾名士，有他掩護，豈會讓你們輕易發現？爹爹若不隨行，高先生又豈能任你們胡來，帶兆嵐上山去涉險？」

臨風高燒之中，聽得雲玄星跟兆勳說話，猜測這是川民的草廬，他倆和茶師子恆都在輪流照看自己。他也聽見兆嵐情切關心，卻因臨風全身都有蟲傷，治傷需褪去衣物，女弟子自然都被支開了。

臨風聽得片片段段，眼睛無力睜開，喉間也發不出聲響，只覺從腹部到喉頭、鼻腔，熱辣痛楚有如火燒，但最難受的，還是渾身麻癢難當，癢到骨髓之時，竟連疼痛之感都忘記了。

從全然沒有意識，到神智不清、高燒不退，只能聽見旁人斷斷續續說話；再到麻癢漸漸退去，只剩喉嚨鼻腔的辣痛，臨風足足煎熬了三個日夜，醒來正是夜深，剛巧輪到雲玄星親自照看，救命大恩不敢或忘，臨風立即想起身下跪，卻被一股柔和的力道給按住了。

「別起身，你還得躺著。」

「名士在上，」臨風只得讓身子平躺，告罪說，「臨風慚愧，讓眾位師尊為我勞心勞力，此番尋訪茶經之大任，畢竟功敗垂成……」

「嗯，倒也並非如此，不過……你剛醒來，怎地說話如此有條有理？莫不是已然醒了許久？」

「是，臨風早已斷斷續續醒來幾次，只是無力睜眼說話，連指頭動一動都沒有力氣。直到眼下，才算真的清醒。」

「好！太好了！」雲玄星一聽，神色大喜，「子恆說過，這是最好的狀況，你的復原有望了。好、好，臨風你坐起來試試？」

「是。」

臨風勉力坐起，感覺已耗盡渾身之力，這才曉得，方才他想下床拜謝名士，真是妄想。要是一離了床，只怕當場就會跌在地上。

「能坐就好。」雲玄星拿起一杯茶水，說道，「這是苦茶混入竹溪苦膽，味道刺鼻，苦不堪言，但對你的毒傷大有裨益。你就忍一忍，快快服下。」

雲玄星把藥茶講得如此之苦，連他的眉心都微微皺了起來。臨風卻覺奇怪，這茶雖是略略難聞，怎也不到刺鼻的程度；拿起茶水喝下，也是全無味道，就像一杯清水，或說比清水更加無味，只能依稀感到一股模糊的涼意，咕嚕一聲，便從喉嚨咽了下去。

「你不怕苦？」

「不，臨風只是並不覺苦。」

「呃？怎會如此？不好，我得叫醒子恆，你在此等著。」

茶師子恆精通茶術，也就等同於高明的醫術，很快判斷出來，臨風因為毒蟲的傷，暫且失去了酸甜苦辣鹹的味覺，嗅覺也弱了許多，可惜原因不明。臨風深受打擊，極為沮喪，若是這傷不能好，不能品出茶味與藥性，或聞出茶葉藥草的氣味，鑽研茶術之路可說就此斷了。所幸還不必太早絕望，雲玄星早年認識三位灣南名醫，專治疑難雜症，既得知此一情況，立即修書三封，讓臨風分別去找他們診治，想來總有一位能醫。臨風拜謝，當下決定南行，只要休養幾天等體力恢復，便即啟程。

「惟有一事相求，我的病況，還有獨自南行一事，可否瞞著兆嵐？」

「你想瞞著兆嵐……」雲玄星望著臨風，沉吟許久才說，「你該知道，小女並非脆弱的姑娘。」

「臨風曉得。」

「那你……唉，你處處為兆嵐設想，為師該感激你才是。」

「不敢，臨風只是為了自己。要走，就該決絕。」

「既是如此，為師答應你。」雲玄星道，「對了，適才專注於你的病情，一直沒說，大任成功了。」

「啊？」臨風大惑不解。

「雖然茶經不幸被南玄蟲所蛀，殘破只剩下十分之一，但若交予茶師子恆鑽研補闕，仍能頗有心得。幾名門生能成此事，已遠勝往年大任之成就，其中佼佼者，可升君子。你若醫好了回來，也是君子。」

換了平日，臨風已喜出望外，今日卻不知該悲該喜。茶經啊茶經，它是否值得自己如此拚命？

「名士在上，既然大任已成，這茶經我能看看嗎？」

「自然可以。往後你休養幾日，便可看上幾日。」

「謝名士。」

六月，晨間極早之時，谷中竟有涼透如水的風。不旋踵已是五天之後，臨風養好了身子，正欲悄悄離去，帶上行囊極早出發，師尊們自然為他備了求醫之行夠用的盤纏。遺憾的是，他終究沒遇上天尋，似是因為體質之故，天尋的毒傷雖不如臨風嚴重，發燒昏睡卻更久。所幸子恆先生說並無大礙。

然而，臨風這孤獨離去，最後還是多了一個送行之人。

「說實話，我本不喜你這九思罪徒，兆嵐極力保薦你，我甚以為怪。即使天地陣你為雲家勝出，我也以為有幾分幸運，並非真正服氣。」兆勳陪臨風踏過清晨的露水，坦誠地說，「直到大任之行，親眼見你不恤生死的氣度、不遜於兆嵐的才智，我才明白，為何你能成為大任天選之人。可惜、可惜……」

「天將降大任於斯人也，必先苦其心志，勞其筋骨。」臨風信口應答。

「但這傷筋動骨，也太重了。臨風，雖你將客行灣南，別忘了九芎塾之故友。從今而後，我與你結為異姓兄弟，可好？」

「二哥在上，請受臨風一拜！」

雲兆勳與客臨風，就在這川民山谷之中，拜為兄弟。臨風雖失了味覺，卻瀟灑而去。不久後兆嵐得知，自是哭泣又氣苦，但這些紛紛擾擾，與臨風已不相干，從他踏上南行之途，便拋諸腦後了。

※　※　※

就在臨風前往灣洲南邊求醫的時候，秧國的國運之輪已悄悄轉動，牽連東北外海的雪國諸島、東南灣洲，以及後世諸多之國度。一個故事的說法是這樣的，在好遠好遠的秧國朝廷之上，據說一根龍柱就大過一座廳堂，在那座足足有三十六根龍柱的恢弘大殿裡，皇帝年少而昏庸。他聽聞雪國逐年強盛，北境龍船甚是善戰，便在一日早朝，隨意問臣下說：「朕聞雪國龍船善戰，我軍可勝否？」

自古昏君多佞臣，滿朝文武多歌功頌德，謂皇帝英明，上國必勝。大將軍韓舜卻暗暗搖頭，知道皇帝想打仗，以為找小小雪國一點麻煩無所謂，完全不知兵凶戰危，當下道：「聖上，小小雪國，不足為患。然古之兵書有云，兵者國之大事，必先知敵而後勝。今雪國龍船尚有諸多不明之處，待臣探得詳細軍情，造艦練兵，必得一戰而勝之。」

誰知昏庸的皇帝竟以手托腮，隨意道：「你可是大將軍？」

「臣惶恐。」韓舜惴惴不安，可惜晚了。

「是該惶恐，探知鄰國軍情為你之責，你卻告訴朕說，雪國龍船諸多不明？還不給朕拖了下去？」

「聖上！」

大將軍韓舜就這麼莫名遭到罷黜，秧國失了大將，昏君自毀長城，終於在對抗雪國的海戰中大敗，這是稗官野史常有的一種說法。然而，在灣洲水師提督的府中，參將們口耳相傳的卻是另一個版本。

「國家大事，豈會如此兒戲？」

原來所謂昏君之說，參將們多不採信。就他們的說法，秧國本以為自身泱泱大國，水師軍容壯盛，孰料雪國龍船似有奇能，不斷尋釁，竟讓秧國處處挨打。當今聖上乃一位大大的明君，甚為擔憂，問百官多久可以打勝？宰相與大將軍深知此事難辦，謂應對之策，需自人才、兵制、造艦等多方面著手，十年之後方有所成。可是前線不可能拖那麼久，雪國節節進逼，東北總兵無可退讓，終於開仗。

傳聞有云，天命客兩年前已入秧國京城面聖，預言終須一戰，怯君之敗不如奮軍之敗。故聖上一得消息，便遣軍令，盡起一國之兵，以陸戰之人數優勢，期彌補水師之劣勢。可惜軍令加急八百里，跑不到五百里就得到敗戰消息，大將軍也於新敗後告罪辭官。秧國從未遭逢如此慘敗，如今敗了，眾人認定必是天子昏庸，野史自然讓皇帝揹了黑鍋。這便是提督府裡參將們流傳的看法了。

「那這皇帝，究竟是昏君，還是明君？」

其實世間之事都不是那麼簡單，真相難明，眾說紛紜，只有兩個結論在眾多典籍史料中浮現而出：

韓舜不能死，灣洲不可留。

大將軍韓舜雖敗，無此人水師不能整合，十年後仍然要敗，故韓舜不能死。但他是主帥，若擔起敗戰之責，不斷不能服眾。有人猜測，故此才有謀臣放出聖上昏庸，干預韓舜軍務之謠言，讓韓舜不必負全責，便能保得一命，重建水師。如此一來，縱有天大的黑鍋，聖上不揹也得揹，也因此才讓稗官野史流傳，說韓舜早被昏君罷黜，根本未曾指揮作戰。但揣測歸揣測，此事終究難以證實。

至於灣洲不可留，則明確得多。原來秧國本地的豐州，與孤懸東南的灣洲之間，僅一狹窄陸橋相連，稱為「孤橋」。若要派重兵保住灣洲，水師積弱又不能制海，秧國大軍極可能被困灣洲一地，退無可退，甚至全軍覆沒。故朝中文武百官，多半認定灣洲絕不能守，不若割讓給雪國求和，秧國方有機會徐圖再起。

「鎖孤橋，棄灣生，國之恥也。」

「宰相有權能割地，孤臣無力可回天。」

秧國在戰略上的正確判斷，卻讓灣洲仕紳百姓群情激憤，覺得被他們效忠的朝廷背叛了。仁人志士留下的詩文話語，都反映出他們內心的失望。更無人能料到，這一個決斷，後來竟會掀起撼天動地之劇變，其動搖之鉅，連秧國廟堂高策都全盤推翻，硬生生將國運之巨輪，轉了一個迴異的方向。

※　※　※

回到臨風的灣南之行。時序轉眼已過中秋，他遍訪三位名醫，皆曰失去味覺一事，無藥可醫。臨風內心難掩失望，又聽聞秧國竟在北方海戰中，敗給土地小了幾十倍的雪國，甚至可能棄守灣洲，更覺感慨不已。天下大勢猶如翻江倒海，臨風一個血性男兒，本有護鄉報國之心；但如今身中奇毒，不僅茶術的修習無望，連拿手的炎術都變得時靈時不靈，臨風真不知自己能做什麼，只得在灣南田野信步閒晃，無所適從。

那已是秋收時節，風吹過稻田，彷彿水面的波浪，只是色澤成了一片金黃。稻浪隨風而動，身不由己，猶如外界的大勢一來，灣洲的人們也無可抗拒，隨之搖擺。

但臨風福至心靈，湊近去看，稻子卻與水波的模樣截然不同。個別的稻梗垂著穀子，居然頑皮地左右擺動著，毫無規則可言，完全不像稻浪因風而傾，大勢所趨的樣子。

「稻浪臨風，就像我一樣。臨風啊臨風，你是會隨大勢而傾倒？還是會像那一根稻梗，隨著自己的心意而動？」

他仍然覺得啥也做不了，只是想起曾在灣南府城聽幾位書生閒談，謂連接秧國豐州的孤橋崖將有大事。臨風隱約覺著總得去一趟，也罷，姑且算是天命領他到了南方，好歹該為灣洲的將來關心一二。他終於起行。

孤橋位在灣南府城北方八十里，略為偏西，地形險要而怪異，就像一座龍脊從海中升起，頂部是寸草不生的狹長山丘，兩側倒是有些山坡，乃至平地，最寬的地方還有十幾戶打魚人家，自成一個海口村。臨風盤纏尚足，便在海口村買齊了糧食和飲水，仗著身手矯健，在孤橋的龍脊山上行得甚快。

雖說走得快，路途還是遙遠。孤橋連接秧國和灣洲，全長約二百五十里，中間還有一些難走之處，臨風花了三天才走到一半。孤橋的中心點，人稱孤橋崖，是整段陸橋最險之處，龍脊山的寬度在此最窄，只有兩丈，底下還被黑水浪沖蝕出了好幾個大洞。整個地勢，就像是一座天然的岩橋凌空跨過，這也是孤橋之名的由來。

臨風到了，眼看對面似有秧國旗幟，二話不說便踏了上去。此段凌空孤橋甚長，對面的人著急呼喊，但在獵獵海風之中，臨風卻聽不清。走沒幾步，忽然連著數聲炸響，煙塵瀰漫；孤橋崖隆隆劇震，岩橋霎時斷成三截，巨石墜入海中，激起白浪滔天。臨風為了逃命，只能往海裡跳，幸好使風役氣之法還沒丟下，憑空升起一道旋風托住了身形，他才以較為緩慢的勢子，墜落到稍遠處的大海中，沒被巨石墜海的漩渦給吞噬。若是捲了進去，必死無疑。

「孤橋既斷，難道朝廷果真要放棄我們了嗎？」

臨風念頭還在轉，噗通一聲，瞬間掉入海中。雖說藉著風，墜落勢子較慢，從如此高處掉下，撞擊水面之力還是甚猛。他一陣頭暈目眩，喝了兩口海水便不省人事，渾然不知左近有一小小帆船，船上老叟瞧見這一切，已決心出手救他。

「咳咳！」臨風被救上船去，老叟似是經驗老道的討海人，救人手法熟練，三兩下便讓他把水嗆了出來，意識也恢復了。

「咳……這……您是……」

「莫要說話，先回氣調息，吐納之法你應該會？」老叟輕輕按住了臨風，就像個老爺爺那樣地親切，見臨風氣息漸穩，才娓娓道出身分：

「我乃雪國漁人。」

十六、雪國

無為者有為
希聲者疾呼
夷形者至顯
何故？大道者自明也。

——《茶經　至顯》

臨風瞿然一驚，退開身子。雖然此人救他一命，但灣洲無人不知，雪國乃朝廷大敵，狼子野心，或許還要來強佔灣洲。這雪國人救他，有何目的？

「雪國！」

「孩子，你怕我是雪國人？是不是？」老叟摘下斗篷，讓臨風看清他的長相。臨風不由驚異，此人容貌髮色，與灣洲普普通通的老丈無異，五官卻有一種莫名的剛毅線條，還有一雙碧藍色的眼睛。他瞧見此情，初時更加怕了，但想起雲玄星曾說，雪國漁人與天命客、黃竹書生齊名，乃灣洲奇人，應不是異族暴戾凶狠之徒，便靜下心來，聽那漁人怎麼說。

「我乃雪國人乎？是，也不是。我父雪國人，我母灣洲人；尤有甚者，家祖父乃雪國長港大名，祖母卻為殷格麗人；外祖父乃秧國移民，外祖母則為山川之民。你倒是說說，我是何人？」

臨風一時不知如何回話，他也料不到，接下來幾個月，他會與這雪國漁人同船，朝夕相處，成為他今後茶師生涯的一大轉捩點。

而當他們平靜在海上捕魚，淡泊度日的同時，灣洲的民心和局勢也起了驚人變化，風起雲湧。

※　※　※

「斷孤橋，棄灣生！」

「朝廷撒手，灣洲不屈，寧死不降！」

聽聞不出幾個月，朝廷將與雪國簽下割讓灣洲之盟，雪國龍船將自北邊登岸；更聽說水師提督府大門深鎖，秧國官軍撤走，炸斷孤橋，灣洲的文人士子都傷心大哭，開灣進士、累代為官的君家更是面上無光，氣氛低迷。

至於武將方面，雖然南路官軍已自孤橋撤走，水師提督劉可誠的艦隊更帶走了灣洲北部的六成兵力，五品武官盧老錦卻痛下決心，將秧國的官印拋入河中，自刻「錦旗軍」大印，錦旗飄揚，表明不受朝廷割讓灣洲之命令，誓言跟雪國抗戰到底。

此一發展，更讓人欽佩盧老錦的遠見。早在五、六年前，他便講過一句話：「唯恐鬱鬱蔥蔥者，灣之大敵也。」當時他就是站在灣洲北岸的望樓，向北遠眺。約莫半年前，他明明還是朝中武官，公務繁忙，卻偏偏告假三個月，來九芎塾暫代范盱出任兵與墓師尊一職，後來又派親信接任，為何？也是著眼於和九芎塾建立關係。畢竟六藝七訣可說多有軍事用途，九芎塾不僅是儲備灣北軍事人才之重鎮，若有一天外敵來犯，必定角色吃重。

過了一個年，春節之後，盧老錦揭竿而起之勢更加明顯。過去幾個月來，他一點也不曾浪費光陰，首先找回散亂的官軍，招募其中志願抗敵之人，再與民軍義士統整，又獲得灣洲大戶人家的錢帛糧餉接濟，助他展開有組織的行伍整編與訓練。因此，錦旗軍名義上為民間武力，實質約有半數為正規軍，戰力不可小覷。

可惜他寄予厚望的九芎塾，仍然舉棋不定，主因就在三人家族。其中，君家世代在朝為官，族中分成三派，一派主戰；一派不敢違抗割讓的聖旨，只能主降；另一派則主張放棄家業，舉家遷往豐州避禍。爭論數月，毫無進展。傲家更不必說，以巨商大賈的商人性格，更難跳出來說要打仗。不過在有志之士牽線下，傲家倒是往錦旗軍送了不少錢糧，惟這一切是私下進行，對外決不承認是傲氏出資。

但九芎塾最後的態度，還是取決於雲家。雲家向來閒雲野鶴，從前灣洲起過幾次民變，雲家都是隱於山林，置身事外。何況雲玄星生性謹慎，更不會輕易下決定。當然幾代以來，灣洲已是他們的家鄉，拋下一切逃去豐州是決不會的。但即使長子雲兆明、次子雲兆勳都勸父親，既是留下，終不免與雪國一戰，雲玄星仍然持重，不許塾中子弟輕舉妄動；只是宣布若有弟子想要返家，儘可離去。當然在私底下，弓先生與幾名君子，更是早已出外去打探確切的消息。

※　※　※

二月二十六日，秧國割讓灣洲之約正式簽訂；四月十七日，雪國龍船正式登陸灣洲北岸，大軍由早川親王元帥領軍，大將伊澤剛、副將根野丸，兵分兩路南下，民間武力難以抵禦，十五天內連下三城。

善戰的雪國神武軍第一次遭到挫敗，則是錦旗軍所為，盧老錦以適合游擊，地形熟悉的山區為基地，指揮若定，在丘陵山地的關隘要道上，藉著竹叢、樹林展開游擊戰，取得幾次小小勝利，雪國軍戰死數十人。弓先生還聽說，臨風的父親客聲南帶著客家的幾員壯士，加入了錦旗軍，或許在戰役中也曾建功。

但神武軍訓練有素，又有一種稱為「飛雷震」的神兵利器，終究打得錦旗軍節節敗退。說起這飛雷震，盧老錦見了，初時以為是普通的鳥銃，威力未必勝過強弓硬弩。誰知鳥銃的彈丸中，竟鑲有「雷震」之奇術，不必打中敵人要害，只要擦到一點邊，驚人的巨震就能震傷敵人內臟，甚至當場將人震死。盧老錦率軍僅一次對敵，便心下駭然，知道此物可在百步之外傷人性命，從此不敢再正面接戰。

雖在山林之中，飛雷震之威難以全面發揮；錦旗軍幾次偷襲，甚且奪了五六支這種兵器，讓盧老錦研究。可這一切都無法左右大局，只要雪國的兵力一集結、掃蕩，錦旗軍就只有退避三舍的份。

尤有甚者，因為錦旗軍和其他小股民軍的反抗，讓雪國軍士頗有些死傷，他們一怒之下，竟放火燒村鎮洩憤，最慘的是一間宋家大屋，全家一百一十二口躲在屋中，盡數燒死，無一倖免。錦旗軍的義士聞訊，都是咬牙切齒，要殺出竹林、樹林去跟雪國人拚命。但在飛雷震威脅之下，如此冒進只是送死，盧老錦也只能發令勸阻。

戰事不利，泰半只能躲藏，錦旗軍的士氣漸漸不如起初了。更險的是，在初次接戰的十幾天後，聽聞雪國大將伊澤剛親率主力，已到三十里之外，放火燒林，掃蕩錦旗軍。盧老錦躲無可躲，唯有奮起一戰，藉著地形之利，把戰鬥導向近身肉搏。誰知這伊澤剛真有本領，將兵陣分成三重，錦旗軍先鋒看到機會，能以肉搏直襲敵方主將伊澤剛，見獵心喜，不料圍住的只是雪國的一部兵力，很快便遭到另外兩重兵陣的反包圍。

更糟的是，穿著赤紅鎧甲的伊澤剛不僅身先士卒，肉搏戰裡一柄長刀出神入化，更是無人能擋；雖然他的一部兵力受到短暫包圍，卻很快突圍而去。至此，錦旗軍先鋒已陷入絕境，中路主力遭到飛雷震壓制，無法援救先鋒友軍，更是士氣低落。

沒想到，此時一陣飛矢急箭，射得雪國陣腳大亂，竟為先鋒們開了一條殺出重圍的血路，錦旗軍更是裡裡外外大喊：「弓與木！九芎塾援軍到了！」

錦旗軍終於逆境重生，士氣大振。

※　※　※

時間拉到前夜，其實所謂九芎塾援軍，是盧老錦祕密定下的一計。靈魂人物正是客聲南與三名弓手。

「聲南兄，此地的山川形勢你最熟悉，勞你做個嚮導。楊勝兄等三位，則是在九芎塾受過弓與木嚴訓的菁英，加上三七二十一位厲害的弓弩手，埋伏樹林，在戰況危急時，可收奇襲之效。更要緊的，是你們一發箭，我就會假傳戰報：九芎塾到了！」

「九芎塾真會出兵嗎？」眾人忍不住追問。

「很遺憾地，恐怕不會。」

「那以您之策……」

「只能賭一把。不管九芎塾來或不來，只消讓我軍和雪國人『以為』他們會來，那就還有一搏的希望。」

盧老錦暗夜定計，這批弓弩手果然看準先鋒被圍的時機，猝然出擊！一時之間，錦旗軍高喊九芎援軍到，疲弱的士氣為之一振，又有力氣衝殺。不過，盧老錦很快便看出情勢的變化，敵軍之所以倉皇退兵，似乎不是我軍士氣略微提升便能夠解釋。箭雨的勢頭凌厲無比，所帶的火炎、冰寒之氣，更不像是他安排的二十一位弓弩手，和三名九芎塾的弓師就能辨得到。

盧老錦只見火光四射，林木封凍；又發現敵軍自亂陣腳，群龍無首。就像是范盱跟他談論行軍陣法時曾經提過，他卻從未有機會實戰驗證的一種徵象：首亂之癥。意思是，若能精準獵殺敵陣前線的領軍之將，即使只除掉幾個小的首領，也能讓陣勢為之一亂。而如此精微的箭術，只有……

箭雨又來了！這一陣箭雨又快又急，對準了敵軍潰散退後的路線。除了箭雨，更有烈焰飛石在空中咻咻飛過，造成雪國隊伍的切斷與更多殺傷。至此，用不著懂什麼戰術，錦旗軍的眾人也都看得出：

「那是弓與木！錯不了，九芎塾真的來了！」

※　※　※

為何九芎塾的援軍真會出來？扭轉他們態度的幾項主因，一是雪國神武軍太過暴虐，燒殺村鎮，眾師生得到消息都憤慨不已；二是塾內年輕師尊與弟子的串聯，弓先生、茶師子恆等力主出兵，君世倫、雲兆明、雲兆勳等新一代也紛紛加入；三是唇亡齒寒的危機感，以雪國之殘暴，若是錦旗軍倒了，縱使九芎塾有六藝七訣之能，也難相抗，誰知不會面臨宋家大屋那樣的悲劇？

而在九芎塾以弓與木為先鋒，正要出發的時候，算先生也傳來好消息，在巴冷達蘭祖母的資助下，他以算學和精妙工藝打造的五輛投石車已經完工。這可不是傳統的投石機，而是非常精良的利器，車型不大，投石卻可以及遠，若與九芎塾的炎術結合，更是威力無窮。主將弓先生聞訊大喜，立即與算先生會合，趕赴戰場，這才有了救出錦旗軍先鋒的箭雨和投石。

轟轟轟！

極易燃燒的油料和火藥，搭配茶師子恆的炎術催發，算先生不僅射出火石彈，更把特製的烈焰彈扔進敵陣，落地後會繞圈子，九連爆炸。雪國神武軍不曾見過此物，個個露出恐懼之色。但雪國陣腳雖亂，在前線指揮的五名佐將，卻勇悍異常，奮戰不退，而且有長刀撥開勁箭的武藝，很快便穩住了形勢。同時，還哇哇叫著聽不懂的語言，揮舞著長刀，似在指揮飛雷震的兵士調轉位置，對付九芎塾新來的援軍。

此際，兆勳與天尋兩名新科君子站了出來，在弓先生的指揮下，和弓弩手一同就位，第一波箭雨雖然沒有傷及敵軍佐將，第二波卻不一樣。

「放！」

「流水箭！」

箭雨再起，箭上帶著火、帶著冰，各有傷敵困敵的效果。至於五名佐將，則由最高明的十五名弓手招呼，每三人對付一個。於是，佐將雖然能撥開箭雨，卻不能應付幾名弓手的輪番快射，稱為「流水箭」，一箭緊似一箭，連綿不絕，終於將五名佐將射下馬來。

後來，便是盧老錦從山丘上看到的戰況了。先是「首亂之癥」讓敵軍失去前線指揮的能力，緊接著幾波箭雨和火石連發，又快又急，使得近年來所向披靡的雪國神武軍，迎來了第一次的潰敗。和過去小股兵力被偷襲不同，這回是結結實實地敗退，即使伊澤剛指揮能力超群，也只能做到退而不亂。

盧老錦見機行事，立刻發動三路突襲，截斷雪國軍的左翼，至少殲滅了兩個大隊。神武軍經此一敗，據說連早川親王元帥都氣得吐血，加上許多兵士水土不服，感染瘟疫，只好暫守於竹溪城中，不再進攻，決定等二師、三師的龍船增援會合，再一舉南下。

※　※　※

「臨風，何事嘆息？」

北方戰事如火如荼的時候，臨風已與雪國漁人同船，沿著孤橋航行到秧國東南的豐州一帶，在鄰近海域釣釣魚、讀讀書，如此好幾個月了。這日，雪國漁人又瞧見臨風在嘆氣，溫言問候，臨風卻只是搖搖頭，並未回答。

忽然，臨風手中的釣竿動了，這是條活力十足的魚，掙扎蹦跳不斷，所幸臨風已經學了不少雪國漁人的技巧，一張一弛，跟這條大魚較勁，終於釣了上來，放進竹簍，是一尾金絲黃鰭鯛。

雪國漁人眼睛一亮，不想生火煮食，拿起刀來想做生魚料理。臨風向來不喜生吃，無論雪國漁人說牠多麼美味，反正臨風吃什麼都味同嚼蠟，也不可能吃得出來，所以只要是他釣上來的魚，從來都只肯煮熟了，再由兩人分食。

「你就不想恢復味覺了？」

「什麼？」臨風忽聽雪國漁人說起他最關心的事，登時一愣。

「想恢復味覺，就別煮。這條魚好得很，讓我料理試試。」

雪國漁人拿起刀，刀身泛著寒光，十分鋒利，且以三把為一組，分別去鱗、取骨、切片，手藝甚是俐落。切完一盤鮮亮的魚肉，又把一株黃綠色的山葵磨成泥狀，用生魚片、山葵以示臨風，要他務必嘗嘗。於是臨風頭一回大膽一試，將魚片沾上山葵、清醬油放入口中。他雖不得嘗五味，卻感受到涼滑的魚肉，鮮活彈牙；一股青澀辣氣，口中不覺，卻衝鼻直上，讓臨風咳了起來。

「咳……咳……」臨風嘴上沒有抱怨，內心卻嘀咕，這麼嗆，非要我吃是什麼意思？不料雪國漁人卻笑了出來。

「你的山葵塗得太多啦，難怪會這樣。不過，這對於現在的你，反而是一件好事。先擦擦臉。」漁人一邊把手巾遞給臨風，一邊將山葵泥湊了上去，「聞聞看，是不是有一股清香？」

臨風輕輕一嗅，果然清香撲鼻。自然的山葵植物香氣，隱約還有許多層次。臨風原是鼻子無比靈敏之人，眼下當然發現了，他被山葵嗆過之後，雖然味覺仍未改善，原本只剩下一半的嗅覺卻大致都回來了，最少也恢復了九成。

臨風喜出望外，卻也不免怨嘆。

「漁人叔，這魚有這等奇效，為何不早讓我吃？」

「你不是不敢嗎？」雪國漁人開玩笑說，「罷了，不逗你。敢不敢無關宏旨，而是得要等候。愈重的傷，愈需要一段靜養的時光。你這數月以來，隨我悠閒釣魚、讀讀書，喝的是清鮮的燉魚湯，吃的是親手摘的海菜，看似無所事事……」

「無為卻有大用。」臨風頓時明白過來，「若是您把我從水中救起，第二天便逼我吃這生魚山葵，便是多吃上幾餐，也是好不了的。」

「你懂了。」

隨著海濤風聲，聲聲入耳，漁人和臨風一人一片，輪流將這尾金絲黃鰭鯛吃了個乾淨。一面吃，臨風還一面吟哦著他在《茶經》殘本中讀到的段落。

「無為者有為
希聲者疾呼
夷形者至顯
何故？大道者自明也。」

「有趣、有趣，」雪國漁人撫掌笑道，「這幾句話是哪裡來的？」

「恕我不能奉告。」

「還真是守規矩啊。」雪國漁人夾走了最後一片鯛魚，「看似無為者，卻有極大的作為；明明沒什麼聲音，卻如大聲疾呼一般響亮；毫無形體的存在，竟然至為彰顯，為什麼呢？」

「如果他們所說的、所做的是本乎大道，就有可能。因為大道自然會顯明。」臨風說出他的體會。

「而世間最大的奧秘，常常意外地就在眼前，充塞於天地之間。大道自明，大隱至顯，這就是茶經這段話的用意。」漁人道。

臨風驚訝地看著雪國漁人。

「您……如何知道？」

「茶經固然失傳，卻不是隻字片語都未曾留下。想通曉天地奧秘者，自然會盡力去蒐集這些經典。

但以你的天分，終究會明白，大道顯於天地萬物，更勝於經典之中，一花一木，群山高雲，飛魚凌海，莫不為之言，你卻未必發現。」

雪國漁人深深凝望著臨風，就像他經常凝望無垠的星空，裡頭藏著幾千幾萬年的故事，深邃而遼遠。直到他的眼眶紅了，淚水沿著皺紋流了下來。

「總有一天，你會窺見奧秘的門徑。此後將有千萬人歡笑，千萬人哭泣，千萬人存活，千萬人赴死。惟願你能本天地之心而行，乃至萬萬人平康。」

臨風不太明白雪國漁人的話，只覺得心裡沉甸甸地。雪國漁人從此不再多言，慢慢將船攏近豐州的岸邊，那是一座頗有規模的商港，船隻甚多，臨風卻意外瞧見一艘大船，掛著自己熟悉的旗子，是一面客家的旗幟。

於是臨風拜別了雪國漁人，登上了那艘船，果然見到熟悉的面孔，這艘船的船長，正是臨風的二叔客聲遠。

「二叔！」

「臨風！真的是你？」

客家二叔真是高興，也著實非常想念臨風，畢竟自從臨風捎給家裡一封信，說他因毒傷要赴灣南求醫，之後就好久沒有他的消息了。但臨風更關心的是另一件事，客家財力並不雄厚，怎能買下此等大船？莫非出了什麼大事？

「你料得不錯。」二叔聽了臨風的疑問，將他拉進船艙悄悄說道，「雪國神武軍攻入灣洲，已經十分緊急。因此，這艘船並不屬於客家，而是各家集資購得，你二叔也確實身負重任。」

「什麼重任？」

「我們已聯繫豐州的幾大豪族，都在灣洲有親戚。此行正是想遊說他們，往救灣洲！」

十七、龍擊

全軍破敵豪傑計，
憂國憂民英雄魂。

六月二十日，雪國龍船登岸，送來了神武軍的二師、三師。六天之後，和早川親王元帥的第一師會合，聲勢大振。此時，雪國的軍醫對水土不服的病症，也已經有些心得，加上年輕力壯的兵士、軍伕本就抵抗力強，原先得病的人約莫好了八成。種種條件，都促使元帥決定再次進軍。

雖然在上回的遭遇戰，九芎塾證明了靠著六藝七訣，足以跟神武軍的飛雷震正面會戰，不落下風。但此番敵軍勢大，可不能攖其鋒，於是九芎塾和盧老錦的義軍，還是決定貫徹山區游擊的策略，誘敵深入，再偷襲他們的後勤部隊。灣洲一方地形較熟，本就神出鬼沒，加上六藝七訣的炎術、兵術、弓與木、刀與鑄的技藝之威，尤以弓先生為首，聯合幾名師尊、君子施展的漁樵九幻之術，更讓神武軍吃足了苦頭。

雪國大將伊澤剛也不是省油的燈，很快探得情報，錦旗軍出沒游擊十分謹慎，找不著他們的山寨，但有兩個大鎮作為他們的後勤，一是龍泉鎮，一是霞紅鎮。霞紅鎮是九芎塾的老巢，又在

山中的交易要道上，易守難攻。龍泉鎮則位於一處河谷，鄰近沖積的平原，無險可守，也沒有像樣的城牆。偏偏當地的鎮民，又多半不願離開家鄉，其實這也有理，對抗雪國，為的就是保衛自己的田地祖墳，若是拋棄了，於他們便失去了戰鬥的意義。可就是這一份堅持，讓龍泉鎮成了伊澤剛最好的攻擊目標。

「龍泉屠鎮，雞犬不留！」

伊澤剛立下了軍令，故意用了最誇大的語氣，而且廣為散布。凡是聽見的人，都不免聯想到宋家大屋一百多人被燒死的慘劇。一方面他又命神武軍輕裝上陣，只帶三天的糧食閃電行軍，等錦旗軍眾人接到消息，雪國軍勢已經離龍泉鎮相當近了。這下，錦旗軍可陷入了一個兩難之局。

「伊澤剛這樣做，分明想誘使我們的主力前往營救，一舉殲滅。」盧老錦向來謹慎，又一次拉住了群情激憤的民軍將領們。

「那龍泉一鎮，慘遭燒殺屠戮，也不救嗎？」一名出身龍泉，外號閻王的勇將閻大獅沉不住氣了。

「救，我當然想救。」盧老錦沉穩地說，「卻得有勇有謀，有攻有守。總不能無謀盲動，把義軍跟龍泉鎮一塊兒搭上！」

將領們都沉默了。自從九芎塾和他們會合以來，屢屢取得作戰的優勢，幾乎讓他們忘了幾個月前，還被雪國人追得山窮水盡的日子。眼下再度陷入絕境，讓眾將的目光，不禁又落在代表九芎大營出席的弓先生和雲兆動身上。

「盧總兵，龍泉鎮救是要救的，」弓先生慢條斯理地說，「而咱們也不會把義軍搭上。」

「喔？您怎麼做？」盧老錦問的是弓先生，不料回話的卻是年輕的兆勳。

「平原迎戰，一舉勝之！」

「好！」兆勳慷慨激昂，當場令錦旗軍眾將齊聲叫好，但兆勳卻非無謀之輩，接著又說：「可我們也只須小勝，爭取時間，讓龍泉鎮的百姓出逃，遷到霞紅鎮。九芎塾的空房甚多，霞紅鎮也願打開廟門與民家收容，應該綽綽有餘。龍泉鎮的耆老受到雪國大將屠戮全鎮的威脅，相信不會堅持留下。待有朝一日，將雪國狼梟趕出灣洲，再來重建家園，也是不遲。」

兆勳所言，句句在理，錦旗軍眾將更是心折，盧老錦卻不能放心。

「只須小勝，但你們如何能勝？就靠漁樵九幻？」

「幻術小技，不足道矣。如要取勝，唯有憑藉北冥！」弓先生道出他的計策，「九芎塾會精銳盡出，集眾師尊之力，於龍泉鎮佈下北冥大陣，使方圓十里之內，天昏地暗，不辨方位。我軍趁著陣勢衝殺，敵人心生畏懼，必然龜縮死守，屆時我們便可從大陣的生門，將龍泉百姓導引而出。」

「你就不怕陣勢被破？秧國水師難道不知陣法？豈會比九芎塾更弱嗎？為何還是敗了？」

「我知道其中有凶險，」弓先生道，「但思前想後，雪國於陣法一道，境界上始終落後不少。雖他們能勝秧國水師，必有獨到之處，但北冥大陣乃是九芎塾陣法之絕學，和秧國京城的『八門天衛』可爭一日之長。陸上佈陣，比海上陣法要強上許多，雪國未必能破。」

「但也未必不破！」

「是，我也怕啊。」弓先生如此坦白，反讓盧老錦不知如何接話，弓先生乾脆繼續說下去，「但兆勳說服了我，要不要聽聽他怎麼說？」

「願聞其詳。」盧老錦這麼一說，兆勳登時又站了出來。

「眾所皆知，龍泉鎮不分男女老幼聲援義軍，送糧送水，散盡家財。若是不救，放眼灣洲北境，誰還願為義軍出錢出力？一旦失了民心，讓人以為只要雪國大軍殺到，全家只能絕望被殺，恐怕義軍很快就會絕糧，這座山寨、霞紅鎮、九芎塾都將不保！

若以北冥大陣在龍泉鎮外平原迎敵，固然凶險，勝敗仍在五五之數。若有五成能勝，奮起一戰誰曰不可？以灣洲一地之義軍力抗雪國，本就是以弱勝強，以寡敵眾，如果要等八九成的把握才打，那也用不著起義了。還打什麼？回家去吧！

「唉，你說得對。」這些事情，盧老錦豈會沒有想過？只是聽兆勳奮勇爭先，慷慨陳詞，不由長嘆，「好，咱們出兵。只有一個條件，不能單讓九芎塾涉險，該由老錦親自領軍。」

「不成。」孰料兆勳還是反對，「盧總兵，誰知伊澤剛攻打龍泉，不是其中有詐？若是他另起伏兵，攻打霞紅鎮等地，又有誰能運籌帷幄？您絕不能親征，甚至錦旗軍都不能精銳盡出，須得保存實力，以防不測。既是如此，營救龍泉鎮一事，便交給九芎塾吧。」

※　※　※

七月二日，龍泉鎮之役正式展開。開戰之初，弓先生和兆勳盡起三股疑兵，搭配幻術，讓雪國副將根野丸顧此失彼，只能勉強維持隊形。此時，伊澤剛卻舉起軍牌，下達軍令，上百架鐵翼空龍頓時升空；那並非真龍，翅膀不能拍動，卻能乘風御氣，飛行甚速，能以天火殺人，稱為「空龍擊」。

繼飛雷震之後，空龍擊可說是雪國的第二張王牌。這兩樣兵器，秧國和灣洲都沒有，可說替雪國爭取到極大的優勢。不過，九芎塾方面也見機得快，遠遠瞧見鐵翼空龍升空，還沒降下天火，立刻啟動北冥大陣。一時只見大鵬騰飛，化為巨魚，其名為鯤。由下往上看，視線昏暗不清；從鐵翼空龍往下望，只看見巨魚背部的幻影，瞧不見要攻擊的目標，只能憑空臆測，將天火胡亂丟下，燒毀了龍泉鎮的幾幢街屋。

說時遲那時快，北冥巨魚不僅遮住十里方圓的天空，幻影本體更騰飛而上，將鐵翼空龍完全籠罩進去，使它們視線模糊，飛行陷入一片混亂。此一大陣，真可說是九芎塾鑽研陣法的智慧結晶，登峰造極，讓神武軍在陸地和空中都受到掣肘，也抵消了灣洲一方和雪國在兵器上的落差。然而，如此的成功，卻是在北冥大陣不破的前提下，方能成立。

「是否都逃出來了？」

「是，少爺，瞧這態勢，只要再支持兩刻，就能讓這些百姓全數逃往樹林中的安全之處。」

話說在北冥大陣浩浩蕩蕩，掩護約半個時辰之後，雲兆勳除了不斷攻擊根野丸，讓他將部隊停在休門，不敢妄動；更趁著機會，將龍泉鎮所有居民勸了出來，從生門陸續離開。

一切都相當順遂，卻不知雪國已在醞釀破陣之法。的確，雪國人對陣法的造詣不及秋國，北冥陣法的高超境界，他們連看都看不懂。但他們卻有一套方法，將境界較低，甚至有些粗劣的陣圖，用比頭髮更細十倍的線編織出來，疊成一層一層，讓閃電的電光在其中流竄。這種由多層陣法組成的道具，形狀似是一面銅鏡，通常由一員軍士扛著一面，共有三百面；而當三百面聚集之時，更能生出奇效，此即雪國的第三項神兵：雪女鏡之舞。

剎那間，只見三百面銅鏡舉向天空，映射出一美貌女子，凌空而行，霓裳飛舞，四周有雪花結晶落下。接著，這雪女每踏出一步，北冥大魚的背鰭就被破開一段，不旋踵，北冥大陣竟被開了一道巨大的口子。同時，二百架鐵翼空龍飛來，隨著雪女的翩翩絲帶引導，重整陣勢；她的絲帶飄飛，更穿透了北冥陣法，將空龍擊引向敵人所在的方位。

當時，兆勳正指揮最後一批百姓從生門離開，仗著北冥陣法的掩護，做得極為漂亮。不幸的是，等他抬頭發現北冥巨魚的異狀，已經來不及了，空龍擊的天火居高臨下，全都降在了陣法生門的裡裡外外。

轟轟！

兆勳只能說運氣差了點，差一步便可逃出，眼下卻被天火燒個正著，原本的生門，當場成了煉獄般的死門。其實神武軍也是損失慘重，尤其是根野丸一部，損兵折將不少，已經準備撤退。兆勳若能再早一些離開，即使北冥陣被破，也可取得全軍破敵之大功，然戰場上的生死離合，往往就在一步的先後之差。

「雲亡！雲亡！」

哀戚的簫笙迴盪於風中，那是兩個時辰之後的夜晚，龍泉鎮空空如也，伊澤剛早已鳴金收兵。錦旗軍、九芎塾的人則是冒險摸黑前來，要確定天火燒過的鎮上，會不會僥倖有人生還？若是死了，也得認出遺體。

可惜，其中並無僥倖。據可靠的探子回報，雲兆勳與另七名雲家弟子，不幸死於空龍擊。遺體焦黑難辨，只有靠著燻黑的玉佩，才勉強認出兆勳的身分……

「雲亡！雲亡！」

「兒啊！」

據稱，名士雲玄星得到消息，當場口吐鮮血，噴濺而出。不過盞茶時間，竟嘔血三升，從此臥於病榻，不能復起。

※　※　※

時序回到兩個月前，臨風的二叔客聲遠成功邀集了豐州一帶的豪族，計有陳、林、君、傲、雲、客氏六家，在豐州孤山的千年洞密會。畢竟灣洲是被秧國朝廷割讓給雪國，若要前往援助，也不能太過明目張膽。

一開始臨風對這件事，並沒有抱著多大指望。自己雖生在灣洲，一旦失了味覺與六藝之能，尚且懷憂喪志在南方躊躇，從沒想過對抗雪國之事。何況這些豐州人氏，灣洲烽火連天，跟他們又有什麼關係呢？他會參與其中，只是因為聽說豐州人愛飲茶，商議要事必備好茶，而且十分講究，才幫著他二叔張羅罷了。

跟隨過茶師滕白朗、客子恆的臨風，這場豐州茶會倒是辨得不錯，因為嗅覺恢復大半，又有了茶與素的一些見識，選茶選得好，壺與杯盞的安排也讓人驚豔，尤其模仿兆嵐所備的竹盞與點心，更是贏得不少讚譽。但在準備的過程，倒是有一件事始終困擾著他。

「我明明用的是皇夷山的上品青茶，還有三門嶺的雀尖，為何進了洞裡，總是聞到另一股茶香？」

「你受過毒傷，味覺也尚未恢復，恐怕有了錯覺吧？」

「也是。」

二叔言之成理，臨風也不再追究。待得茶會開始，眾人壯懷激烈，論到反抗雪國的大計，個個熱血沸騰，臨風更把這小事拋到九霄雲外了。

說到臨風一開始對豐州豪族不抱希望，其實也是史家的懷疑，灣洲的戰事跟豐州豪族有何關聯，他們怎會渡海為灣洲賣命？長久以來，人們甚至以為這段歷史不盡不實，純屬野史傳奇。不料，後來卻發現可靠的英雄塚遺跡，證實豐州人氏真的來到灣洲共抗雪國。

當然，說到舉家渡海去幫人打仗，還是言過其實。真正豪族本家男丁渡海的，仍是少數有近親在灣洲如君、雲等家，或是領頭的英雄如陳慕雨等，算算不超過二十名。更多的情況是協力出資，招募傭兵，踴躍捐輸者甚至不只六家。單單這一場茶會，六大豪族就捐了二十六艘船隻、數千兩銀；茶會之後，個把月累積下來，軍費更有巨萬之資。不管出錢出力，助陣之心無異。

故此，豐州東渡灣洲的二十餘條戰船，實戰經歷可謂堅強，甚且不乏原為海盜而武藝高強者、心懷國運者、或南島褐膚，持黑鐵異刃之善戰者前往。回顧這場茶會，豐州好漢的血性，更讓臨風不由得慚愧起來。

「無論聖上如何想法，朝廷有何難處，於陳、林、君、傲、雲、客姓之人，豐州吾家，灣洲亦吾家。大敵當前，必共擊之！」

「必共擊之！」

臨風只見英雄豪傑陳慕雨跳上桌案，一呼百應，隨即拿起一大碗三門雀尖茶，眾人歃血為盟，共飲這碗血茶。臨風也分到了一口，同聲振臂高呼：「大敵當前，必共擊之！」吶喊之時，早已熱淚盈眶。

這時他才猛然發現，原本淡而無味的血茶，竟一下子變得香氣撲鼻，在口中混合了茶韻的滋味與一股血腥之氣。臨風不只是恢復了味覺，嗅覺更變得極度敏銳，與味覺相互刺激而提升。他終於確定，在這千年洞中還有第三種茶香，氣味就來自於洞府深處。

同時，在這千年的洞府裡，他也有了不可思議的體悟。雖然不敢確信，中間尚有諸多疑難，但和他所讀茶經的片段相互印證，經過回返灣洲的船程，定能逐漸完善。臨風此時卻還不明白，這是關乎日後他成為天下茶聖，至關重要的一刻。

感受著茶香，猜測著洞府中看不透的隱密，臨風彷彿神遊物外，直到千年洞中響起一陣天大的歡呼，才回過神。原來，六家之中最具號召力的英雄陳慕雨，竟還辭謝總兵一職，要再等一位當世英雄。眾人都疑惑這人是誰？只見洞口走進一位藍布長衫的夫子，陳慕雨立即深深作揖。

「這位就是慕雨的師傅，曾經平定豐州民變，救千萬百姓於水火；更是計略無雙，威震宇內的名將——灣洲范盱！」

十八、水落

圖窮匕見者，刀刀見骨；
水落石出時，句句驚心。

龍泉戰後，伊澤剛派出大軍，沿山路攻向霞紅鎮。此役，對九芎塾可說是一場生死存亡之戰，在山道口便發生激烈交鋒。雲兆動的戰死，激勵君世倫、傲英峰等，九芎塾眾人個個爭先。連女弟子的絲與竹也上了前線，群山震鼓，奇異的笛聲讓敵軍刺耳，卻激起我軍士氣，連勝三陣。

當然，神武軍的鐵翼空龍早已升空，卻受到九芎塾「山嵐之陣」影響，被雲霧擋住視線，還有強風亂流影響飛行，無從發揮天火的威力。即使他們再度祭出雪女鏡之舞破陣，山嵐卻未曾破開。原來，九芎塾在此不只是佈下陣法，還有山地天候原本的雲氣籠罩，以及客子恆以茶術掀起的滾滾濃煙。神武軍見到此景，驚疑不定，以為是雪女鏡之舞失去作用，擔心還有埋伏，讓鐵翼空龍遭到致命損傷，只有乖乖退去。

沒了空中威脅，只剩地面對峙。九芎塾和錦旗軍初期取得優勢，但畢竟在兵力和武器上都吃

虧，逐漸後繼乏力。正在危急的時候，不料，雪國神武軍居然退兵了，盞茶時間內，有如退潮一般，全部走得一乾二淨。

「這……這是？」

「你們看，那旗子！」

眾人向山下一望，大大的「范」字旗幟飄揚，正是范盱。原來早在幾日之前，豐州的援軍已悄悄登岸，二十幾條船載了兩千名軍士，人數本來就不少。范盱更施展平生絕學，佈下「草木陣」，遠看真箇是「草木皆兵」，看上去約有一萬人之眾；同時派臨風帶人發動火攻，火勢又急又快，幾乎燒到了雪國大營。雪國沒有空龍擊，久攻不下，又看見敵人援軍殺到，擔心腹背受敵，自然忙不迭地退兵。

隨後，范盱與九芎塾、錦旗軍眾將會合，一時歡聲雷動。

「別高興太早，之後還有硬仗。」

范盱一句話示警，隨後便跟盧老錦、義軍將領、九芎塾眾師尊入營，商討接下來的對策。臨風則是信步走向營帳之間，看看有沒有熟悉的面孔。兆嵐自從二哥死去，心緒鬱結，看見臨風回來，淚水頓時潰堤。

「兆嵐？怎麼了？」臨風渾然不知發生何事，看兆嵐如此傷心，還東張西望想找雲家二哥解圍，直到聽兆嵐提起二哥死訊，才如晴天霹靂，五雷轟頂。

「二哥！」

臨風嚎啕大哭，卻再也喚不回結義兄弟。傷心沒有多久，才聽說雲兆勳等人的遺體已快要入土了。因為小勝之後，敵人暫退，九芎塾才有工夫準備兵與墓之古禮，送戰死的兵將一程。

那時，兆嵐正伏在臨風肩頭上哭泣，臨風自己也是淚流滿面。直到片刻之後，臨風遠遠瞧見天尋走來，才輕輕把兆嵐推開。天尋和臨風兩人相視，點了點頭，心有靈犀地把兆嵐送進一座營帳，往外走了幾十步，才開口說話。

「你……恢復味覺了？」天尋問道。

「是。」臨風總想著要多說些什麼，卻如鯁在喉。也許是因為太過傷心，卻也是遇合太過離奇，一時半刻竟不知從何說起。

「二哥死了。」

「是，二少爺……」天尋想要強忍，卻全不管用，眼淚一下子掉了下來，「二少爺他不該死的。」

「不該、不該……唉。」臨風道，「兆嵐都告訴我了，他為了龍泉百姓，死得英雄。」

「如此英雄，也是死了。而他不該死的。」天尋神色黯然，「罷了，我是斥候，還有一回探察要去。」

「你不送二哥一程？」臨風知道葬禮即將開始，詫異地問。

「我怎麼能送？如何能送？」天尋淒然，心頭宛如壓了千斤的絕望。臨風頓時明白，感同身受。

「也罷，不送也好。」臨風目送天尋離開了，心想，倘若能同他再多說片刻，或許更好，但也唯有再等等了。

「送英雄——」

「兵者險地，英雄無懼！」

「送英雄——！」

此時，笙簫嗩吶聲響，兵與墓的儀式只能儘可能簡化，卻十分隆重。除了外派的斥候以外，男男女女都哭成一團，送他們的英雄上路。哭喊「二郎！」「二少爺！」的哀聲，更是此起彼落。臨風遠遠瞧著，只見名士雲玄星撐著病體，顫巍巍地站了出來，而後支持不住，暈了過去。

※　※　※

葬禮當中，在外的斥候可沒閒著。敵軍看似撤退，其實不住地派出探子，刺探軍情。天尋帶著弓與木的門生，志願擔負起巡邏的任務，果然發箭射傷了一名探子，至少還嚇走了兩個，可惜就沒能活捉一人。

巡行兩個時辰，該交班了，天尋與弓與木的另一名君子悄悄會合，換了令牌正要返回。卻忽然瞧見山坡下三匹駿馬，不知怎地竟深入到左近，為首之人穿著貴重鎧甲，身旁只帶了兩名護衛。張望一番之後，似乎正要離去。

「那是……伊澤剛！」天尋眼力甚好，大驚之下不敢聲張，打個手勢，便想發箭偷襲。另一名君子比他年長，連忙勸他回報大營，卻被天尋一句話擋了回去：「曹莊迷途，中箭而亡。」

天尋的意思是這樣的，范盱在兵與墓教過戰史，曹莊是秧國一員大將，某次冒進偵察，不慎迷途，被敵人一箭射死，以致全軍潰敗。史上這種意外案例不勝枚舉，即使智勇兼備的將領，握有優勢，也往往大意被暗箭所傷，終至大敗。但偷襲也靠天時地利，倘若不把握此一良機，或許就再也沒有機會了。那名君子上過范盱的兵學，自然懂得天尋的意思。

「那你……」

「只射一箭，便不再射。倘若不中，你再放信號。」

「好。」

天尋拉滿了弓，自信十足，一箭射出。誰知伊澤剛的武藝高絕，刀未出鞘，就輕描淡寫地把箭撥開，反手拿出長弓，回射一箭，動作流暢，威勢驚人，即使弓與木的師尊弓先生親來，也未必能勝。

「啊！」天尋慘呼一聲，勉強避過心臟要害，在胸腹之間中箭。旁邊君子慌忙藏到樹後，朝天空放出告警的紅煙，這當然來不及了，伊澤剛三騎已經拍馬而走。那君子耳貼地面，聽馬蹄聲漸行漸遠，立即轉身搶救天尋。只見他傷勢甚重，已然暈了過去。

「天尋！天尋！」

等天尋被抬回營中，已經耽延了好些時候，傷口震動裂開，滲出股紅色的鮮血。臨風在營門附近瞧見，情切關心，立即跟了上去。茶師子恆恰巧不在，救傷的營帳由君子姑娘姜穎主持大局，見到天尋傷勢，卻只能搖頭。於公於私，若是能救，她自然想極力搶回天尋這條性命，但這箭傷及要穴大脈，血流不止，卻是不能救了。勉強拔出箭簇，只是速死而已。

「我或師尊，都救不了。」

姜穎長嘆一聲，點起薰香，只盼稍稍減輕天尋臨終痛苦。臨風更是沉痛，緊閉雙眼，難道天尋就要這樣死了嗎？一日之內，剛剛聽說兆動死訊，又猝不及防地失去天尋，怎麼能夠？怎麼能夠？

「倘若……我能悟出傳說的《茶經》之秘……」

臨風想起他在千年洞中，聽豐州林家一名豪傑告訴他的傳說，千年洞府為何得名？有人說它有數千年歷史；有人說曾有樵夫住在其中一日，世上已千年；還有人說在千年之前，曾有一名茶師帶進腐壞的陳茶，在洞裡泡出香氣撲鼻的新茶。最後一個傳說，臨風尤其熟悉，阿婆不也講過一樣的故事嗎？

他更知道洞府有古怪，確有一股不知從何而來的特異茶香，但他怎麼找，都找不到香氣是從哪來的，最後只能放棄。但在返回灣洲的船上，搖搖晃晃之際，他卻忽然想起《茶經》殘篇裡，曾經提到滕白朗用過的琴山香茗：「此茶有異香，可用於找尋天地之隙。」而這天地之隙，又是什麼呢？

「君子姜穎的這一爐薰香，是為天尋安定心神，但這茶香又是從何而來？莫不是她煮了茶，要以茶術救人？不，不對，我沒看到任何煮茶的痕跡。這是怎麼回事？」

臨風神遊物外，彷彿把自己變回一個小孩，聽阿婆說著茶師的故事。話說霞紅鎮的一對酒仙和茶師兄弟，都有異能，茶師就是在霞紅鎮外的一座草寮中，把腐壞的陳茶化作新茶，奉給挑嘴的九王爺。故事裡那座簡陋的草寮，過了這麼多年，想必早已不在了，但眼下這座大營，卻也是在霞紅鎮外。難道那座草寮，便是《茶經》所說的「天地之隙」？今日就這麼湊巧，他們也來到了同一個地方？

臨風簡直不敢相信，但敏感到極致的嗅覺不會騙他，明明無人煮茶，他卻聞到茶香。如果《茶經》不是只剩下殘篇，他就會知道，這一切來自天地創生的古老寓言，造化者在天地之隙的中心，沖了一壺香味永遠不散的茶，惟天賦異稟者能察知。而天地之隙，在這世上到處都有，又稱為「光陰之隙」，因為在其中，光陰之河不再如平常一般，只能由過去緩緩流向未來，而是可以快進，可以倒轉，可以跳躍。

雖然只讀過片段的《茶經》，臨風卻已經猜出一二，因為光陰之隙他並不陌生，小時候跟爹爹、阿婆上山，明明不冷，卻忽然捲起暴雪；躲進山屋之際，地穴中原本沒有茶，卻憑空冒出一罐春回；還有無數的傳奇故事，黃竹書生的竹林書聲、水老者的竹籠石筍、酒仙與茶師兄弟的異能、或千年洞府的諸多傳說，甚至天命客、雪國漁人的未卜先知，恐怕都跟光陰之隙有關。

在茶師手中，陳茶既能變成新茶；重傷垂危的天尋，能否變為中箭之前的模樣？就是這一個直覺，讓臨風認為還有希望。可這又如何？縱使他知曉有天地之隙，甚至隱約猜到它帶來的異象，也沒有用，天地之隙根本找不到啊！所以他只剩一個選擇。

「穎姊姊，能不能給我點琴山香茗？」好友天尋面臨生死關頭，臨風無路可走，搜索枯腸，終於有了頭緒，「我來救他！」

※　※　※

琴山香茗本來名貴，但臨風知道姜穎一定有，因為這是醫人之茶術所必備。姜穎自然給了，臨風隨即催發炎術，沖出茶味，立時香滿營帳。

如果不是臨風這麼靈敏的鼻子，絕對無法清楚分辨兩種茶香，但他辦到了。原本他只是聞到一股神祕的茶香，找不到具體的來源，但加上琴山香茗之後，不知怎地，他就能找到一條線，感覺琴山香茗的氣味一絲絲地變弱，神祕香氣的味道一絲絲地轉強。終於到了一個地方，琴山香茗的氣味嘎然而止，那就是天地之隙！

「快！把天尋抬過來！」

臨風自從被南玄蟲所咬，懷憂喪志以來，再也不曾有過像這樣的信心。今日他的自信卻全回來了，連半信半疑的姜穎，都被他的氣勢震住，護著天尋的傷口，走到帳外，叫其他門人把天尋抬到臨風所站之處。奇蹟出現了！那支雪國來的白羽箭，居然真的一絲一毫消散，直到箭簇都無影無蹤。

噗嘶！

奇蹟來了，但不像臨風所期待的發生，箭簇的消散，反而讓天尋血湧如泉，狂噴不止，濺了臨風滿臉。姜穎連忙搶了上來，顧不得染紅一身的雪白衣裳，緊緊把天尋的傷口壓住。同時，昏迷的天尋也因為劇痛而甦醒。

「啊！」

「姜穎，我來！」

天尋慘叫聲中，茶師子恆與弓先生雙雙趕了過來。子恆先出指，封住天尋幾處重要穴道，弓先生隨即一掌拍出，正是對續命有奇效的凝氣元功。

「臨風……師尊……我……這……」

天尋一陣迷糊，隨著弓先生柔和的真氣注入體內，才漸漸明白過來。他原以為自己已經死了，不料這些人全力出手，他又活了。但他瞧見師尊凝重的神色，感受一下自己的傷勢，也能大概做出判斷，他已命不久長。

然後天尋又是一陣恍惚，不知不覺，茶師子恆已遞來能讓他弔住一口氣的茶湯，讓他服下。這弔命之湯的藥材十分珍貴，子恆卻毫不吝惜，天尋心裡不由一陣感動。

「師尊……我……是不是救不活了？」天尋忽然轉向弓先生，虛弱地問。

「住嘴，你別說話。」

「不……弟子不能不說，否則我終生抱憾……咳咳！」

弓先生眼見愛徒天尋咳出鮮血，也不忍心再叫他住嘴了。

「罷了，隨你。」

「謝師尊。」

天尋的目光，介於凝聚和渙散之間，生命之火隨時都要熄滅，但他仍努力地望向臨風。一個眼神，竟似藏了千言萬語。

「臨風……」

「天尋。」

「你可知道，當初在兵與墓入陣的操演……是誰推你到陣式中間，白白挨了打？」

「我豈會知道呢？」臨風拚全力找出天地之隙，卻救不了最好的朋友，當下既傷心，又懊惱，根本料不到天尋會說起這段往事，也完全不覺得重要。但他卻不知，對於天尋，這有多麼要緊。

「那就是我，臨風……」

「啊？」

「是，是我。推你的，就是我。」

※　※　※

在凝氣元功和弔命之湯的功效下，天尋勉強撐持，竟還說了許多話。但終究是在恍惚之間，有時先後次序不對，有時還夾纏不清。但臨風卻一字一句聽得明白，內心悸動不已。

「我……看你不慣。從四小姐對你這個山野來的弟子，表現出興趣的頭一天，我就看不慣了……」

天尋顛三倒四的陳述，簡而言之一句話，他嫉妒臨風，看他不順眼。心中的毒素平日不發作，卻囓咬著天尋的靈魂。終於有一天逮到機會，趁著入陣對打之時，他惡作劇似地推了下去。不料這一推，卻闖出了大禍，燒傷了好幾個人。天尋心中一直有著愧疚，所以在范盱帶了臨風和天尋，要臨風向燒傷的弟子請罪的時候，天尋才會二話不說就跟了過去，簡直當成了自己的事。那時候，不是說心裡全無芥蒂，至少在陪著白晨鑄匕首成功的時候，三人拉在一塊兒，那份開心，全是真的。

後來，雲四小姐慧眼識人，看來雲家需要臨風了，天尋竟成了最親近他的一名說客。雖然小姐對臨風青眼有加，仍舊讓天尋心裡不快，但若能為雲家爭光出頭，就算半真半假，他還是願意好好當個臨風的「至交好友」。

「我對你最大的改觀，是在北冥大陣之後。我明明害了你，帶你入了『驚開七風聆』的難關，添了莫大的麻煩。可你跟我卻像親兄弟一樣闖陣，破陣之後，逢人只誇我之功，不言我之過。我真是……頗承你情。」

天尋老老實實地說來，到了同赴大任之時，他已真心覺得臨風是他的好友了，只差當初推他那個疙瘩沒解決。但心裡也盼著，說不定某天能跟他坦白，冰釋化解。

然後便是大任之行了。臨風年紀輕輕，卻是有勇有謀，讓天尋內心愈發服氣。但就在兩人進入璇璣洞府的前兩夜，臨風昏睡不醒的時候，事情卻起了變化。

第一個找上天尋的，是傲家四少傲英峰。他一路擔任川民阿朗哲和眾人之間的通譯，對大任之行頗是盡心，加上祖母巴冷達蘭待大夥兒都好，愛屋及烏，天尋對這傲四少爺也有些改觀。誰知他找天尋進了林子，劈頭一句，就是想賄賂天尋，出手暗害臨風。

「我不要你的錢。」天尋傲然。

「也不全是錢的事，讓這山村小子奪了大任的魁首，你能甘心？」

「甘不甘心，也不干你的事。」

「會這麼說，是你沒搞清楚，我打算給你多少金銀。」說著傲英峰講了個數，「若嫌不夠，你還可開價。」

「你以為金銀能買我，還是因為把我當奴才吧。」天尋當下不客氣，「我才不要你的臭錢！」

「臭錢？錢這東西是不論香臭的。祖訓有云，今有足金，置卑賤之地，以刀斧加之，糞土汙之，其值不減。」

「是，今日人皆貴之，貴也。來日人皆棄之，賤也。」

「那也要看，你是否等得到那個來日！」

傲家四少悻悻然走了。天尋卻料不到，那一夜，竟連出身世家大族、向來儒雅自重的君世倫，幾日前還大方地教臨風刀法呢，也跑來找天尋，要他害臨風取不到《茶經》，再由君家和雲兆勳相爭。若是能行，條件都好談。

「君少爺是何等身分，用得著如此卑鄙？」

「你不想想，那客臨風又是何等身分？若是兆勳勝我，我立時拜服，可這僥倖破了北冥大陣，全憑機緣湊巧的臨風，眼看就要奪下《茶經》，於他自己也並非好事。如古聖所云，德不配者，人必不服；匹夫無罪，懷璧其罪。」

「我看這『德不配者』，倒像是你君家少爺。」

「好說。你不答應，也是可以，不過……人是你推的吧？」

「你……你說什麼？」

「我說，早先在兵與墓入陣之時，在臨風小子誤放炎術，燒傷眾弟子之前，是你推他的吧？」

當時，天尋不肯承認，臉上卻一陣青、一陣白，完全被君世倫抓住了把柄。這回憶是多麼沉重，說到此處，就連他已傷重將死，都說得簌簌發抖。

「我心中翻江倒海，害怕得就像……連胸口都被揪在一塊兒，但我還是拒絕了：『你要揭發，我沒話講，大不了我跟臨風下跪謝罪！君少爺，請吧！』」

臨風聽得心中感動，流下淚來，不料下一句來了，竟讓在場眾人都腦中轟鳴。

「就在此時，第三位……足不沾塵悄然來了。只有那位我不能拒絕，那一位，他不能容忍小姐對你的看重。在他心目中，小姐只能嫁給君世倫，甚至比君家地位更高的世家公子。在那位面前，我對小姐的欽慕無所遁形，卻也不過是泡影……人是主，我是奴，家中的隱規是絕對的，家世是絕對的，天尋只能領命。」

「天尋你……到底在說些什麼？」臨風不敢置信。

「就是我，拿了那一位的南玄蟲，在璇璣洞府裡偷偷放出，害了你，也毀了茶經……沒了茶經，沒了茶經，方至今日之危。若照黃竹書生所言，原本，茶術能退北境之敵，是我毀了一切……

倘若我不是這麼卑微、倘若我不是如此卑鄙，倘若……再給我多一分勇氣，讓你風風光光帶回茶經，或許早就能趕走雪國龍船，或許兆勳就不必死了。文武雙全的兆勳二哥，雲家下一輩最秀異的人才，他是雲家的希望啊！他不該死，天尋多盼望能代替他，可正好是我的懦弱害死了他……咳……咳咳！」

我們總以為，倘若做了另一個決定會好些。其實，即使重來一次，我們還是不會做出另一個決定。

就像天尋，他並不像自己所想的那麼懦弱，當他面對財富誘惑、權勢威脅，可說仁勇兼備，上達超乎想像的境界，甚至足以對抗君世倫。但最後吩咐他向臨風下手的，卻是不可違抗的尊長雲玄星。就如兆嵐所言，家與柱的力量是根深蒂固的，撼山易，撼尊長之命難。娶了誰？要嫁誰？家世前程最要緊，這是大勢所趨，也是雲兆嵐抗拒不了的歸宿。倘若不是這場戰爭，從雲玄星到任何一位尊長的做法，什麼都不會變；但也因為這場戰爭，什麼都變了，變得面目全非。

「若是我……做了不同的決定，我們會是朋友嗎？」天尋淒然問。

「我們怎麼不是朋友？什麼決定我不管，天地造化可鑒，若你不是朋友，誰還能算是我的朋友？」

「多謝，你總是這樣，只誇我之功……」天尋苦澀地笑了，「可終究是我毀了茶經，趕不走雪國賊人，讓千萬生靈塗炭。吾之過，無可恕……」

「不，不是的。」臨風道，「茶經不在書中，書中所言僅是纖毫；茶經本藏於天地之間，若我不南行，倒不如無書。於今，托你之福，我已盡得其妙。」

「真的？你不是騙我？」

「決不，我以客家列祖列宗，上溯造化萬物本源者之家譜，向你保證。」

「那真是……太好了……」

天尋斷氣了。而臨風，再也流不出一滴眼淚。

十九、決戰

天地光陰如有隙，
千年悲歡送歸人。

臨風聽完一切真相，心中明悟，終於更了解黃竹書生在竹林中朗讀的那一段經歷。陳茶變新，光陰倒流；黃竹蕭蕭，一日千年。一個是把日晷倒著撥，一個是讓光陰快速飛逝。

而傷逝天尋之際，臨風也全然悟透，對於這些光陰倒流或飛逝的特異之處，並不是所有人、事、物都有一樣的反應，就像黃竹迅速凋萎，其中的書生卻不受影響；又像天尋身上的箭簇消失了，他的傷口卻仍是原貌。《茶經》中似也有些片段說到此事，稱不受影響的部分為「觀者」，迅速凋萎的部分為「逝者」。臨風先前看不懂，如今卻逐漸明白。

唯一的差別是，光陰倒流似乎只能發生在極小的範圍；而黃竹凋萎、酒仙釀酒，這種時光迅速飛逝的情形，卻可以涵蓋很大的一片區域。這些區域在世上很多，臨風原以為是固定不變的，仔細想想卻不然。若是它不會變化，黃竹書生的竹林將不只凋萎，而是快速流經長遠的歲月，化為砂礫；或是迅速地生死枯榮，一下綠，一下黃，若是如此明顯，人們早已發現，也無須等到臨風來解開這天地奧秘。

不會錯的，造化者的天地之隙有什麼規則，他不知道，但它顯然變化莫測，只有憑著茶香，才能找尋它的蹤跡。甚至進一步說，琴山香茗的香氣，根本就是引發天地之隙奇蹟啟動的「藥引」。也許黃竹書生的朗讀、酒仙的洞簫，詩與書、絲與竹或其他六藝之中，也有這樣的藥引存在，可以引動天地之隙。但那都是傳說，只有琴山香茗的效果，今日在天尋身上獲得了證實；這便是《茶經》當中所言的天地之秘，也是大敵當前，能夠超越雪國三項神兵，出其不意戰勝強敵的唯一機會。如今，只剩下一個難題需要解決。

「子恆師尊，若我要二十餘座八尺大釜，煮千百升的茶湯。卻要茶香如同琴山香茗，能否辦到？」

「不可能有如此多琴山香茗，把霞紅鎮所有的全放下去，也煮不出什麼味來。你問的，想必是香味極其接近的替代。」

「正是。」

「若能輕易辦到，琴山香茗也不會如此價昂了。」子恆沉吟道，「香氣、口感、喉韻合起來，怎樣都是騙不過的，但若只是香氣……」

「弟子只要香氣。」

「看你要多相像，著重哪些特色，可試試看。」

「當然要試，此處就是最佳地點。」

弓先生、客子恆都聽說了，方才在天尋身上的羽箭發生了何種奇蹟。子恆鑽研過《茶經》殘篇，更猜得出，臨風定已掌握一部分天地之秘。當下師徒合力，細節不論，他倆總算用價廉、存量甚多的幾味茶葉和草藥，弄出了香氣幾可亂真的「琴山香茗」，口感雖然極差，也無所謂了。

大釜茶香，隨風飄揚，眾人向范盱、盧老錦呈上臨風之計，中間又經過數日快馬偵察，三次改變計畫，終於成就左右灣洲天命的韜略全局。

「若是能勝，可否論天尋之功？若非天尋，必無我今日之悟。」到了最後，臨風說出了他的請求。

「若是能勝，你便是灣洲頭號功臣。」弓先生正色道，「到時你說什麼，便是什麼。」

「然神武軍有高明之將，必先殺我。我若戰死，請替我論天尋之功。」

「你還是自己論罷。」弓先生道，「你已是此役勝敗之鑰，如我竟讓雪國殺你，豈非有負九芎之名？」

※　※　※

在此同時，雪國神武軍之中，也展開一陣激辯。大將伊澤剛主張，繞過易守難攻的霞紅鎮，渡過明川，先奪隆甲鎮，再攻下灣洲中南部兩座大城。然後回師，前後圍困霞紅鎮，甚至放火燒山，必可得勝。

然早川親王元帥、副將根野丸卻擔心，九芎塾與錦旗軍必從後方擾亂，甚至劫走糧草武器。貿然繞路急攻，十分危險。

「他們若敢來，我正好一網打盡。」

辯論已經多了，伊澤剛為了說服元帥，甚至立下軍令狀，寧可讓南進奪城之大功，全部歸給根野丸，他自己則率一部主力留守，一旦九芎塾義軍下山，立刻迎頭痛擊。元帥見他如此堅持，只得答允。

其實伊澤剛的戰略是對的，神武軍的兵力遠勝於錦旗軍、九芎塾義軍，自然不必困於山地，靠海邊又不是沒有路走。或者讓雪國龍船另起一支勁旅，從南方登陸都行，只是現在還不急罷了。總之，把灣洲中部、南部拿了下來，灣北義軍再強，終究孤掌難鳴。

反過來說，他們打探到伊澤剛繞路，說不定反而會慌張，急著來阻止，那就有機可趁。伊澤剛所打的正是此一算盤。

誰知結果並非如此，義軍的確打探到神武軍動向，卻一點不急，竟在平原要道上擺陣，打算跟神武軍決一死戰。

「平原對灣洲人極其不利，其中必定有詐。」

伊澤剛心裡也清楚，命神武軍謹慎進軍。但對於己方三大神器：飛雷震、空龍擊、雪女鏡之舞，平原已經是最有利的地形，若在此處也不敢會戰，以後也不用打了。何況義軍佔據的是平原的通衢要道，必須搶下來，到此可不能再繞路，必遭前後夾擊。因此於伊澤剛而言，也是終須一戰。

回傳戰情之後，伊澤剛終於得到元帥親筆手諭，讓根野丸與他集結全部主力，務必一舉殲敵。此一命令，正合他意。

會戰於七月二十日拂曉開始，義軍自然做好萬全準備，佈下三大陣：北冥陣、草木陣、紫霧陣。北冥巨魚可以擋住所有鐵翼空龍的視線，又讓十里方圓天昏地暗，對神武軍太不利了，雪女鏡之舞當先就要破它，也順利破了。

但在破陣之際，義軍也祭出草木兵陣，草木皆兵，竟成絆人陷阱，令雪國陣形混亂而無法發揮飛雷震威力，反被箭矢和刀劍所傷。且神武軍受瘟疫所累，看到瘴癘紫霧，視線不清，更是害怕。於是，靠著草木跟紫霧的掩護，義軍竟能轉守為攻，突進消滅了兩小股的神武軍。

伊澤剛卻不慌不忙，派出鐵翼空龍百架，以蔽天之勢，藉天火與雪女的翩翩絲帶引導攻擊，大破紫霧與草木陣。不料，客子恆與滕白朗聯合所有茶師，趁此之時，竟以臨風建言所設之大釜，行茶術之天變，雲霧直上天際，亂流激烈、上下震顫，空龍墜落竟達數十架之譜。等到北冥大陣的視線障蔽完全破開，天變之術也停息，雲開霧散，伊澤剛這才發現，義軍在平原布陣數十座大釜，要是方才三百架空龍悉數投入，只怕會被擊落大半。

伊澤剛暗暗佩服，但他久經沙場爭戰，謀略豈止於此。趁剛才一陣衝殺，他已親率一軍，佔據了平原上地勢較高的小小山頭，且讓空龍不升空，把空龍擊的天火搬到山頭上用，命名「龍炎擊」。

「不好！快躲！」

義軍彼此提醒，躲入預先挖好的戰壕中，但還是頗有死傷。龍炎擊居高臨下，當場轟得義軍節節敗退。所幸這是在地面，神武軍沒有絕對優勢，弓與木的炎箭、冰箭，算先生的投石車、烈焰彈也立刻還擊。且在幾度交火之後，伊澤剛還發現了一件怪事。

轟隆！算先生的烈焰彈，往往並未命中目標，卻能掀起巨大爆炸，讓龍炎擊翻倒，人員傷亡甚眾。伊澤剛這才醒悟，對方瞄準的並非己方兵器，而是事先在山頭埋藏了火雷油料，藉著烈焰彈、或祕密引線而引爆。就連伊澤剛也險些遭到炸傷。

可惜義軍的火雷畢竟不足，並未布滿山頭，即使讓神武軍中計，也只能把戰況暫且拉到五五波。說是暫且，自然因為義軍尚有不利之處。

此地終究是平原，有個美麗的名字稱作「繁星原」，據說一年兩季都會盛開繁星般的白花。但在作戰之際，卻是義軍的險地，只見根野丸親率飛雷震大軍，還有刀矛強兵，掃平半人高的芒草，以人數優勢壓迫過去。義軍做什麼都無用，只能不斷後退。

此時，弓先生卻以快捷無倫的身法，帶著臨風祕密巡行在戰場的大釜之間，這大釜當然不只是對付空龍，而是另有目的。它讓整座戰場茶香瀰漫，正是為了讓臨風找出流動的天地之隙，或說光陰之隙，而後讓神武軍陷入其中。這片平原之所以作為決戰之地，也是因為臨風早就偵察，可用以假亂真的「琴山香茗」之香氣，作為藥引，誘出大片的「光陰之隙」。

「殺！衝啊！」

臨風透過茶香，聞到了天地之隙的變化，立即放出紅煙為號，數十道紅煙登時竄起。義軍看見信號，當下後軍作前軍，奮勇搶進。雪國人見獵心喜，拿起飛雷震就要射擊，不料卻見手上神兵，忽然鏽蝕破舊，彈丸無法射出。有些人的飛雷震更當場炸開，讓他們身受重創。

尤有甚者，尚有約莫半數的雪國兵士，連射擊的機會都沒有。慘叫聲中，臉龐迅速衰老，甚至血肉崩壞，露出森森白骨，彷彿光陰已在剎那間過了百年。

巨大茶釜，茶香飄散。論兵法，雙方勢均力敵；但當敵人被引進戰場深處，臨風依計而行，盡起天地之隙，卻一下子成了單方面的屠殺。為了誘敵，假作前進的義軍將士見到此等慘狀，饒是他們見多識廣，乃當世豪傑，也不免心下惴惴，退避三舍。

臨風不禁想起雪國漁人的老淚縱橫，說道：「總有一天，你會窺見奧秘的門徑。此後將有千萬人歡笑，千萬人哭泣，千萬人存活，千萬人赴死。惟願你能本天地之心而行，乃至萬萬人平康。」

天地之心？何謂天地之心？臨風忍不住想，我殺了這麼多人，就算是天地之心嗎？可是我若避戰，人必殺我，且奴役灣洲全族，殺人如麻。

臨風心中想著這套道理，眼中卻無法承受。看到雪國人白骨森森，屍橫遍野；有些人還活著，則哭號悽慘，拋下飛雷震神兵，拿著鏽蝕的腰刀堅戰不退，終於被弓與木的神箭射死。殘忍而不忍觀之，年輕的、顫抖的軍神客臨風，想起雪國漁人悲傷的眼睛，心想，莫非他早已觀透今日之事？為何又要幫助自己？雪國浪人如豺狼虎豹，龍船兵者嗜血殘殺，若回到家中，這些殘暴之敵，是否也是褓抱嬰孩的慈祥父親？

但同樣的殘忍早已見怪不怪，敵人的逝者紛紛成為白骨，而觀者繼續作戰，武器都已成為古舊，伊澤剛手下雖還有一部主力，大概也不敢過來了吧。

臨風終於放出綠煙，茶師子恆、滕白朗頓時掀起大風，將琴山香茗之香氣吹散，以免光陰之隙反而傷到義軍。此時，一個無比關鍵的陣地，君世倫正好在附近，親自領九芎塾精兵攻上。在敵人混亂之際，機不可失，正好拿下。若能成功，便和盧老錦主力成犄角之勢，勝利在望。

但他運氣實在不好，偏偏活下來的幾個雪國兵士當中，有人精於瞄射之術，又有幾把飛雷震雖變得老舊，卻未損壞。

轟！

當君世倫身旁的君家義士，不幸被擊中吐血，當場身亡的時候，君世倫就明白，自己持刀的右手已經廢了，從肩膀到大臂的骨頭都被震碎，內臟只受輕傷已是萬幸。他親眼見過內臟被飛雷震重創的傷者，不會馬上就死，但肝膽俱裂，肚腹之中都是血，再活也多不過一刻。豈能不說自己萬幸？

他立即爬起來，左手持刀，揮軍前進，命人把僅剩的三發炎箭全數射出，終於將精於瞄射的雪國兵士一一擊倒，陣地拿了下來，君字大旗飄揚。

當這個陣地失去，雪國大將伊澤剛就知道不行了，前軍被一分為二，盧老錦又發起衝鋒，戰勢極為不利。若不收兵撤退，只怕前軍和中軍會全軍覆沒；就算後軍趕上，運來未受損的一批神兵利器，也沒有足夠的兵士來擊射了。屆時連他自己和元帥都性命難保。

「全軍撤退！」

雪國人真的退了，而且是大敗，倉皇逃走。即使伊澤剛盡力保持戰線完整，仍然損失慘重。有人說，全軍死亡三成就叫潰敗，神武軍此役卻死掉將近五成，不被全軍覆滅，已經算是他用兵如神。

義軍此場大勝，青史留名。可惜，多少人已經看不到自己贏得的勝利，幾場戰役陸續算來，義軍兩萬之眾，也有三千餘人喪了性命。

但灣洲畢竟是勝了。無論其後多少風波，包括一些人有意復歸秧國的情懷，一些人恨秧國棄之而去的悲憤，甚至秧國朝廷與雪國「重議約」的折衝盤算、暗潮洶湧，都只是戰後的餘緒。

經此一敗，雪國龍船終究不曾再臨近這片土地，自此對灣洲秋毫無犯。

二十、安平

往而不害，安平泰。

戰後，繁星原上響起絲竹之聲，雲兆嵐手中木笛，吹出迷離的調子。

有人問高溶月，什麼樣的歌謠，可以紀念如此巨大的悲傷？美好的曲調，何能唱出如此可怖的毀滅？

她說，要用最美的歌謠，最好的曲調，因為尋常的歌傳唱不久，唯有美好讓我們永遠記得，永遠記住義薄雲天的豪傑。

雲兆嵐吹奏哀傷之笛，只覺傷懷不已。

「倘若能夠，我希望二哥從未上過戰場，身後哀榮，總比不上活著。」

「但他有救國救民的鴻鵠之志，九芎塾從小就是這麼教，他也如此相信著，他是不可能不上戰場的。」

忽然，簫聲響起，君世倫的堂妹凌嫣嫣走近，竟揭去三層面紗，以及臉上幻術，露出真實面容。原來她這絕美的臉龐，竟有四分之一，佔滿了殷紅色的胎記，只是以川民的紅艷凝脂勾勒數

筆，宛如從左側的額頭、眼睛到臉頰，活生生地開出一朵花來。

「兆勳兄已逝，小妹心跡無以表明，惟以臉上之滴血牡丹，痛表哀悼。」

笛簫合奏，聲音一變，雖然仍是絲竹聲，意境卻彷彿剛猛的金鐵交擊，而後傳來恐懼的跫音。

幾次下令燒殺灣洲村鎮的根野丸，死於天地之隙，化為一身白骨。宋家大屋百餘口人，大仇得報。

伊澤剛率部退走，留下影響深遠的《伊澤戰錄》：「盈滿而盛，盛極必衰，積小敗方得大勝。此役價值連城，若吾所料不錯，吾人能得灣洲之秘，往後南境經略，雪國將獲無雙之神兵矣。」

而在恐懼的跫音之間，也有希望與溫柔的曲調浮出。

早川親王心力交瘁，憂勞成疾，患熱症將死，史書卻記載有一奇人，登船送上藥茶。史家後來知道，是滕白朗治好了他，且留書一封，希望他返國之後，能勸雪國不再進犯灣洲。歷史證明，此舉收到了效果。

臨風發現天地之隙，被史家視為劃時代的成就。此事關乎眾人所居之六合八荒、天宇諸星之奧秘，本為格物之學的一門至理，須待客臨風七代以下的後生，方能略知一二。但若說憑臨風一人，左右戰局，卻太過高抬了。

此戰勝敗繫乎家，前仆後繼而抗外敵者，不為遙遠之國，只為家鄉如常，可守素而安身。

因為家如此緊密，才讓名士雲玄星不惜陷害臨風，間接害死了自己最驚才絕艷的兒子；卻也是同樣緊密的家，讓灣洲幾大家族挺身對抗雪國，甚至凌駕秧國水師，締造戰勝雪國的奇蹟。

家是命運的締造者。家是悲劇，也是喜悅；家是光榮，也是犧牲；家是灣洲，家是秧國，家是東方的宇宙，除家以外別無礎石。

末了，曲調悠遠，如有陽和之氣，宛如將九芎塾的正門堂堂敞開。

戰勝之後，臨風無疑將晉升君子，但因為諸多理由，他竟沒能上到一堂君子課，就被迫離開了九芎塾。何時回來？據說黃竹書生已訂下一個依稀模糊的日期。

眾人皆謂，秧國皇帝下旨召客臨風入京，將頒予「客行天下」金牌，讓他在普天之下，備受禮遇。但比起將來許多年歲，「四海八荒之茶聖」路上的艱險與榮耀，這點小事，倒顯得微不足道了。

兆嵐與嫣嫣的音律，終告停息。

（全文完）

【作者後記】

《茶與客》是一部客家奇幻小說，其中融入許多客家文化元素，就筆者粗淺的認識，應是東方奇幻作品中，罕有而新鮮的一次嘗試。

筆者從完全不懂客家文化的外省第三代，有幸被電台重用，跟客家主持人、耆老、專家合作，做了多年的客家節目。到今天成為客家女婿，生了剛滿六個月的客家男娃娃。若以新的觀點論述，我也成了一個「認同客家的新客家人」，喜歡奇幻的我，終於走上創發客家奇幻的路，或許也是一種必然？

筆者向來醉心於聖經創世記、唐代傳奇、和C.S. Lewis的筆法，又敬佩鍾肇政、高陽、金庸等名家的大作，《茶與客》這本書嘗試以神話傳奇作為奇幻情節的引子，創造了一個架空的灣洲，以及最會講故事的客家阿婆、蒐羅民間故事的傳先生、能諭示過去未來的天命客、黃竹書生、雪國漁人等角色。嘗試將奇幻世界背後最大的秘密，蘊含在虛構的「客家」傳奇故事之中，再於情節高潮、危機四伏時爆發開來。

個人對奇幻傳統的認知，綜合一些學者看法，奇幻小說往往創造了一個「懷古浪漫的第二世界」，這個世界不同於我們所認知的現實世界。就本書而言，即選擇將世界架空於數百年前的東亞島鏈；藉由造化者的神話，暗示著一個世界級的時間斷裂與異變現象；而書中提到的「六藝」，也是一種懷古，將古代周禮的禮、樂、射、御、書、數，置換成小說家假想的：詩與書、弓與木、刀與鑄、兵與墓、絲與竹、以及茶與素……其中藏有操縱水火、煉金煉藥，主宰陣法、兵器、幻影、武功的奇幻之術；從而將少年主角的成長變化，安排在一所頗具規模的私塾「九芎塾」之中。

但光是客家元素、東方景物與懷古，仍有不足。筆者以為，絕非將西方元素換成東方，騎士鬥劍換成武俠，甚至法袍、麵包換成藍衫、清茶，就會自然而然誕生出東方的哈利波特。東方奇幻必須有自己的核心靈魂，而這靈魂必然萃取自生活與歷史。

小說要怎麼回應這件事？筆者不敢野心太大，謹從自己所認同的文化，以及對東方人生活的觀察出發，決定在情節衝突中埋兩條線：一是客家，一是廣義的家族。

那麼，在一個架空於數百年前，類似中、日、臺時空背景的奇幻故事中，筆者要如何設定一個鮮明的客家形象呢？語言，當然是不可忽視的族群特徵，但要充分表現這點，恐將超過華文小說藝術形式的能力範圍。於是筆者還是師法前輩作家鍾肇政《臺灣人三部曲》，他在第一部〈沉淪〉中，從陸家這一個客家家族出發，以華文寫作，既虛構又寫實地表現了一八九五年臺灣人對抗日本人的戰爭。而奇幻小說既有更大的想像與設定彈性，筆者便為主角客臨風，安了一個現實世界中稀有的姓氏「客」，藉客氏作為主角姓氏的方便，讓「客家」的符碼在故事中無所不在。

這個架空的客家，代入了你我熟悉的客家元素，他們種茶、耕作，最好的衣服是藍染長衫，經過多次的移居來到灣洲，硬頸精神讓他們克服惡劣環境，更以偷學的招式自創流民拳法，幾個家庭聯合起來保護自己，以「武力」作為客家移墾的標準配備⋯等等。但我最想寫的，卻是一個檯面下的文化現象「隱形的客家人」。

在漫長的臺灣族群文化變遷中，客家一度是隱形的。在人口、經濟優勢的閩南族群，與政治優勢的外省族群中，客家人顯然少數且弱勢。為求謀生，他們便策略性地將自己的語言、文化隱藏起來。但客家人成為社會上的隱形人，並不表示客家語言和文化就被同化了，而是一種適應的過程。

茶與客的情節，某種程度上象徵這種文化現象。臨風下山求學，一開始多少想隱藏自己的口音，卻不成功，甚至遭到霸凌。客家長輩一直不想讓主角臨風下山求學，即使臨風後來學得不錯，返家時還是繼續勸阻他。為什麼？因為他們覺得他下山會吃苦頭。這個架空的客家，總想把自己隱形起來，近乎於老莊的道家，甚至凝煉成一句虛構《茶經》中的話：「守素抱樸，有而不常，故無相，是為至福。」

另一個東方生活與歷史的核心：「家」，是更複雜的議題，也牽涉書中更多的情節。九芎塾揭櫫了「六藝七訣，江山社稷」的高遠理想，看來也身體力行，但即使是本領高強的師尊，也隱隱約約受到三大家族「家世」的控制而無法自拔。家庭是建構東方社會的重要柱石，由女主角雲兆嵐跟臨風分析的「家與柱」觀念呈現出來，化為書中一句話：「尊長不可違。」

今日我們開放的世界，或許很難想像這種時代。但即使今日，這股力量仍然存在，帶來正面與負面的影響。家人的相愛與互助，不需要理由，有多少人同蒙其利，只是習焉不察；但同時，門戶之見與種種桎梏，也不需要理由。對於這個綿密的體系：家，筆者嘗試以古代大型私塾、書院為背景加以呈現，情節推到極處，甚且帶著濃濃的血與淚、恩與怨、和人與人之間不變的真情。

而戰火延燒，則讓體制解構，亂世之中，家世門戶不再是唯一標準。但戰爭的根柢，還是不能忽視家的因素，民族的組成來自家族，臺灣人抗日的乙未戰爭史，也必須正視客家、閩南眾家族，以家為單位募集鄉勇，保鄉衛梓的這一項本質。

最後，一件對筆者頗有意義的事，則是我這個愛喝茶的新客家人，終於讓客家的茶，透過奇幻的筆，成了能治療、能左右戰局、能天地異變的「茶術」。也不禁夢想著，或許能夠從此變出一套新的奇幻創作技法，讓漢族、閩南、原住民各族、甚至不同的族群……都能開創出某種奇幻的「第二世界」。

寒夜客至水烹茶，
溫爐人遲心守素。

身為客家女婿，總學會了一點好客，或許有朝一日，能讓我請您共飲一壺香茗，更是幸福！

李知昂

釀奇幻48　PG2499

灣洲客家奇幻譚
──茶與客

作　　者　李知昂
責任編輯　喬齊安
圖文排版　蔡忠翰
封面設計　劉肇昇

出版策劃　釀出版
製作發行　秀威資訊科技股份有限公司
114 台北市內湖區瑞光路76巷65號1樓
電話：+886-2-2796-3638　傳真：+886-2-2796-1377
服務信箱：service@showwe.com.tw
http://www.showwe.com.tw
郵政劃撥　19563868　戶名：秀威資訊科技股份有限公司
展售門市　國家書店【松江門市】
104 台北市中山區松江路209號1樓
電話：+886-2-2518-0207　傳真：+886-2-2518-0778
網路訂購　秀威網路書店：https://store.showwe.tw
國家網路書店：https://www.govbooks.com.tw
法律顧問　毛國樑　律師
總 經 銷　聯合發行股份有限公司
231新北市新店區寶橋路235巷6弄6號4F
電話：+886-2-2917-8022　傳真：+886-2-2915-6275

出版日期　2020年10月　BOD一版
定　　價　330元

國家圖書館出版品預行編目

灣洲客家奇幻譚：茶與客 / 李知昂著. -- 一版.
-- 臺北市：釀出版, 2020.10
面； 公分. -- (釀奇幻；48)
BOD版
ISBN 978-986-445-420-4(平裝)

863.57 109014264

讀者回函卡

感謝您購買本書，為提升服務品質，請填妥以下資料，將讀者回函卡直接寄回或傳真本公司，收到您的寶貴意見後，我們會收藏記錄及檢討，謝謝！

如您需要了解本公司最新出版書目、購書優惠或企劃活動，歡迎您上網查詢或下載相關資料：http:// www.showwe.com.tw

您購買的書名：________________________________

出生日期：________年________月________日

學歷：□高中（含）以下　□大專　□研究所（含）以上

職業：□製造業　□金融業　□資訊業　□軍警　□傳播業　□自由業

□服務業　□公務員　□教職　□學生　□家管　□其它______

購書地點：□網路書店　□實體書店　□書展　□郵購　□贈閱　□其他

您從何得知本書的消息？

□網路書店　□實體書店　□網路搜尋　□電子報　□書訊　□雜誌

□傳播媒體　□親友推薦　□網站推薦　□部落格　□其他__________

您對本書的評價：（請填代號　1.非常滿意　2.滿意　3.尚可　4.再改進）

封面設計____　版面編排____　內容____　文／譯筆____　價格____

讀完書後您覺得：

□很有收穫　□有收穫　□收穫不多　□沒收穫

對我們的建議：________________________________

____

____

____

請貼
郵票

11466
台北市内湖區瑞光路 76 巷 65 號 1 樓
秀威資訊科技股份有限公司 收
BOD 數位出版事業部

（請沿線對折寄回，謝謝！）

姓　　名：________________　年齡：________　性別：□女　□男

郵遞區號：□□□□□

地　　址：____

聯絡電話：(日) ________________ (夜) ________________

E-mail：____